CHAPTER 01
화끈한 복수

천능의 팔찌

THE OMNIPOTENT BRACELET

⑥

FUSION FANTASTIC STORY
김현석 현대 판타지 소설

청어람

CONTENTS

전능의**팔찌**
THE OMNIPOTENT
BRACELET

　백두마트 서초점에 당도한 현수는 입구에서부터 퍼펙트 트랜
스페어런시 마법을 구현했다. 아울러 플라이 마법도 사용했다.
　곳곳에 위치한 CCTV로부터 피하기 위함이고, 북적이는 사
람들과 부딪치지 않기 위함이다.
　그리곤 엘리베이터를 타고 곧장 지하 4층으로 내려갔다.
　보안실이 보인다. 개처럼 두들겨 맞고 끌려 들어갔던 치욕
적인 장소이다. 그때의 분노가 새삼 전신을 휘감는다.
　"으드득! 니들은 오늘 지옥을 미리 경험할 거야."
　나직이 이를 간 현수가 열린 문 사이로 들어갔다. 안에는 두
놈이 한참 잡담 중이다.
　"그래서 그년을 어떻게 했는데?"

"어떻게 하긴? 그간 없어진 물건 값 내라고 했지."

"돈이 있었어? 고딩인 것 같던데."

"그래서 그년 에미에게 연락을 했지. 절도범으로 집어넣겠다고 하니까 돈을 주더군."

"그래? 얼마나 받았어?"

"180만 원!"

한 놈이 부럽다는 표정을 짓는다.

"그래서 그 돈 어떻게 했는데? 혼자서 꿀꺽한 거야?"

"아냐! 실장님 드렸지. 그랬더니 절반을 뚝 떼어 주시더군."

"그럼 90만 원? 그걸로 뭐할 건데?"

"이따 괜찮은 데 가서 술 한잔 하려고. 너도 같이 갈래?"

"그럼, 당근이지. 요 앞에 붉은 장미라는 술집 있지? 거기 있는 계집애가 깔삼하던데 그리로 가자."

"오케이!"

의기투합한 것이 즐겁다는 듯 웃는 두 놈의 얼굴을 보니 악몽이 되살아난다. 사정없이 걷어차던 놈들이기 때문이다.

"홀드 퍼슨! 홀드 퍼슨!"

"으읏! 이, 이게 왜 이래?"

"헉! 갑자기 내가 왜? 으으윽! 왜 안 움직여져?"

두 놈이 당황한 듯 소리를 낼 때 아무도 없는 허공에서 소리가 난다.

"일단 맞자!"

퍽! 퍼벅! 퍼퍼퍽! 빡, 퍽!

"켁! 아악! 크으윽! 아악! 케엑……!"

갑자기 옆에 있던 놈의 입에서 비명이 터져 나오자 곁에 있던 놈이 당황한 시선으로 바라본다.

아무도 없건만 옆에 있던 놈의 얼굴이 일그러진다. 대체 이게 무슨 영문인가 싶었지만 몸을 움직일 수 없다.

"왜, 왜 그래?"

옆에 있던 놈은 대답을 할 수 없었다. 전신에서 느껴지는 무지막지한 고통 때문이다. 아구창을 맞았는데 어금니가 부러져 입 밖으로 튀어나간다. 다음엔 옆구리에서 묵직한 고통이 느껴진다. 저절로 비명이 터져 나올 정도로 아프다.

다음엔 조인트를 둔기로 맞은 듯한 격통이 느껴진다. 정강이뼈가 으스러지는 것처럼 아프다.

그 다음엔 사타구니에서 말로 형언할 수 없는 고통이 느껴진다. 두 개의 알 중 적어도 하나는 터진 듯하다. 당연히 무시무시한 고통이 뒤따른다.

"아아아악! 케에엑! 크으으윽! 끄응……!"

털썩!

드디어 기절한 듯 바닥에 쓰러졌다. 이때까지 공포에 질린 채 일련의 상황을 지켜보던 놈이 눈을 크게 뜬다.

자신의 차례라는 것을 본능적으로 알아차린 때문이다.

퍽! 퍼퍽! 빡! 퍼억! 퍼퍽! 퍽!

"캑! 아악! 크윽! 아악! 케에엑! 끄으윽!"

현수는 매직 오토 김렛 마법이 있지만 사용하지 않았다. 그렇게 해서는 분이 풀릴 것 같지 않았기 때문이다.

두 놈 모두 기절하는 데 걸린 시간은 대략 10분이다. 완전히 정신을 잃고 쓰러진 놈들의 주변엔 입과 코에서 흘러내린 선혈과 허연 이빨 조각들이 널려 있다.

일인당 최소 다섯 개씩은 부러진 듯하다.

"이거 갖고는 너무 약소하지, 니들이 그간 행한 악행에 비하면……. 안 그래? 그래서 특별히 평생토록 사람 구실 못하게 해주지. 먼저 앵키로우시스 오브 휭거(Ankylosis of Finger)!"

마법이 구현되자 손가락의 모든 관절의 연골 조직들이 변해간다. 그리곤 모든 뼈들이 하나로 이어졌다.

다시 말해 관절 자체가 사라진 것이다. 이제 놈들은 평생 손가락을 오무릴 수도, 펼 수도 없는 몸이 된 것이다.

"자, 하나 더! 인크리스 더블링 그래피비(Increase Doubling Gravity)!"

이제 모든 사물의 무게가 두 배로 느껴지게 될 것이다.

실제로 본인의 몸무게가 80kg이라면 평생 160kg으로 실감하게 된다.

"가만, 이놈들 혹시 흉기를 가졌나? 메탈 디텍션!"

확인해 보니 두 놈 다 회칼 한 자루씩을 품고 있다.

"그럼 그렇지. 페인 리플렉스(Pain Reflex)!"

자신이 타인에게 고통을 가할 경우 그와 똑같은 고통을 느끼도록 하는 마법이다. 멋 모르고 악행을 저지를 경우 그에 상응하는 고통을 견뎌내야 할 것이다.

여전히 의식을 잃고 있는 두 놈을 바라본 현수의 눈에는 냉기가 흐르고 있었다. 마음 같아선 죽여서 없애 버리는 것이 사회를 위해 더 좋다 생각하고 있었기 때문이다.

"여기가 아르센 대륙이 아니라는 걸 다행으로 알아! 거기였다면 트롤의 먹이가 되었을 거니까."

나직이 중얼거린 현수는 CCTV에 시선을 돌렸다. 누군가 지하 4층으로 내려온 것이 보인 때문이다.

1시간 30분쯤 지났을 때 보안실엔 스물네 놈이 자빠져 있게 되었다. 모두들 똑같은 마법으로 처벌을 받았다.

잠시 휴식을 취한 현수는 이번에 내려오는 놈을 눈여겨 보았다. 드디어 기다리던 보안실장 놈이기 때문이다.

땡—!

"휘 휘휘, 휘휘휘휘 휘휙! 휘휘휘! 휘휘휘휘휙!"

엘리베이터 문이 열리자 건들거리며 다가오는 보안실장은 영화 황야의 무법자 메인 테마를 휘파람으로 불고 있었다.

그런 놈의 손가락엔 열쇠 고리 하나가 빙글빙글 돌고 있다.

보안실로 곧장 다가올 것이라 생각했던 놈이 방향을 튼다. 그리곤 주차되어 있는 차 문을 열고 안으로 들어가 뭔가를 살피더니 나온다.

일제 렉서스 LS 하이브리드 차량이다. 풀 옵션일 경우 가격이 무려 1억 7천만 원짜리이다.

보안실장이 은색 렉서스를 쓰다듬는 폼을 보니 새로 뽑은 지 얼마 안 되는 모양이다.

놈이 뒤돌아 보안실로 오려는 순간 현수의 입이 달싹였다.

펑―! 콰앙!

삐요, 삐요, 삐요, 삐요, 삐요, 삐요!

뭔가 터지는 소리에 이어 강력한 타격음이 들렸고, 곧이어 경보음이 요란하게 터져 나온다.

보안실장이 뒤를 돌아보았다. 그 순간 그의 눈과 입이 크게 벌어졌다.

"으아아아아! 아아악! 설비팀 이 개새끼들……! 아아악! 개새끼들 모조리 죽여 버린다. 아아아악!"

보안실장이 발악하듯 고함을 지르고 욕을 하는 이유는 금쪽같이 여기는 렉서스 LS 위로 쏟아져 내리는 똥물 때문이다.

지하 4층의 천장 부위에는 오수배관이 설치되어 있다. 그런데 하필이면 렉서스 위에 소제구가 있다.

소제구란 배관의 굴곡부나 갈라지는 부위에 설치하는 것으로 유사시 이것을 열고 청소를 하게 된다.

수평구간에도 매 15m마다 하나씩은 설치하도록 되어 있다.

아무튼 소제구의 재질은 단단한 플라스틱이다. 이것이 현수의 마법에 의해 열렸다. 그리곤 압력에 의해 폭발하듯 밑으로 쏟아져 갔다. 물론 마법의 영향이다.

이것이 보닛[1]을 강력하게 때리자 시끄러운 경보음이 요란하게 터져 나온 것이다.

---

1) 보닛(Bonnet):자동차의 엔진이 있는 앞부분의 덮개

그와 동시에 마트 전체에서 모아진 똥물이 쏟아져 내리기 시작했다. 뽑은 지 겨우 이틀밖에 안 되어 아직 임시번호판을 단 차에 똥물 세례가 퍼부어진 것이다.

보안실장이 발악하듯 고함을 지를 때 현수의 입술이 다시금 달싹였다. 그러자 보안실장이 서 있는 반대편 유리창 두 개가 스르르 내려간다. 그와 동시에 상당량의 똥물이 차 안으로 흘러들기 시작했다.

방방 뛰면서 소리치던 보안실장이 점점 번져오는 똥물을 피해 자리를 바꾸다가 이를 보았다.

"아아악! 아아아악! 이 병신, 어쩌자고 창문을 닫지 않은 거야! 아아악! 으아아아악!"

자신이 실수로 창문을 닫지 않은 것으로 오인한 보안실장은 머리털을 몽땅 뽑아버리겠다는 듯 제 머리를 움켜쥐었다.

그 순간 그의 발 아래까지 똥물이 번졌다.

"그리스!"

콰당─!

"으윽! 헉! 퉤에, 퉤에!"

또 다시 방방 뛰려던 보안실장은 마찰력이 순간적으로 제로가 되는 순간 균형을 잃고 자빠졌다. 그때 보닛 위에서 튀긴 오물이 그의 입 속으로 들어갔다.

열심히 뱉어내며 일어서려던 순간 현수의 입술이 또 다시 달싹인다.

"매직 캔슬! 스테츄!"

"……!"

보안실장의 몸이 완전히 굳었다. 입을 다물지 못한 상태였기에 그의 입안으로 상당량의 똥물이 튀겨 들어간다.

"흐음, 더러워서 때리지도 못하겠군! 오토 매직 김렛!"

"……!"

갑자기 몸을 움직일 수 없게 된 보안실장은 자빠지면서 뒤통수에 충격이 가해져 전신마비가 되었을 수도 있다는 생각을 하던 차이다.

그런데 전신을 송곳으로 쑤시는 듯한 엄청난 격통이 느껴지자 비명을 지르며 발광했다. 하나 여전히 손가락 하나 까딱할 수 없는 상황이다.

"……!"

"매직 캔슬! 힐!"

오토 매직 김렛은 시전되고 불과 5분 만에 멈췄다.

너무 많은 상처가 생기면 똥물 속의 수많은 세균들에 의한 감염으로 쉽게 죽을 수 있기에 마법을 중단했다. 통증을 느낄 만큼 느꼈을 것이란 생각을 한 때문이다.

상처를 대강 치유시키고는 현수의 입이 다시 달싹였다.

"앵키로우시스 오브 횡거! 인트리스 더블링 그래비티! 페인 리플렉스! 퍼머넌트 브레인 믹싱! 퍼머넌트 플라토닉 커스!"

생각나는 대로 마법을 중첩시켜 주었다.

이제 보안실장은 살아도 산 것 같지 않을 것이다.

손가락은 꼼짝도 안 할 것이고, 사물의 무게가 너무 무겁다 느껴질 것이다. 뿐만 아니라 누군가를 건드리면 똑같은 고통을 느끼게 될 것이다.

게다가 모든 기억이 뒤죽박죽이 되어 거의 바보가 되고, 본능이라 할 수 있는 색욕조차 느끼지 못하게 된다.

현수는 보안실의 나머지 놈들도 렉서스 근처로 이동시켰다.

보안실로 들어가 보안요원 수를 확인한 현수는 아직 하나가 남았다는 것을 알았다. 하나 놈은 남겨두었다. 대신 지나가던 고양이 한 마리에게 패밀리어 마법을 걸었다.

보안요원 복장을 한 놈이 나타나면 놈을 미행하도록 시킨 것이다. 세정파의 근거지를 찾기 위함이다.

지하 4층을 떠나려던 현수는 하나의 마법을 더 구현시켰다.

더 스크림(The Scream)!

누군가 귓가에 대고 끊임없이 귀청이 찢어질 듯한 고함을 지른다는 착각을 느끼게 하는 마법이다.

이것 때문에 놈들 모두 청신경이 극도의 피곤을 겪게 될 것이고, 결국엔 귀머거리가 된다.

그 사이를 견디지 못한 자는 정신착란을 겪어 미치광이가 되거나, 너무도 고통스러워 스스로 목숨을 끊게 될 수도 있다.

어찌 되었든 이제 놈들은 아무런 소리도 듣지 못한다. 귓가의 고함보다 더 큰 소리라곤 천둥소리밖에 없을 것이기 때문이다.

드디어 복수의 완성이 이루어졌다.

하나 현수의 마음은 통쾌하지 못했다. 쓰레기 같은 사회악을 완전히 제거하지 못하는 현실 때문이다.

밖으로 나오니 부슬부슬 비가 내리고 있다. 우산이 없기에 가까운 커피숍으로 들어갔다.

따끈한 커피 한 잔을 하며 이런저런 상념에 잠겨 있을 때 뉴스가 시작되었다.

"안녕하십니까? KBC 뉴스의 오원석 기자입니다. 여기는 백두마트 서초점 지하 4층에 위치한 곳입니다."

마이크를 든 기자의 뒤쪽으로 포커스가 맞춰지자 천장으로부터 쏟아져 내리는 누런 것들이 렉서스의 지붕에 떨어진 후 사방으로 번지는 모습이 보인다.

그 누런 액체는 이십여 명의 사내의 신체를 골고루 적신 후 어디론가 흘러간다.

그곳엔 수십여 명의 사람이 마스크를 쓴 채 겨울에 눈 내렸을 때 사용하는 가래로 오물들을 모으고 있다.

"보시다시피 하수관의 소제구가 원인 미상의 폭발을 일으켜 완전히 난장판이 되어 있습니다."

화면이 바닥에 나뒹구는 소제구의 마개를 보여주었다.

다시 화면이 돌아오자 오원석 기자가 도저히 참을 수 없다는 듯 인상을 찌푸린다.

"크으으! 죄송합니다. 냄새가 너무 심해서……. 잠시 자리를 이동하여 보도하도록 하겠습니다."

화면이 흔들거리더니 다시 오원석 기자의 얼굴이 보인다.

"오늘 이곳에서 일어난 원인 미상의 사고를 처리하기 위해 이십오 명의 백두마트 직원이 동원된 듯합니다. 하지만 모두 혼절한 상태로 발견되었습니다."

화면은 119 구급대원이 똥물에 범벅이 된 보안요원들을 끌어내는 모습을 보여주고 있다. 모두들 잔뜩 인상을 찌푸리고 있었고, 극도로 조심하는 모습이다.

본인 역시 오물 범벅이 될 수 있기 때문이다.

"기절 원인은 가스 질식 내지는 냄새 때문이라는 잠정적인 추정만 할 수 있을 뿐입니다. 자세한 내용은 다음 뉴스에서 아실 수 있을 것입니다. 이상 KBC 뉴스 오원석 기자였습니다."

화면이 바뀌어 스튜디오가 나왔다. 앵커가 한마디 한다.

"오늘 사고로 119 구급대원들의 노고가 새삼스럽습니다. 감사드립니다."

현수는 미안한 마음이 들었다. 자신으로 인해 애꿎은 사람들이 고생하고 있기 때문이다.

창밖을 보니 내리던 비가 멈춘 듯하여 얼른 귀가하였다. 그리곤 독서삼매경에 빠져들었다.

시간만 나면 동양과 서양 의학서적들을 읽게 된 것은 새로 생긴 습관이다. 인체의 신비에 대해 보다 자세히 알고 싶은 마음 때문이다.

2013년 6월 21일 금요일.

"이 실장님! 좋은 아침입니다."

"네, 사장님! 상쾌한 아침이에요. 아침 식사 하셨지요?"

생활이 안정되고 마음의 부담이 사라져서 그러는지 은정은 피어오르는 꽃처럼 나날이 화사해지는 미소를 짓는다.

"물론입니다. 수진 씨와 지혜 씬 아직이에요?"

"아뇨, 둘 다 재고 확인하러 창고로 갔어요."

"그래요? 그럼 오는 대로 같이 내방으로 오세요."

"네. 사장님!"

사장실로 들어가자 은정이 사과 주스를 들고 온다.

"사장님! 사과 주스엔 아세틸콜린(Acetylcholine)이란 물질이 풍부하대요. 기억력과 인지 능력을 높이는 등 뇌 기능을 높여 주는 역할을 한다더군요."

"그래요? 고맙네요. 잘 마실게요."

"네에."

은정은 뭐가 부끄러운지 쟁반을 들고 잠시 몸을 움츠린다.

사과 주스를 마시고 한 시간쯤 지났을 무렵 이번엔 커피 한 잔을 가지고 온다.

"사장님, 커피는 인슐린²⁾ 장애를 예방하는 효과가 있대요. 그래서 하루에 네 잔의 커피를 마시는 남성들은 2형 당뇨병³⁾

---

2) 인슐린(Insulin):이자의 랑게르한스섬의 세포에서 분비되는 호르몬으로 혈액 속의 포도당의 양을 일정하게 유지시킨다.

3) 당뇨병(Diabetes mellitus):1형 당뇨는 췌장이 파괴되어서 더 이상 인슐린 생산 기능이 없기 때문에 인슐린 주사를 맞아서 인슐린을 공급해 주어야 하는 상태. 2형 당뇨는 인슐린을 생산하기는 하는데 제 기능을 하지 못해 혈당 조절이 안 되는 경우.

에 걸릴 확률이 33%나 낮대요."

"……!"

은정이 쟁반을 들고 황급히 나가는 동안 현수는 멍한 시선을 그녀의 뒷모습을 바라만 보았다.

대체 왜 이러나 싶었기 때문이다.

한 가지 분명한 것은 권지현이나 이수정처럼 사랑해 달라는 것은 아닐 것이라는 것이다.

현수와 수정이 사귀는 것으로 알고 있기 때문이다.

다시 한 시간이 지났을 즈음 은정이 또 쟁반에 뭔가를 얹어서 들여온다. 색깔을 보니 오렌지 주스이다.

"사장님, 오렌지 주스에는 비타민 C뿐만 아니라 베타 크립토잔틴(Beta-Cryptoxanthin)이라는 성분이 들어 있어 관절염에 걸릴 확률이 현저히 낮아진다고 해요. 게다가 항염 성분도 있어서 몸에 좋다고 하네요."

"네, 신경 써줘서 고맙네요."

현수는 은정이 달라진 이유를 알 수는 없다. 하나 호의라는 것만은 분명하기에 기분 좋게 고개를 끄덕여 주었다.

물론 환한 웃음 또한 지어주었다.

은정이 나가고 다이어리에 시선을 집중시켰다.

콩고민주공화국과 한국 모두에게 이득이 될 일을 제대로 입안하기 위함이다.

커피 및 바나나 농장을 세운다는 대전제는 결정되었다. 이를 운영하기 위한 세부 사항들을 점검하는 중이다.

이때 문자 한 통이 온다.

김현수 사장님!
우리의 제안에 대한 답변을 주실 시간이 된 듯합니다.
—드미트리.

현수는 협박받는 기분이 되어 이맛살을 찌푸렸다. 하나 피한다고 해서 해결될 일이 아니다. 하여 잠시 고심하였다.

아버진 추씨 공방으로 종종 나가야 한다.

어머니 역시 동네 슈퍼랄지, 마트, 시장엘 다니셔야 한다. 뿐만 아니라 친지들과의 교류를 위한 외출도 잦다.

집에 마법진을 잔뜩 그려놓고 외출 금지를 시킬 수 없는 상황이다. 그렇다면 정면으로 부딪쳐 이겨내는 수밖에 없다.

레드 마피아와 콩고민주공화국, 그리고 천지건설과 천지약품, 마지막으로 현수와 관련된 모든 사람들에게 피해가 가지 않을 묘수를 짜내야 하는 것이다.

내심 어느 정도는 입안이 되어 있다. 이것에 대해 보다 상세한 계획의 수립이 필요한 시점이다.

잠시 생각을 정리한 현수가 전화기를 집어 들었다.

"미스터 드미트리!"

"아, 김 사장님! 그래, 결정을 하셨습니까?"

드미트리는 여전히 정중하다. 만일 그들의 제안을 받아들이지 않겠다고 하면 어찌 변할지는 모른다.

현수는 잠시 말을 끊었다. 하나 드미트리는 채근하지 않는다. 기다려 주겠다는 뜻일 것이다.

"좋습니다. 미스터 드미트리의 제안을 받아들이지요."

"아! 고맙습니다. 그리고 현명한 결정이었습니다."

마지막 말이 무슨 의미이겠는가! 받아들이지 않았다면 어떤 일이 벌어질지 알 수 없었다는 뜻일 것이다.

"그보다 먼저 반대급부에 대한 이야길 해야겠습니다."

"말씀하십시오."

"그쪽의 제안을 받아들인 이상 드모비치 상사와의 거래에 대한 확약이 있어야겠습니다."

"물론입니다. 제반 서류를 준비하여 찾아뵙겠습니다."

"좋습니다. 준비되는 대로 연락하고 방문해 주십시오."

"네, 그럼 이만……!"

드미트리가 전화를 끊자 현수는 잠시 상념에 잠겼다. 이제 기호지세가 된 셈이다. 내리고 싶어도 내릴 수 없는 상황인 것이다. 그렇다면 최대로 유리한 상황이 전개되도록 해야 한다.

그렇기에 어찌할 것인지를 고심한 것이다.

점심을 먹고 신문에서 경제 동향 등을 살피고 있을 때 드미트리가 방문했다.

"안녕하십니까, 김현수 사장님!"

"네, 어서 오십시오. 그런데 뒤에 계신 분은……?"

드미트리 뒤에는 늘씬한 팔등신 미녀가 있다.

할리우드로부터 캐스팅 제안을 받을 정도로 뛰어난 미모의
여인은 몸에 착 달라붙는 검정색 투피스를 걸치고 있었다.

"안녕하세요? 만나서 반갑습니다. 예카테리나 일리치 브레
즈네프(Екатерина Ильи'ч Бре'жнев)입니다. 이름이 길죠?
그냥 까챠(Katya)라 불러주세요."

손을 내밀었기에 얼떨결에 악수를 한 현수는 까챠가 내민
명함의 깨알 같은 글씨를 읽으려 했다.

"예카테리나 변호사는 하버드 로 스쿨 출신이지요."

"아! 그렇습니까?"

현수는 새삼스럽다는 표정으로 까챠를 보았다. 얼굴 예쁘
고, 몸매 좋은 데다 두뇌까지 뛰어나다 생각한 때문이다.

'흠, 성격은 어떨까? 조금 까탈스럽겠지?'

조금은 새침한 표정을 짓고 있는 까챠에게서 단점을 찾아내
고야 말겠다는 듯 시선을 주었다.

한편, 까챠는 대체 어떤 인물이기에 레드 마피아와 이런 계
약을 하나 싶어 현수를 살피던 중이다.

둘의 시선이 불꽃 튀는 듯하자 드미트리가 주인인 양 입을
열었다.

"자자, 서서 이럴 게 아니라 앉아야겠지요?"

자리에 앉자 까챠가 준비해 온 서류들을 꺼낸다. 러시아어
와 한글, 그리고 영문으로 작성된 것이다.

서류를 받아 읽어보았으나 무역 실무에 대해선 아는 바 적
기에 은정을 불러들였다. 그리곤 조목 하나 하나를 세밀하게

따졌다. 궁금한 것을 물으면 까챠가 대답해 주었다.

검토가 끝날 즈음 은정은 조금도 불리한 내용이 없다는 평을 내렸다.

약정서엔 매달 5천만 달러씩 12개월간 총액 6억 달러어치의 교역을 한다는 내용이 있다.

이실리프 무역상사에서 드모비치 상사로, 또는 드모비치 상사로부터 이실리프 무역상사로 상품을 수출입한다는 내용이다.

이것에 대한 결정권은 이실리프 무역상사에 있다.

다시 말해 수출만 하고 싶으면 그래도 되고, 수입할 물건이 있다면 무엇이든 보내준다는 것이다.

거래 금액에 비해 이실리프 무역상사의 규모가 적기에 통상적인 방법은 쓰지 않는다.

이실리프로부터 수출될 상품을 통보받으면 드모비치는 수량을 결정한다. 이때의 가격은 상호 협의를 한다.

다만 이실리프에겐 최하 10% 이상의 이득이 보장된다.

수출 물량 및 단가가 결정되면 드모비치 상사는 즉각 취소 불능신용장(Irrevocable Credit)을 보낸다.

이를 담보로 이실리프 무역상사는 수출할 물량을 확보하여 선적한다. 드미트리가 최종적으로 선적 완료를 확인하면 드모비치 상사는 즉각 현금으로 전액 결제한다.

이때 결제화폐는 달러, 유로, 엔, 위안, 원 중 현수가 원하는 것으로 한다. 물론 섞어서도 가능하다.

다시 말해 각기 1,000만 달러에 해당되는 달러, 루블, 유로,

엔, 위안, 원화로 결제받을 수 있는 것이다.

신용장은 드미트리가 회수하여 처리하도록 되어 있다.

은정의 말대로 현수에겐 조금도 불리하지 않은 내용이다.

사인을 한 직후, 현수는 까챠에게 대단히 능력있는 변호사를 만나게 되었다며 웃어주었다.

칭찬은 고래도 춤추게 한다고 했던가!

까챠의 얼굴에 환한 미소가 어린다. 분홍색 장미가 만개하여 향기를 뿜는 듯했다.

웃는 낯이기는 하지만 현수의 마음이 편한 것은 아니다.

약정서에 콩고민주공화국으로 반입할 컨테이너 스무 개에 대한 언급이 전혀 없었기 때문이다.

굳이 그런 내용을 넣지 않아도 된다는 자신감의 발로일 것이다. 현수는 이제 피할 수 없는 운명의 수레바퀴를 만난 기분이 되어 약간은 착잡했다. 복안은 있지만 자신의 생각대로 되리라는 보장은 없기 때문이다.

드미트리와 예카테리나가 가고 난 이후 대한약품으로 전화를 걸었다.

"민윤서 사장님, 김현수입니다."

"네, 김 사장님! 어쩐 일이십니까?"

우호지분이 확보됨에 따라 안정된 경영을 할 수 있게 되어 기분이 좋아졌는지 민윤서 사장의 목소리는 상당히 밝았다.

"대한약품 창고에 쌓여 있는 재고물량이 어느 정도나 되는지 알고 싶습니다. 아! 백신은 제외한 겁니다."

"갑자기 재고는 왜……?"

혹시 최대주주로서의 경영 간섭인가 싶었는지 목소리가 금방 가라앉는다.

"방금 러시아로부터 대규모 오퍼를 받았습니다. 그래서 대한약품의 재고를 소진시키려 하는데 규모를 알 수 없어서 그러지요."

"아! 그러세요? 그런데 대체 얼마나 큰 오퍼이기에 전체 재고를 묻는 겁니까? 솔직히 상당히 많거든요."

현수의 얼굴에 개구진 웃음이 밴다.

"얼마 안 돼요. 미화로 5천만 달러거든요."

"네에……? 어, 얼마요? 방금 5, 5천만 달러라고 한 겁니까?"

민 사장이 믿을 수 없다는 듯 말끝을 올린다. 그 장면이 충분히 상상되기에 현수는 또 한 번 개구진 웃음을 지었다.

"네, US 달러로 5천만 달러 맞습니다. 그러니 재고를 알려주세요. 설마 그보다 많은 재고가 있는 건 아니겠지요?"

대한약품의 주식을 100% 매입할 경우 256억 정도 된다. 그런데 5천만 달러는 563억원 정도 된다.

대한약품을 두 번 살 수 있는 금액도 넘는다.

CHAPTER 02
돈 벌었다!

전능의팔찌
THE OMNIPOTENT
BRACELET

"아이고, 무슨 말씀을……. 알겠습니다. 앞으로 두 시간 내
에 재고 파악하여 즉각 보고 드리겠습니다."

"하하. 네에. 그럼 기다리지요. 그리고 앞으로 1년간 매달
5천만 달러어치씩 수출하게 되었습니다. 그러니 공장을 풀 가
동해 주십시오."

"아이고, 이를 말입니까? 우리 공장은 물론이고 옆의 공장
들을 빌려서라도 대량생산해 내겠습니다."

"네에, 하지만 품질에 각별히 유의해 주십시오."

"그것도 걱정 마십시오. 24시간은 뻥이고 최소 12시간은 매
일 지키고 서서 제대로 되는지 확인하겠습니다."

민 사장의 음성은 몹시 밝아졌다. 침체에 빠져 있던 회사가

돈 벌었다! 31

드디어 긴 불황을 탈출하나 싶었기 때문이다.

"그나저나 이제 주식 값이 오르겠습니다."

"그렇겠지요. 이 정도 주문이면 아마 왕창 오를 겁니다."

"네에, 그래서 조금 더 사 모을 생각입니다."

"하하! 네에. 확실하게 배당해 드리겠습니다."

"네에. 이만 끊습니다."

전화를 끊을 때 저쪽에서 웃는 소리가 들린다. 물론 민윤서 사장이 웃는 소리이다.

똑똑똑!

"네, 들어오세요."

"사장님, 김수진 씨와 이지혜 씨가 귀사했는데 지금 들어오라고 할까요?

"아! 네에. 그러십시오."

잠시 후 은정과 수진, 그리고 지혜가 현수 맞은편 소파에 나란히 앉았다. 지시사항을 메모할 만반의 준비를 갖춘 채!

"사장님!"

"아, 네에."

셋이 들어와 앉을 때까지도 현수는 다른 생각을 하느라 이들이 착석했음을 인지하지 못하고 있었다.

은정이 이를 일깨운 것이다.

"사장님! 지시사항을 말씀해 주세요."

"아, 오늘은 새로운 지시사항이 있어 여러분을 부른 게 아닙니다. 지금부터 내가 여러분께 제안 하나를 하려 합니다. 잘 들어보시고 판단해 주십시오."

"네, 말씀하세요."

셋의 시선이 쏠리자 현수가 속내를 털어놓았다.

"여러분들에게 제가 돈을 벌 수 있는 기회를 제공한다면 어쩌시겠습니까?"

"……!"

여직원들은 웬 소린가 싶어 눈만 크게 떴다.

"제가 알고 있는 어떤 회사가 있습니다. 이 회사의 주식 가치가 상당히 저평가되어 있는데 곧 값이 오를 겁니다. 세 배까지는 모르겠지만 최소 두 배 이상은 오를 것이라 생각됩니다."

"……!"

"이 회사가 어딘지 알려주면 주식을 사시겠습니까?"

"저어, 사장님! 그러고 싶지만 저흰 돈이 없어요."

기회가 있어도 잡을 수 없는 상황임을 명확히 한 사람은 발랄한 성품의 이지혜이다.

현수는 잠시 여직원 셋을 바라보았다. 모두 고맙기는 하지만 능력이 없어 죄송하다는 표정이다.

"내가 여러분의 월급을 가불해 드리지요. 그럼 할 겁니까?"

현수가 말하려는 회사는 대한약품이다.

조만간 대단위 주문이 들어갈 것이고, 그것은 1년간 유지될 것이다. 따라서 주식값의 상승은 명약관화한 일이기에 이런 제안을 한 것이다.

송 변호사 등과 주식양도양수 계약을 맺기는 했으나 아직 명의변경이 완료된 시점이 아니다.

따라서 법에서 정한 내부자 거래에 해당되지도 않는다. 그렇기에 이런 제안을 한 것이다.

그럼에도 모두들 대답이 없다. 하나 답은 표정에 있었다.

은정의 눈은 벌써 습기로 그득했다. 현수가 어떤 마음으로 이런 제안을 했는지 알아차린 때문이다.

수진과 지혜 역시 감동한 표정을 짓고 있었다. 현수는 여직원들의 면면을 보며 입을 열었다.

"여러분 각자에게 3억 원을 대출해 드리지요. 주식 값은 금방 오를 겁니다. 여러분은 주식의 가치가 충분히 올랐다 생각하는 시점에 팔아서 원금만 갚으면 됩니다."

"흐흑……! 사장님……!"

"……! 고맙습니다. 사장님!"

"사장님, 저 아무래도 제대로 취직한 거 같아요. 고맙습니다. 평생직장으로 알고 근무하겠습니다."

이지혜는 확실히 하지원을 닮았다. 씩씩하면서도 발랄하고, 여린 마음을 가졌으며, 착한 성품이다.

"좋아요. 그럼 이 실장님이 책임지고 대출 약정서를 작성해 오세요. 조금 전에 말한 대로 1년 이내에 원금만 갚으면 되는 것으로 작성하면 됩니다."

현수가 이런 결정을 내린 이유는 같이 일하는 직원들 모두 풍족한 삶을 살기 바라기 때문이다.

이실리프 무역상사는 신생 기업이다.

따라서 대기업에 근무하는 친구들과 만났을 때 상대적인 열등감을 느낄 수 있다.

대기업에서 제공하는 후생복지 혜택 이외에도 그곳에서 근무한다는 것만으로 받을 수 있는 프리미엄이 있기 때문이다.

예를 들어 은정, 수진, 지혜가 은행에서 대출을 받으려 한다고 생각해 보자.

은행원은 이실리프 무역상사라는 듣보잡의 여직원인 셋에게 신용대출 통장을 만들어주지 않을 확률이 대단히 높다.

재산세를 납부하는 보증인을 요구하거나, 보증보험 가입을 요구할 수도 있다. 그렇다 하더라도 금액이 얼마 되지 않을 것이며, 대출 이율도 상당히 높을 것이다.

반면, 천지건설의 강연희나 조인경 대리가 은행엘 가면 대출 한도로 어느 정도를 원하느냐고 물을 것이다.

또한 최저 대출 이율에 대한 설명도 해줄 것이다. 보증인이랄지 보증보험에 대한 이야긴 아예 나오지도 않을 것이다.

이렇다는 것을 알기에 기회를 제공하려는 생각을 한 것이다.

잠시 후, 은정이 약정서를 만들어왔다.

대출 금액은 일인당 3억 150만원이다. 대한약품의 주식 15만 주를 살 수 있는 가격이다.

이 돈은 1년 이내에 상환하도록 되어 있다. 상환 시기는 여직원들이 정할 수 있다. 물론 원금만 갚는다.

만일 주식 가치가 폭락하여 매입가 이하가 되면 주식으로 반환해도 된다. 다시 말해 여직원들에겐 아무런 위험 부담이 없는 약정인 것이다.

셋 모두 사인을 해서 약정서를 현수에게 넘겼다.

잠시 후, 노트북이 펼쳐졌고 대한약품의 주식 거래가를 확인할 수 있었다.

액면가 5,000원짜리 한 주당 가격은 2,010원이다.

현수는 일인당 15만주씩 매입토록 했다. 또한 본인 명의로 최대한 매입하여 추가로 153만주를 확보했다.

대한약품의 주식 발행 총수는 1,275만주이다.

최초 발행 주식은 200만주였는데 외형 불리기와 경영권 방어 등을 목적으로 유·무상 증자를 계속한 결과이다.

송 변호사 등으로부터 매입한 497만 2,500주에 추가로 매입한 153만주를 더하면 650만 2,500주가 된다.

정확히 51%의 지분을 갖게 된 것이다.

여기에 여직원들의 45만주와 민윤서 사장이 보유한 12% 지분까지 합치면 66.53% 지분율이 된다. 어느 누구도 경영권에 대해 가타부타를 할 수 없는 상황인 것이다.

이제 나머지 주식은 전체 지분의 33.47%쯤 되는 426만 7,500주, 금액으론 85억 7,800만 원 정도뿐이다.

하루만에 이토록 많은 주식을 매입할 수 있었던 것엔 그만한 이유가 있다.

약정을 체결하고 난 직후, 민윤서 사장은 그간 결재를 미루고 있던 일을 진행할 것임을 통보했다.

이에 박 전무 일당이 지분율을 언급하며 결정을 만류했다. 정중한 표현이었으나 노골적인 반대였다.

이에 확실한 우호지분 39%를 확보했음을 통보했다.

다시 말해 지분율 51%가 자신의 뜻에 동의하니 까불지 말라는 뜻이다.

그간 박 전무 일당은 송 변호사 등 민 사장의 친구들과 은밀한 접촉을 시도한 바 있다. 그리곤 민 사장의 친구들에게 시세보다 10% 정도 값을 더 쳐주겠다는 유혹을 했다.

당연히 흔들렸다. 하나 송 변호사가 이들을 만류했다.

일순간의 이익이 오랜 친구와의 우정보다 먼저일 수 있느냐고 물었던 것이다. 하여 친구들은 망설이는 중이다.

그러는 사이에 박 전무는 은밀한 루머를 퍼뜨렸다.

근원지는 알 수 없지만 내부에서 흘러나온 것으로 추정된 이것 때문에 주식가가 연일 하락하고 있었던 것이다.

첫째는 직원들의 급여가 늦어지고 있다는 것이다.

자금 흐름이 원활치 못하여 두 달째 약 20일씩 늦게 급여가 지불된다는 헛소문이 번졌다.

다음 달엔 아예 급여를 지불하지 못할 상황이라는 소문도 났다. 이건 박 전무가 퍼뜨린 것이 아니라 소문이 번지는 과정에서 누군가가 과장한 것이다.

둘째, 경영에 어려움을 겪기에 조만간 대규모 구조 조정이 예정되어 있다는 것이다.

전체 인원의 70% 정도가 감축 대상이다. 이 정도면 뼈대만 남기는 상황이다.

다시 말해 회사가 극도로 어려움에 처해 있다는 뜻이다.

셋째, 이를 저지하기 위한 노조의 움직임이 심상치 않다는 것이다. 직장을 잃고 싶은 사람은 없기 때문이다.

넷째, 모든 금융권에서 대한약품에 대한 대출 중단 및 기대출된 것을 회수하러 나섰다는 것이다.

규모가 큰 재벌사라도 도산할 소문이다. 하물며 대한약품 같은 중소규모 제약사는 반드시 망하게 될 만한 루머이다.

이런 상황이기에 주식가가 연일 떨어지고 있었던 것이다.

나날이 떨어지는 주식가는 민 사장의 친구들을 흔들리게 했다. 하여 박 전무에게 주식을 팔겠다는 전화를 하려 했다.

더 늦기 전에 손절매[4]를 하려 한 것이다.

이때 송 변호사가 전화를 했다. 보유 주식 전부를 좋은 가격에 황금으로 매입할 사람이 나타났다는 내용이다.

민 사장도 같이 있는 자리라기에 모두들 승낙했다,

친구도 잃지 않고, 손해도 덜 볼 거래이기 때문이다.

한편, 박 전무 일당이 이런 무리한 작전을 펼친 것은 단순히 경영권을 갖기 위함이 아니다.

일본 제약사인 도요신야쿠사(東洋新藥社)의 사장 요시무라

---

4) 손절매(Stop—loss):주가(株價)가 단기간 안에 상승할 가능성이 없거나 더욱 하락할 것이 예상되어, 손해를 감수하면서도 가지고 있는 주식을 매입 가격 이하로 파는 것을 말한다.

곤이치는 대한민국 제약시장에 관심이 많다.

그런데 새로운 제약사를 설립하는 것은 만만한 일이 아니다.

하여 한국의 여러 제약사들을 물망에 올려놓고 저울질을 했다. 그 결과 대한약품이 낙점되었다.

한국에 몇 없는 백신 제조를 하고 있으며, 향남 제약단지 내에 널찍한 부지를 가진 공장을 보유하고 있기 때문이다. 게다가 상당지분을 보유한 박 전무 일당이 우호적인 까닭도 있다.

도요신야쿠사는 박 전무 일당에게 주당 5,000원씩 주식을 매수하겠다는 의사를 표시했다. 아울러 경영권을 확보하게 되면 대표이사 자리에 앉혀준다는 당근도 제시했다.

물론 박 전무 일당의 휘하 이사들에게도 요직을 약속했다.

하나 그 기간은 도요신야쿠사에서 파견한 직원들이 확실한 현황 파악을 할 때까지이다.

박 전무는 최대주주에 의해 해임 당할 것이며, 휘하 이사들 역시 모두 내쫓김을 당할 것이다.

그리고 대한약품은 한국 동양신약이라는 이름으로 바뀌게 될 예정이다. 대한민국의 토종 제약사 하나가 일본계 제약사로 탈바꿈하게 되는 것이다.

이런 복안을 모르기에 박 전무 일당은 혈안이 되어 루머를 양산하고, 민 사장의 친구들을 쫓아다닌 것이다.

그러는 한편 일반인들이 보유한 나머지 지분을 매입하기 위해 가진 재산을 쏟아냈다.

민 사장의 친구들로부터 39%에 해당하는 주식을 매수하면 곧바로 도요신야쿠사가 이를 매입하기로 약정서까지 작성되어 있기 때문이다.

주식이 많으면 많을수록 좋은 상황이기에 집을 담보 잡히는 무리수까지 두며 주식 매집에 나섰다.

그런데 민윤서 사장으로부터 39% 우호지분이 확실하다는 소리를 들었다.

시중의 모든 주식을 다 매입한다 하더라도 민 사장과 그 친구들이 보유한 51%를 확보 못하면 도요신야쿠사와의 약정은 물 건너간 것이다.

하여 은밀히 확인해 보았다. 그 결과 송 변호사를 비롯한 전원이 주식을 팔 수 없다는 답변을 했다.

도요신야쿠사와의 거래가 성사되지 못하면 대한약품은 자신들이 퍼뜨린 루머 때문에 망하게 될 것이다.

그렇기에 그간 긁어모았던 주식까지 모두 내놓았다. 그걸 현수와 은정, 그리고 수진과 지혜가 매입한 것이다.

한편, 주식 시장에서는 갑작스런 투매와 이를 적극적으로 받아들이는 세력 간의 거래가 활발해지자 몇몇이 주식 매입에 동참했다.

주가 등락에 영향을 미치는 작전 세력간의 거래라 판단한 것이다. 하여 나머지 주식까지 모두 사지는 못한 것이다.

임원 주주는 자신이 보유한 지분에 변동이 있을 때 이를 즉각 신고하도록 되어 있다. 그렇기에 박 전무 일당은 보유주식

수가 제로가 되었음을 신고한다.

이를 알게 된 민 사장은 그들을 해임한다. 그리고 박 전무 일당은 평생 재취업을 하지 못한다.

얼마 후, 박 전무는 신문을 보다 뒷목 뻣뻣해짐을 느끼게 된다. 이는 박 전무 하나만의 일이 아니다. 도요신야쿠사와 긴밀한 관계를 맺었던 임원들 전부의 공통점이다.

자신들이 헐값에 팔아 치웠던 주식이 날마다 상한가를 치고 있으니 어찌 목이 뻣뻣해지지 않겠는가!

횟술을 마시지만 그게 무슨 소용이 있겠는가!

전직 대한약품 임원들은 울화병에 걸려 한동안 고생한다.

반면, 환호작약하는 사람들도 있다.

민윤서 사장으로부터 39% 우호지분을 확보했다는 이야기를 들은 날로부터 열흘쯤 지난 후 대한약품은 공시를 한다.

공시(Disclosure)란 사업 내용이나 재무 상황, 영업 실적 등 기업의 내용을 투자자 등 이해 관계자에게 알리는 제도이다.

주식의 가격과 거래에 영향을 줄 수 있는 중요사항에 관한 정보를 알림으로써 공정한 가격 형성을 목적으로 한다.

이러한 공시제도는 의무화된 제도이다.

민윤서 사장은 이실리프 무역상사와 500만 달러 상당의 의약품 수출 계약을 체결했다고 공시했다.

또한, 익월부터 11개월간 매월 1,000만 달러 상당의 의약품을 추가로 수출하는 계약을 체결했음도 공시했다.

이날로부터 대한약품의 주가는 상한가를 거듭했다.

매일 15% 정도씩 상승하게 된다. 이러한 현상은 내리 보름 동안 계속되었다.

그 결과 2,010원짜리 주식이 16,350으로 급등한다.

은정과 수진, 그리고 지혜는 각기 15만주씩 3억 150만원을 투자했다. 그런데 불과 한 달도 지나지 않아 24억 525만원이란 거금이 되어버린다.

주식을 매입할 당시 낸 수수료는 45,220원이다.

셋은 한 달 후 주가가 정점이라 판단하여 일제히 매도하는 데 이때의 수수료는 360,780원이다.

여기에 증권거래세로 7,215,750원을 낸다.

결국 셋이 거둔 수익은 각각 20억 6,100만 원 정도 된다.

연봉 5,000만 원 직장인이 한 푼도 쓰지 않고 41년 이상을 모아야 될 돈이 생긴 것이다.

주식을 매도한 돈이 통장에 입금되던 날 셋은 서로를 붙잡고 하염없이 눈물을 흘린다.

이제 더 이상 돈 때문에 고생할 일이 없어진 것이다.

그럼에도 셋은 명품 백이랄지 비싼 옷을 사러 백화점을 드나들지 않는다. 그간 가난이 뭔지 너무도 처절히 경험했다. 다시는 그런 생활을 하고 싶지 않았던 것이다.

이들의 공통점은 또 있다.

이런 기회를 준 현수를 극도로 떠받들게 된다는 것이다.

아무튼 셋은 현수에게 거금을 운용할 능력이 없다면서 어찌

해야 할지를 묻는다.

사실 현수 역시 자금을 운용해 본 경험이 없다. 하여 우리은
행 양재북지점의 김영신 과장에게 SOS 신호를 보낸다.

그 결과 각종 펀드와 정기예금, 그리고 MMF, 방카슈랑스 등
장단기 자금 운용 방법을 알게 된다.

조언에 따라 은정과 수진, 그리고 지혜는 거의 대부분의 돈
을 장기투자 하기로 결정한다. 매월 발생되는 이자 역시 재투
자 대상이 되어 정기적금 등으로 운용되도록 한다.

그 결과 점점 더 많은 돈을 갖게 된다. 현수를 만나지 않았
다면 어림도 없을 일이다.

한편, 현수 역시 막대한 차익이 발생된다.

보유주식 650만 2,500주의 매입가는 130억 7,000만원 정도
였다. 이것이 1,063억 1,500만원으로 수직 상승한다.

약 932억 4,500만 원이라는 엄청난 거금이 늘어난 것이다.

은정과 수진, 그리고 지혜가 매도한 45만주를 산 사람은 현
수이다. 지분율을 조금 더 높이기 위함이다.

그 결과 현수의 주식 총수는 695만 2,500주가 된다. 그리고
셋이 주식을 판 다음 날에도 주가는 상승한다.

조금 더 훗날의 이야기이지만 대한약품의 주가는 278만 7천
원까지 오르게 된다. 무려 1,386배나 뻥튀기가 되는 것이다.

현수와 은정, 그리고 수진과 지혜만 웃은 게 아니다. 민윤서
사장 역시 환한 웃음을 짓는다.

주가는 상승하고 회사의 자금력이 빵빵해졌는데 어찌 웃지

않겠는가!

민 사장은 동분서주하며 주문 물량을 맞추기 위해 행복한 비명을 지르는 나날을 보내게 된다.

민 사장 이외에도 좋아하는 사람들이 있다.

현수와 은정, 그리고 수진과 지혜가 대한약품의 발행 주식 전체의 15.53%에 해당하는 198만주를 매입하던 날 이를 작전이라 여겼던 이들이다. 이들 역시 엄청난 이익에 환호작약한다.

하나 주식을 내놓지는 않는다.

더 오를 것이란 판단을 내린 때문이다. 그리고 그 예측은 적중해서 더 많은 돈을 벌게 된다.

박 전무 일당만 불쌍하게 된 셈이다.

*   *   *

현수는 손에 쥐고 있는 쪽지를 보며 투덜거렸다.

"짜식! 이런 골목 속에 꽁꽁 숨어 있으니 어떻게 찾아?"

쪽지에는 '무적 1등 수학교습소'라는 글씨와 주소가 쓰여 있다. 교육청까지 쫓아가서 알아온 내용이다.

이것을 얻기 위해 동사무소에서 졸업 증명서까지 발부받았다.

현수가 찾아온 곳은 상계4동 다세대 주택 밀집 지대이다. 골목을 누비며 여러 사람에게 물은 끝에 간신히 찾아왔다.

"아! 저기 있군. 짜식, 간판이라도 좀 크게 만들지. 쯧쯧!"

주변 간판보다 크기가 작아 옹색해 보이는 간판에 나직이 혀를 찼다.

안으로 들어가려는데 말소리가 흘러나온다. 대학 동창 민주영의 음성이다.

"자아, 칠판을 잘 봐. sin 90°는 1이야. cos 0°도 1이지."

"……!"

교실 창에 선팅을 해놓아 안에 몇 녀석이나 있는지는 알 수 없다. 하나 수업 중이기에 기다리기로 했다.

한 가지 확실한 것은 안에 있는 녀석들이 중3이라는 것이다. 직각삼각형의 각 변에 길이의 비에 대해 배우는 삼각비가 중3 과정에 있는 것이기 때문이다.

또 하나 확실한 것은 이 녀석들이 아주 공부를 못하는 놈들이 아니라는 것이다.

삼각비는 3학년 2학기 과정이다. 그런데 오늘은 6월 23일 일요일이다. 선행학습을 하고 있는 것이다.

당장의 공부도 따라가기 힘든 녀석들은 선행학습의 효과가 없다. 그렇기에 이 녀석들의 성적이 그리 나쁘지 않다는 추정을 할 수 있었던 것이다.

그러거나 말거나 민주영의 설명은 이어졌다.

"자아, sin 30°는 2분의 1이야. 그럼 cos 60°는 얼마라고?"

"2분의 1이요."

"우와, 현석이 너 이제 공부 시작한 거야? 그동안 속만 썩이고 공부 안 하더니…… 짜식! 고맙다. 공부를 시작해 줘서."

대체 현석이라는 녀석의 평상시 수업 태도가 어땠기에 이러는지 알 수는 없다.

하나 확실한 것은 개판이었음이 짐작된다는 것이다.

물론 공부를 아주 안 하는 애들보다는 훨씬 나았을 것이다. 현수는 피식 실소를 지었다. 자신도 한때 그랬던 때문이다.

"자아, sin 45°와 cos 45°는 그 값이 같아. 지난 시간에 수업한 건데 혹시 이거 기억하는 사람 있어?"

"알아요. 2분의 $\sqrt{2}$ 잖아요."

"오……! 건국이, 너도 드디어 공부 시작이냐? 고맙다. 좋아, 오늘 선생님 기분이 왕창 좋아졌다."

"……!"

칭찬을 해줬음에도 어찌 된 녀석들인지 별다른 대꾸가 없다.

"자아, 이번엔 sin 60°와 cos 30°의 값이 같아. 이 값은?"

"2분의 $\sqrt{3}$ 이요."

"혀, 현석아! 너 오늘 못 먹을 거 먹고 왔냐? 왜 이렇게 달라졌어? 너 현석이 아니고 헌석이 아니면 현식이지? 그치? 원래는 외계인인데 현석이로 변장한 거지?"

"아이, 왜 놀려요? 저 마음잡았단 말이에요."

드디어 대꾸를 한다. 근데 전혀 기분 나쁜 대꾸가 아니다.

"좋아, 좋아! 자 이제부터 내가 칠판에 뭘 쓸 거야. 너희는 이걸 보고 여기서 어떤 규칙 하나를 찾아내야 해. 알았지?"

아이들의 대꾸가 있기도 전에 민주영이 칠판에 뭔가를 쓰는 소리가 난다. 창문을 통해 슬쩍 바라보았다.

$$\sin 0° = \cos 90° = 0$$

$$\sin 30° = \cos 60° = \frac{1}{2}$$

$$\sin 45° = \cos 45° = \frac{\sqrt{2}}{2}$$

$$\sin 60° = \cos 30° = \frac{\sqrt{3}}{2}$$

$$\sin 90° = \cos 0° = 1$$

"자아, 칠판에 쓰인 것에서 어떤 규칙을 찾을 수 있을까?"

"선생님! 이거 맞추면 뭐 줘요?"

"뭐 주냐고? 으음, 좋아! 오늘 니들 수업 태도 좋았으니까 이거 맞추면 내가 피자 쏜다."

"우와아아······! 정말이요?"

몇 놈이 있는지 알 수 없지만 책상 두드리는 소리로 미루어 짐작컨대 적어도 여덟 놈은 있는 듯하다.

"그래. 그러니 규칙을 찾아봐."

주영의 말이 끝나기 무섭게 웬 녀석이 소리친다.

"선생님, 저요."

"그래, 오씨 집안의 장남 건국이······! 알아냈어?"

"네, 앞에는 전부 사인이고 뒤는 전부 코사인이잖아요."

"아이쿠, 두야! 얌마, 그게 규칙이야?"

"그렇잖아요. 잘 봐봐요, 앞은 사인, 뒤는 코사인……!"

"그래, 그렇기도 하다. 하지만 내가 바란 답은 아냐. 혹시 헌석이 아니며 현식이가 찾았냐?"

"선생님, 제 이름은 현석이거든요, 임현석……! 맘 잡았단 말이에요. 그리고 규칙 찾았어요."

"좋아, 말해봐. 어떤 규칙이지?"

"네, 앞 뒤의 각을 합치면 전부 90° 예요."

"오옷……!"

"맞았지요? 그죠? 제가 맞춘 거죠?"

임현석이 신난다는 듯 소리쳤다. 이에 민주영이 잠시 뜸을 들인다. 그러더니 칠판에 무언가를 쓰기 시작했다.

'임현석 공식'

$$\sin x = \cos (90-x)$$
$$\cos x = \sin (90-x)$$

"자아! 오늘 우리는 새로운 공식 하나를 발견했다. 난 이 공식을 임현석 공식이라 이름 붙이고 싶다. 현석이가 발견했잖아. 안 그래?"

민주영의 말에 아이들이 일제히 책상을 두드리며 환호한다.

우다다다다다다!

"우와와아아!"

"피자! 피자! 피자! 피자!"

"자아, 조용 조용! 피자는 조금 있다 먹여줄 테니 일단 수업에 집중해."

"네에."

조금 있다 먹을 게 온다는 생각 때문인지 아이들은 금방 조용해진다.

같은 시각, 현수는 건너편에 보이는 피자집에 전화를 걸었다. 그리고 이십여 분쯤 지나서 수업이 끝날 무렵이다.

삐이꺽―!

"피자 배달 왔습니다."

"와아아아아아!"

"……!"

아이들은 환호했지만 민주영은 웬일인가 싶은 표정이다. 주문도 안 한 피자가 온 때문이다.

그러거나 말거나 배달 총각이 피자 묶음을 내려놓으며 내용물을 확인시킨다.

"갈릭 스케이크 라지 하나, 올라 스페인 라지 하나, 크리미 쉬림프 라지 하나. 스위트 히든 엣지 라지 하나. 그리고 콜라 큰 거 두 병. 합이 13만 1,600원입니다."

민주영은 당황한 표정이 역력하다.

아이들에게 사주려던 것은 가장 값이 싼 것이다. 그런데 배달 온 것은 가장 비싼 것들로만 왔다.

하나 애들 앞에서 어찌 무를 수 있겠는가! 하지만 생각지도 못한 거금을 지출해야 하는 것이 억울하다는 표정이다.

한편, 아이들은 집에서조차 먹어볼 수 없는 프리미엄 급 피자 향에 침을 질질 흘리는 중이다.

"어이, 배달 총각! 그거 내가 시킨 겁니다. 이리 오세요."

"어라, 너는 현수……? 김현수?"

"그래, 인마. 잘 있었지?"

느닷없는 현수의 출현에 주영이 어리둥절한 표정을 지었다. 그러거나 말거나 현수는 피자 값을 치렀다.

"선생님! 우리 이거 먹어도 돼요?"

"엉……? 어, 그, 그래!"

"우와와와! 먹자, 먹어!"

"후와아! 이 토핑 좀 봐! 끝내준다."

아이들은 걸신 들린 양 허겁지겁 먹기 시작했다.

"야, 이렇게 세워둘 거야?"

"응? 그, 그래. 안으로 들어가자."

주영의 안내로 들어간 곳은 교재 및 교구를 보관하고, 학부모 상담 용도도 만든 듯하다.

두 평 남짓한 방엔 책상 하나와 테이블 하나가 전부이다.

주영은 늘어져 있는 것들을 거듬거듬 치우며 물었다. 여전히 왼 팔을 못 쓰는 모양이다.

"어쩐 일이냐? 여기까지……."

"어쩐 일은? 엉아가 너 보고 싶어서 왔지. 반갑다, 친구!"

현수가 주영을 와락 꺼안았다. 주영은 제 몸을 내주고 있었지만 어찌된 영문인지를 가늠하는지 별다른 움직임이 없었다.

"오늘 수업 언제 끝나냐?"

"응? 끄, 끝났다. 방금 전 수업이 마지막이야."

"야, 아직 아홉 시도 안 되었는데 벌써 끝나면 어떻게 해?"

"으응, 애들이 별로 없거든."

주영의 표정은 밝지 못했다. 교습소를 운영하기는 하지만 큰돈을 벌기는커녕 현상 유지에도 바쁜 때문이다.

"그나저나 수학에 언제부터 임현석 공식이 생겼냐?"

"아, 그거? 요즘 애들을 그렇게라도 관심을 끌어주지 않으면 공부 안 한다."

"짜식, 그래도 제법 수업 연구는 하는 모양이네."

"그래, 인마! 해야지. 안 하면 현상 유지도 힘들다. 요즘!"

"나도 대강은 안다. 밤 10시 이후 수업 금지, 방과 후 학교, 강제 야간 자율 학습 등으로 학원들 먹고 살기 힘들어진 거."

"보습학원들도 힘들어서 근처의 몇 군데가 문 닫았어. 나는 그나마 덩치가 작아서 근근이 버티는 중이다. 내 월급만 포기하면 되니까."

"하여간 엄살은……! 오랜만에 만났는데 술 한잔해야지?"

"그럼! 근데 나 돈 못 번다."

"짜식! 엉아가 산다. 돈 걱정 말고 마시러 가자."

"그, 그래!"

주영은 약간 어정쩡한 표정이다. 바깥에 더러워진 교실 때문인 듯싶다.

　"야! 교실은 내일 치워도 되잖아."

　"그래, 알았어."

CHAPTER 03
돌팔이 기적을 일으키다

둘이 택시까지 타고 간 집은 장위동에 위치한 유성집이란 곳이다. 참숯구이 한우 등심 전문점이다.

"야, 여기 비싸다."

400g에 56,000원이란 메뉴를 보고 주영이 옷깃을 잡아당긴다. 이런 곳에선 먹어본 적도 없다는 뜻이다.

"괜찮아. 엉아, 성공했다. 너한테 이 정도 살 정도는 돼! 그러니 걱정 말고 먹자."

"나중에 계산 많이 나왔다고 뭐라 하지 마라."

"그래, 인마! 많이 먹기나 해라."

자리에 앉아 주문하자 일사천리로 세팅이 끝났다.

이글이글 타오르는 숯불에 한우 등심을 올려놓자 특유의 소리와 냄새가 난다.

"크으으, 죽인다! 그런 의미에서 한 잔."

"오케이!"

챙—!

잔을 부딪치고 단숨에 술잔을 비웠다. 그리곤 맛 좋고, 향도 좋은 한우 등심 한 점을 넣고 씹었다.

맛있는 육즙이 과연 소문대로이다.

"그간 어케 살았냐? 우리 졸업하고 처음이잖냐."

"그래. 오랜만이지. 난 학교를 졸업하고……."

주영의 인생 역정이 시작되었다.

4년제 대학교 수학과를 졸업했지만 3류 대학 출신인지라 주영의 앞날은 밝지 못했다. 게다가 한쪽 팔을 못 쓰게 되었는지라 국방부에서도 초청하지 않았다.

주영은 정상적인 직장 생활을 할 수 없음을 누구보다도 잘 알았다. 한쪽 팔을 제외한 모든 부분이 정상이건만 어느 누구도 정상인 대접을 하지 않았기 때문이다.

그렇게 1년이 지났다. 그 사이에 반년 가까이 병석에 누워 계시던 아버지가 돌아가셨다. 어머니와 이혼한 후 얻은 마음의 병 때문에 마신 술로 인한 간암이 원인이다. 본인이 세상을 살아갈 의지가 없다면서 항암 치료를 거부한 결과이다.

장남이자 외아들인 주영은 혼자서 장례를 치렀다. 그날 이후 지금껏 외톨이가 되었다.

작은 아버지와 고모도 장례식 이후엔 아예 연락을 끊었다.

주영은 전세 보증금을 빼서 상계동으로 이사했다. 그리곤 그 돈으로 원룸을 얻었고, 교습소를 차렸다.

일반 보습학원에서 경험이라도 얻었다면 어려움이 덜했을 것이다. 하나 한쪽 팔을 쓰지 못하는 몸인지라 학원 취직 역시 불가능한 일이었다.

덕분에 많은 시행착오를 겪었다.

수학을 전공했다고 해서 아이들이 벌떼처럼 몰려드는 것도 아니란 것을 알게 되었다. 또한 모든 수학 문제를 풀 수 있다 하여 잘 가르칠 능력이 있는 것이 아니라는 것도 터득했다.

돈 몇 푼 더 벌어보겠다고 심야 수업을 하다 걸려 적지 않은 벌금도 냈다.

그렇게 세월이 흘렀다.

당연히 여자친구는 한 번도 없었다. 한쪽 팔을 못 쓰는 데다 돈도 못 벌고, 모아놓은 돈도 없으며, 집안 배경도 전혀 없다. 누가 주영과 사귀어주겠는가!

어쨌거나 주영은 여전히 벌어놓은 돈 없고, 벌이도 시원치 않은 장래가 전혀 밝지 않은 청년이다.

자신의 이야기를 모두 마친 주영이 술잔을 비웠다.

"난 이렇게 살았다. 너는……?"

"난, 학교 졸업하고 두 달 있다가 군대에 갔잖아. 그 때……."

현수의 거짓말이 시작되었다.

있지도 않은 군대 동기가 등장했다. 성은 유씨이며, 드라마 허준에서 스승으로 나왔던 유의태 의원의 후손이다. 또한 이 녀석의 조부는 일제시대 때 명의로 소문났던 사람이다.

아무튼 이놈과 둘이 휴가를 얻어 바다로 놀러 갔다.

그러다 발에 쥐가 나는 바람에 물에 빠져서 익사할 상황이 되었다. 이때 용감한 현수가 뛰어들어 멋지게 구해냈다.

동기를 구해낸 공으로 그의 조부로부터 침술을 배우게 되었다. 그리곤 제대를 했다.

천지건설에 지원서를 냈고, 뛰어난 성적을 얻어 입사하게 되었다. 회사에선 유능한 인재에게 외국 경험을 쌓게 하려 미국, 독일, 프랑스, 영국 등으로의 지사 발령을 내려 했다.

하나 현수는 세계에서 두 번째로 가난한 나라 콩고민주공화국을 택했다. 발전 가능성이 가장 높기 때문이라 하였다.

하여간 말은 번지르르하게 잘도 한다.

아무튼 콩고민주공과국의 내무장관과 우연히 연결되어 그의 지병을 치료해 주었다.

그 결과 잉가댐 및 발전소 공사를 따게 되어 일약 과장으로 승진했음을 이야기했다. 큰 줄거리만 사실이고, 곁가지 대부분은 거짓말을 교묘히 섞은 것이다.

주영은 한편의 활극을 감상한 듯한 표정을 지었다. 몸만 성하다면 자신이 했으면 할 일을 현수가 했기 때문이다.

"근데 너 손 좀 줘봐라."

"왜?"

"인마, 명의께서 진맥하자고 하면 찍소리 하지 말고 손목 내놓는 게 환자 된 도리야."

"그, 그래."

현수는 짐짓 맥문을 쥐고 진맥하는 척했다.

"마나 디텍션!"

나직이 속삭이자 마나가 몸 안으로 스며들었다. 하나 주영은 마나를 느끼지 못하는 몸인지라 아무런 반응도 없었다.

예상대로 왼쪽 팔에 문제가 있다.

사고 당시 주영은 일곱 군데나 찔리거나 베였다.

응급수술을 담당했던 의사는 근육과 힘줄, 그리고 혈관을 이어주는 수술만 하고 봉합했다.

나머진 인체의 자연치유력에 맡긴 것이다.

검색해 본 결과 주영의 팔에는 마나 통로가 없다.

조폭이 휘두른 칼에 그 통로가 베어졌는데 제대로 이어지지 못한 때문이다.

마나의 움직임은 위장과 머리에서 정체되어 있었다. 하여 현수는 맥문을 놓으며 이렇게 말하였다.

"너, 밤에 잠 잘 못 자지? 그리고 소화도 제대로 안 되고. 가끔 머리도 아프지? 탈모도 많은 편이고."

"어, 어떻게 알았냐?"

주영은 현수가 말한 모든 증상을 다 가지고 있다. 그렇기에 화들짝 놀라는 표정을 지었다.

하긴 한의사도 아닌 녀석이 팔목 한번 붙잡아보고 이런 증상을 모두 맞추니 어찌 놀라지 않겠는가!

주영은 자신이 겪고 있는 복합적인 증상을 인터넷에서 검색해 보았다. 그랬더니 암일 확률이 대단히 높다고 한다.

하나 건강검진을 받으러 갈 생각은 하지 못했다. 만에 하나 암이라는 진단이 내려질까 두려워서이다.

"인마, 영아가 명의한테 사사했다고 했잖아. 안 믿었냐?"

"그, 근데 내 병명은 뭐냐? 서, 설마 암은 아니지?"

'그래' 라고 말을 하면 입술이 좌우로 벌어진다. '아니' 라고 말을 하려면 입술이 위아래로 벌어진다.

주영은 현수의 입술만 바라보았다. 이때 현수의 입술이 움직이려 한다. 그런데 좌우로 벌어진다.

순간 주영은 절망했다. 암을 치료할 돈도 없다. 게다가 증상이 심해지면 교습소도 운영할 수 없다.

세상의 낙오자가 된 것도 억울하다. 거기에 쓸쓸한 죽음이 코 앞이라는 생각에 눈물이 글썽였다.

종교는 없지만 문득 해도 너무한다는 생각이 들었다. 어찌 이런 불행을 연속적으로 주는지 원망스러울 뿐이다.

하여 고개를 푹 떨구었다. 그 순간 현수의 말이 이어졌다.

"당연히 아니지. 암은 무슨……! 인마, 넌 우울증이야. 그것도 만성!"

주영의 고개가 당연히 번쩍 들린다.

"만성우울증? 치, 치료는 가능하냐?"

"인마, 내가 신의냐? 만성우울증을 침 몇 방으로 고치게?"

"그, 그럼……."

현수의 말에 주영이 어떻게 하느냐는 표정을 지었다. 이때 현수가 얼굴을 굳히며 나직이 속삭였다.

"그건 치료 못한다. 하지만 니 팔은 고쳐줄 수 있지."

"……! 너, 너 방금 뭐라고 했냐?"

주영의 눈이 왕방울만 하다.

"만성우울증은 밥 잘 먹고, 운동 열심히 하고, 긍정적인 사고로 맡은 일을 열심히 하면 고쳐진다."

"그 말 말고!"

"니 왼팔은 내가 고쳐줄 수 있다고 했다."

현수의 담담한 음성에 주영의 눈이 또 커진다.

"저, 정말이냐?"

"짜식! 멀리서 일부러 찾아왔건만……. 내가 너한테 뭐하러 거짓말하겠냐?"

"……!"

"지금은 열심히 술 마시자. 팔은 내일 고쳐줄게."

"……!"

주영은 결국 고주망태가 되었다. 현수는 주영을 업고 여관을 찾아다녔다. 하나 어느 곳 하나 입실을 허락지 않았다.

밤새 방을 돌려야 하는데 술이 떡이 된 놈이 방을 차지하면 안 되기 때문일 것이다.

또한 침대에 토해 놓을까 봐 그러는 모양이다.

"쳇, 인심 한번 더럽게 야박하네."

현수가 주영을 내려놓은 곳은 조그마한 공원이다. 밤이 깊어 그러는지 사람이 하나도 없었다.

"바디 리프레쉬!"

샤르르르르릉!

마나가 뿜어져 들어가고 얼마 지나지 않아 주영이 정신을 차린다. 역시 멀린표 마법은 위대하다.

"끄으응! 여긴……."

"웬 술을 그렇게 먹냐? 밤이 늦었다. 집이 어디냐?"

주영이 고개를 휘휘 둘러보더니 손짓을 한다.

"저기 저 집. 302호."

"그래, 가자!"

터덜터덜 걸어서 도착한 원룸은 개판이었다.

"야……! 밥은 해먹고 사냐?"

가스렌지 곁에는 빈 라면 봉지가 수북하다. 냉장고를 열어보니 단무지와 김치뿐이다.

주영은 현수가 왜 이런 질문을 하는지 안다는 듯 왼팔을 보여준다.

"팔이 이래서……."

사방이 어질러져 있어 현수는 이맛살을 찌푸렸다. 그러다 세탁기를 보니 최소 열흘치 빨래가 쌓여 있다.

"빨래는 안 해?"

"하지. 열흘에 한 번."

주영이 원래 이렇게 게으른 녀석이었는지를 생각하던 중 벌여놓은 좌탁을 보았다. 위엔 교재들이 어지럽게 펼쳐져 있는데 붉고 푸른 글씨가 보인다.

안력을 높여 읽어보니 수업 준비를 한 모양이다.

"팔이 이래서 밥을 하는 것도, 빨래는 하는 것도 솔직히 힘들다. 그래도 열심히 살고 있으니 너무 타박 마라."

"그러냐?"

"그래, 내일부터 힘내서 애들 가르칠 거다. 그러다 보면 애들도 늘고, 나도 돈을 벌겠지."

주영은 아까 현수가 했던 말을 잊은 듯하다. 워낙 많이 마셔서 고주망태가 되는 바람에 필름이 끊긴 모양이다.

현수는 굳이 다시 설명하지 않았다.

"그래, 알았다."

"자, 이거 빨래해서 장롱 속에 넣었던 거라 더럽지 않다. 넌이거 써라."

주영이 이불 한 채를 꺼내놓고는 바닥에 늘어진 것들을 발로 쓱쓱 밀어낸다. 보다 못한 현수가 나서서 정리했다.

"자라!"

"안 씻고 자냐?"

"귀찮다."

"에구, 드런 놈! 씻지도 않고 자리에 들어가?"

그러거나 말거나 주영이 자리에 눕는다. 그리곤 얼마 지나지 않아 코를 곤다. 술을 너무 많이 마셔서 그런 듯하다.

"어휴! 이 자식……! 이게 사람 사는 데야? 돼지 소굴이지."

요를 깔려고 바닥을 살핀 현수는 고개를 절레절레 흔들었다.

언제 흘렸는지 알 수 없을 라면 국물과 김치 국물이 말라붙어 있었던 때문이다. 하도 오래되어 끈끈하지도 않다.

현수가 잠든 주영을 바라보았다.

"그래, 인마! 그간 고생 많았다. 힘들게 살았으니 오늘은 오랜만에 푹 자라. 딥 슬립!"

마법이 구현되자 웅크렸던 몸이 스르르 펴진다. 스트레스 때문에 자는 자세조차 좋지 않았던 것이다.

"좋아, 그럼 한번 치워볼까? 클린! 어쭈, 안 지워져? 워싱!"

마법이 구현될 때마다 눈에 뜨이게 달라진다.

세탁기도 돌렸다. 현수 역시 원룸에서 살았기에 이런 청소에는 일가견이 있다.

싱크대에 수북하던 그릇들은 워싱 마법 한 방으로 끝냈다.

이웃집을 고려하여 논 노이즈(Non Noise) 마법이 구현되었는지라 일체의 소음 없이 청소되고 있었다.

분리수거할 것은 분리수거하고, 버릴 것은 내다 버렸다. 그러는 사이에 세탁이 끝났다.

그럼에도 워싱 마법과 클린 마법이 한 번 더 구현되었다. 덕분에 새로 산 것처럼 말끔해졌다.

"데시케이션(Desiccation)!"

건조 마법이 구현되자 바싹 마른다.

"타이디 디 오브젝트(Tidy the object)!"

영화 메리 포핀스[5]를 보면 빨래가 개어져 서랍 속으로 들어가는 장면이 나온다.

현수의 마법에 의해 지금 그 장면이 재현되고 있었다.

서랍이 차례로 열리면서 상의는 상의끼리 하의는 하의끼리 정돈되었다. 팬티며 양말만 따로 한 칸이다.

옷장을 열어보니 때에 찔어 있다. 다 꺼내서 세탁했다. 그 결과 이것들 역시 새 옷처럼 깨끗해졌다.

지저분하던 바닥은 초강력 세제로 닦아낸 듯 깨끗하다. 물론 워싱과 클린 마법의 결과이다. 여기저기 늘어져 있던 그릇들 역시 깨끗이 닦인 채 정돈되었다.

아르센 대륙의 마법사 역시 청소하기 싫어한다. 멀린이라 하여 어찌 다르겠는가!

현수가 몰라서 그렇지 유난히도 깔끔 떨던 위인이다. 그렇기에 멀린의 각종 청소 마법은 상당히 효율적이었다.

주영이 깔고 자는 이불과 요, 그리고 베개까지 모두 새것처럼 깨끗해진 것은 새벽 6시경이다.

"흐음, 그럼 이제 슬슬 시작해 볼까?"

잠든 주영의 곁에 앉은 현수는 그의 왼팔을 잡고 마나를 불어넣었다.

"마나여, 잘못된 곳을 원상 회복시켜라. 리커버리!"

샤르르르르룽—!

서늘한 푸른 빛 마나가 스며든다. 상당히 많은 양이 빠져나

---

5) 메리 포핀스(Merry Poppins, 1964년작):1910년 영국을 배경으로 한 마법이 사용되는 영화. 줄리 앤드류스, 딕 반 디키 출연.

가는 것으로 미루어 짐작컨대 수술이 잘못되었던 것 같다.

하나 무한정 빠져나간 것은 아니다. 어느 정도가 되자 점차 마나의 분출이 줄어든다.

현수는 아공간에서 회복 포션을 꺼냈다. 그리곤 반병을 주영의 입에 넣어주었다. 경각지경이 아니므로 반병이면 충분하고도 남을 것이라 생각한 것이다.

다음엔 왼팔을 마사지해 줬다. 마나가 보다 부드럽고 빠르게 유통되도록 길을 잡아주기 위함이다.

아침 7시경이 되자 마사지를 멈췄다. 대신 침통을 꺼내들었다. 그리곤 주영의 손과 팔에 여러 개의 침을 시침했다.

대략 열 개쯤 찔러놓고는 마법을 해제했다.

"매직 캔슬!"

"끄으응!"

오랜만에 실컷 잠을 잔 주영이 깨어나려는 순간 들고 있던 침을 박았다.

"으으윽……!"

"주영아! 아파도 조금만 참아. 지금 침놓는 중이야."

"……!"

느닷없는 통증에 자리에서 일어나려던 주영의 움직임이 멈췄다. 감각이 없던 왼팔에서 느껴지는 통렬한 통증 때문이다.

현수가 침을 놓은 곳은 경혈이 아니다.

아르센 대륙에 있으면서 용병들을 대상으로 침을 놓았었다. 그러는 동안 압점과 통점이 어디에 많은지를 깨우쳤다.

압점이란 피부에 가해지는 압력을 느끼는 감각점(Sensory spot)이다. 통점은 고통을 민감하게 반응하는 감각점이다.

통점의 경우 1㎠ 당 90~150개가 분포되어 있다. 압점은 25개, 냉점은 6 23개, 온점이 0 3개로 가장 적다.

이러한 감각점은 손가락에 많이 분포되어 있다. 그렇기에 손가락에 침을 놓았던 것이다.

"아프지? 아픈 건 네 팔의 감각이 돌아왔다는 거야. 그러니까 죽을 만큼 아픈 게 아니면 꾹 참아. 알았지?"

주영의 고개가 힘차게 끄덕여진다. 팔의 감각만 돌아오면 어떤 일이라도 해낼 수 있을 것이란 생각 때문이다.

주영은 5분 정도 더 고통에 시달렸다. 고치는 것이 결코 쉽지 않다는 것을 알려주기 위함이다.

"팔 움직여 봐."

"움직여……! 현수야, 내 팔이 움직인다."

"꼬집어도 봐."

"그, 그래!"

주영은 제 팔의 여기저기를 힘껏 꼬집었다. 통증이 느껴졌지만 그 고통이 오히려 반가웠다.

어느새 주영의 얼굴은 축축하게 젖어 있었다.

"자, 이제 팔은 고쳐졌어. 너, 앞으로 어떻게 살 거니? 계속해서 애들 가르치면서 살 거야?"

"……!"

"어제 말을 안 한 게 있는데, 나 회사 하나 차렸다. 잘 나가는 무역회사야. 너 숫자가 좋아 수학과에 입학했는데 정작 숫자는 안 다룬다고 투덜댔었지?"

"그래."

"우리 회사로 와라. 숫자 엄청나게 다루게 해줄게."

"애, 애들은? 가르치던 애들은 그냥 팽개치고……?"

"아니, 우리 회사 탄력근무제다. 일찍 출근해서 볼일 다 본 다음에 퇴근해서 가르치면 되잖아."

"겸직금지 뭐 이런 거 없어?"

"내가 사장이다. 우리 회산 그런 거 없어. 다른 일을 더해서 돈을 더 번다면 좋은 일 아니냐?"

"고맙다. 깊이 생각해 볼게."

"오냐! 하지만 너무 오래 생각지는 마라. 사람 다 뽑고 나면 너 있을 자리 없을 수도 있다."

"그래, 고맙다. 잘 생각해 보고 대답할게."

현수는 주영과 인근 식당에서 아침을 같이 먹었다. 집 안에 라면밖에 없었기 때문이다.

*   *   *

"사장님, 아까 전화하셨던 손님 오셨습니다."

"그래요? 안으로 모시세요."

비서의 안내를 받아 사장실에 들어가니 웬 조폭이 서 있다.

키는 175㎝ 정도 되는데 몸무게는 아무리 적게 잡아도 100㎏

은 족히 될 덩치 큰 사내이다. 머리카락도 짧은 편이다.

그나마 금테 안경을 써서 분위기가 많이 나아진 것이다.

"안녕하세요? 이실리프 무역상사의 김현수입니다."

"네, 반갑습니다. 울림 네트워크의 박동현 대표입니다."

악수를 하고 명함을 주고받았다.

자리에 앉자 비서가 오렌지 주스를 가져온다.

"저희 회사엔 어떤 용무이신지요?"

"울림 네트워크의 스피드 수출 건 상담 때문에 왔습니다."

"그래요? 어떤 나라에서 오퍼가 온 건가요?"

"오퍼가 온 건 아니고 제가 수출하고 싶어서 온 겁니다."

"그래요? 저희 회사는 어떻게 아시고……."

"김형윤 상무님이 제 고등학교 선배님이십니다."

"아! 우리 김 상무님의 후배시군요. 근데 어쩌죠? 지금 미국 출장 중이신데. 전화 연결을 해드릴까요?"

박동현 사장이 전화기를 들기에 현수가 손을 내저었다.

"아닙니다. 김 상무님하고는 나중에 이야기하면 됩니다."

"네, 그럼 그러시죠. 한데 김 사장님이 수출하고 싶다는 말은 무슨 말씀이신지요?"

"동문회에서 김 상무님을 뵌 적이 있습니다. 그때 스피드에 대한 말씀을 많이 하셨지요. 그래서 인터넷으로 검색을 해보았습니다."

"그러시군요."

"상당히 여러 나라에 수출하는 것으로 나오더군요."

"네, 말레이시아, 싱가포르, 아랍에미리트, 러시아 등 여러 나라와 계약을 체결했지요."

박동현 사장은 자랑스럽다는 표정이다. 하긴 울림 네트워크는 중소기업이다. 이런 회사에서 수제 스포츠카를 생산해 냈다.

이 수제 스포츠카 스피드는 서킷에서 레이싱용 포르세 GT3를 이긴 적이 있다. 어설픈 GT3가 아니라 이레인이라는 명문 팀을 상대로 한 경기였다. 차량 내구성 테스트를 위해 출전한 경기에서 이변을 일으킨 것이다.

"러시아엔 부품 형태로 수출하는 것으로 알고 있습니다."

"네, CKD 형식 수출로 110대 분입니다."

"저는 완제품으로 수출하려 합니다. 대상국은 러시아이구요."

"대수는 얼마나……?"

박동현 사장은 흥미있다는 표정이다. 하긴 차 팔아주겠다고 왔는데 어찌 싫어하겠는가!

"그보다 먼저 스피드의 월 양산 대수가 얼마나 되는지요?"

"월 양산 대수는…….."

박동현 사장은 말을 쉽게 잇지 못했다.

대한민국의 거의 모든 중소기업은 공통적인 어려움을 겪는다. 이것 때문에 별의별 일이 다 일어나기도 한다.

그것은 바로 자금 조달이다.

울림 네트워크도 자금난 때문에 많은 대수를 생산해 낼 수 없는 상황이다. 그렇기에 쉽게 말을 잇지 못한 것이다.

오늘 이곳에 오기 전 현수는 상당히 많은 자료 조사를 하고 왔다. 그렇기에 스피드의 가격과 제원을 모두 안다.

뿐만 아니라 회사의 재무 상황에 약간의 문제점이 있다는 것도 파악한 상태이다.

하여 박동현 사장이 말을 잇기 전에 먼저 말을 꺼냈다.

"만일 울림 네트워크에서 매달 100대씩 생산해 주신다면 1년 간 1,200대를 납품 받고 싶습니다."

"네에?"

박동현 사장의 눈이 커진다. 기껏해야 서너 대일 것이라 생각했던 예상이 너무도 크게 깨진 탓이다.

그로기 상태임에도 현수는 잔인하다.

"200대씩 생산하신다 하더라도 그 물량 전부를 소화시킬 수 있습니다."

"끄으응!"

"어떻게… 그렇게 해주실 수 있겠습니까?"

"솔직히 지금의 능력으론 그렇게 해드릴 수 없습니다."

"자금이 문제라면 일부는 선금으로 드릴 수도 있습니다. 그러면 얼마나 가능한지요?"

"선금을……! 감사합니다. 마음 써주셔서."

"중소기업이 겪는 어려움을 제가 왜 모르겠습니까. 상부상조하자는 거지요."

"네, 아무튼 생산설비 확충을 하게 되면 월별 20대는 가능할 것으로 여겨집니다."

"자금이 더 투입되면 더 늘어납니까?"

"네, 하나 저희 능력엔 한계가 있어서……. 한 달에 50대 이상은 어려울 듯합니다."

"역시 김형윤 상무님 말씀이 옳군요. 김 상무님이 그러시더군요. 박동현 대표께선 잇속이나 따지는 얄팍한 장사꾼이 아니라구요. 우직하면서도 추진력이 있는 기업인이라 큰 성공을 거둘 인물이라 평하셨습니다."

"에구……."

면전에서 대놓고 하는 칭찬이 남세스러웠는지 박 대표가 어색한 웃음을 짓는다.

"우리 이렇게 했으면 합니다. 저는 납품 단가를 가지고 시간 낭비하며 네고할 생각은 없습니다. 그것은 사장님이 납득할 만한 선에서 제시해 주십시오."

"먼저 저를 믿어주셔서 고맙습니다. 그리고 생산량은 저희 실무진들과 의논하여 사장님께 알려 드리도록 하겠습니다."

"그리고 말나온 김에 엘딕(Eldic)에 관한 이야기도 하지요."

엘딕은 울림 네트워크에서 야심차게 준비한 전기 자전거의 이름이다.

엘딕은 36V 모터와 리튬이온 배터리를 사용한다.

최고 시속은 35㎞, 일반 모드에서는 한 번 충전하면 약 20㎞ 이상 주행할 수 있는 자전거이다. 특히 속도 제어 장치엔 오토바이에도 없는 국내 특허가 적용된 것이다.

원래는 역삼륜 자전거로 개발되었던 것이다.

자동차에만 쓰이던 현가 장치, 자동 주행 장치, 자동 정속 주행 장치 등이 적용된 것으로 대당 250만원 정도한다.

"엘딕은 또 어떻게 아십니까?"

"그야 김형윤 상무님 블로그에 가면 아주 자세히 소개되어 있으니 알지요."

"아, 그런가요?"

"네, 애사심도 많고, 울림 네트워크에서 만드는 제품에 대한 자존감 내지는 애정도 큰 것 같습니다. 조만간 전무님으로 승진시켜주셔도 될 겁니다."

"하하! 네에. 무슨 말씀이신지 알겠습니다."

박동현 대표가 파안대소를 했다. 현수의 말이 웃겨서가 아니라 김형윤 상무의 애사심에 기분이 좋아서이다.

"엘딕의 제원도 제가 대강은, 아니, 이것 역시 납품 단가와 생산 가능 대수를 알려주시면 좋겠습니다."

"네, 그러지요."

박동현 대표가 흔쾌히 고개를 끄덕였다.

"참, 러시아는 한국과 달리 시속 25㎞ 이하로 제한하지 않을 겁니다. 그러니 최고 성능을 낼 수 있도록 해주십시오."

"알겠습니다. 그렇게 하지요."

"네. 오늘은 이만 가죠. 연락 기다리겠습니다."

"감사합니다, 저희 회사를 방문해 주셔서……. 김 사장님의 기대에 어긋나지 않는 품질로써 감사를 표시하겠습니다."

"네에. 저도 그러길 바랍니다."

울림 네트워크 사무실을 나온 현수는 문득 은행 잔고가 궁금했다. 하여 은정에게 전화를 걸어 확인했다.

그런데 주식 매수를 하느라 여력이 별로 없다고 한다.

아공간에 담긴 금을 처분하면 되지만 한국에선 그러기 어렵다. 수연을 구하면서 얻은 엔화만으론 부족하다.

킨샤사의 왕가 약포에서 가져온 것은 1kg짜리 금괴 400개 이외에 현금으로 200만 달러도 있다.

이것들을 처분하면 되지만 문제는 출처이다. 돈이 있어도 쓸 수 없는 상황인 것이다.

울림 네트워크에서 선금 운운 했기에 돈을 만들기는 해야한다. 하여 이런저런 생각을 하다 이춘만 차장을 떠올렸다.

생각난 김에 전화를 걸었다. 웬일인지 단번에 연락이 된다.

"여보세요."

"마투바? 나, 김현수야."

"아! 미스터 김. 왜 안 오냐? 마투바 미스터 김이 보고 싶다. 빨리 와라."

"그래, 조금 있으면 갈 거야. 근데 지사장님 계셔?"

"지사장? 지금 잔다."

"지금이 몇 신데 자?"

시계를 보니 오후 2시이다. 하여 고개를 갸웃거렸다. 낮잠을 자나 싶었던 것이다.

"여기 시각은 현재 아침 6시다. 지사장 어제도 술이 떡이 돼서 아직 안 일어났다."

"아! 시차를 깜박했다. 그럼 지사장님 일어나시면 내게 전화하시라고 전해줄래?"

"전화? 아, 잠깐만! 지사장 일어났다. 잠깐만 기다려라."

마투바의 어설픈 한국어에 현수는 피식 실소를 머금었다. 그 상태로 5분 정도 전화기를 붙잡고 있었다.

"아! 김 과장. 잘 있었지? 어제 과음을 해서 오줌 싸느라 조금 늦었네. 그런데 웬일인가?"

"지사장님! 저 돈이 좀 필요한데 꿔주실 수 있습니까?"

"돈……? 돈을 꿔달라고?"

"네, 돈이 없습니다. 있는 대로 좀 꿔주세요."

"아니 이 사람아! 그 많은 돈을 벌써 다 써?"

"많은 돈이라니요?"

"여기서 발생된 이익금! 내가 그거 자네 통장으로 송금했는데 그 많은 걸 다 썼단 말이야?"

"네? 무슨 통장이요?"

현수는 의아하다는 표정을 지었다.

"여기서 생긴 이득금 가운데 자네 몫을 보냈잖아, 우리은행 계좌로……. 근데 계좌 확인도 안 해본 거야?"

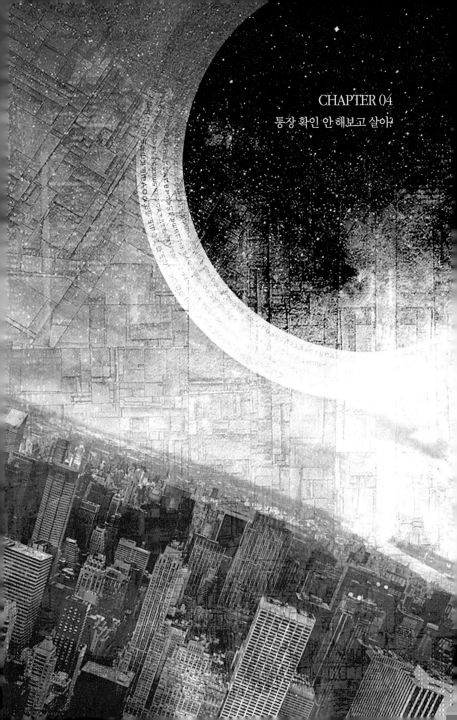

CHAPTER 04
통창 확인 안 해보고 살아?

"잠깐만요. 제 통장으로 돈을 보내셨다고요?"

"그래. 하나도 안 빼고 다 보냈네."

이춘만 차장은 천지약품에서 발생된 이득금 가운데 정확히 40%를 현수의 통장으로 보내주었다.

그런데 그 액수가 상당하다.

이 이유는 가에탄 카구지 내무장관 때문이다.

한창 소매약방 개설 때문에 공무원 및 군인들로부터 시달리던 때에 이춘만 차장은 내무장관 가에탄 카구지의 전화 한 통을 받았다.

천지약품에서 소매약방으로 넘기는 가격의 20%를 올리라는 것이다. 사업을 시작할 때 박리다매를 원칙으로 했기에 이

차장은 그럴 수 없음을 통보했다.

그랬더니 내무장관실로 출두하라는 명령서가 날아왔다.

힘이 없는데 어쩌겠는가!

다음 날 오후 2시, 비가 억수같이 쏟아지는 날임에도 불구하고 흰색 양복을 걸치고 내무장관을 찾아갔다.

이 자리에서 장관은 가격 인상을 요구한 이유를 설명했다.

첫째, 천지약품은 수입 및 지출을 투명화하여 발생된 이득금에 대한 법인세를 한 푼도 빼지 않고 내는 회사이다.

그렇기에 이득 금액이 늘어나면 그에 대한 세금 또한 늘어난다. 내무장관으로서 세수 확충이 첫째 이유이다.

둘째, 천지약품은 벌어들이는 수익금의 절반을 무료 급식 시설 운영에 투입한다. 따라서 이득금이 늘면 더 많은 혜택이 콩고민주공화국 국민들에게 돌아간다.

정부가 해줄 수 없는 복지 혜택이 늘어나게 되므로 가격 인상을 명령한 것이다.

셋째, 천지약품 법인은 이차장과 현수가 60대 40 지분으로 되어 있다. 이득금이 늘면 현수에게 가는 금액이 늘어난다.

어펜시브 참 마법의 결과로 가에탄 카구지 내무장관은 현수의 수입을 늘려주려는 기특한 생각을 한 것이다.

이춘만 차장으로선 결코 거부할 수 없는 상황이었다. 하여 가격 인상을 통보했다.

그러면 소매약방들이 들고 일어날 것이라 예상했다.

어느 날 갑자기 20%나 값을 올리는데 가만히 있을 사람 드물 것이기 때문이다. 그런데 오히려 더 좋아한다. 소매가가 늘어나면서 그들의 이익이 더 커지게 되기 때문이다.

이 차장은 추가로 발생된 현수의 이득금은 전액 송금했다.

하나 본인의 늘어난 이득금은 전액 무료 급식 시설 운영에 투입했다. 역시 착한 사람이다.

전화를 끊은 현수는 주변을 둘러보았다. 마침 우리은행 양재북지점이 보인다.

문을 열고 들어가 대기번호표를 뽑아 들고 잠시 기다렸다.

"456번 손님 3번 창구로 와주세요."

현수가 번호표를 내밀자 상냥히 응대한다.

"어서 오십시오. 손님! 무엇을 도와드릴까요?"

"저어, 통장이 없는데 잔액을 알 수 있을까요?"

"네, 물론입니다. 본인이시라면 신분증만 있으면 가능합니다. 신분증 있으세요?"

"네, 여기!"

은행원 아가씨가 키보드를 조작하더니 비밀번호를 눌러달라고 한다. 하여 번호를 눌렀더니 고개를 갸웃거린다.

그리곤 전화를 들어 누군가와 통화를 했다.

"저어, 손님! 죄송하지만 이쪽으로 들어오시겠습니까?"

"네? 뭐가 잘못 되었습니까?"

"아닙니다. 이쪽으로 오시면 자세히 알려 드리겠습니다."

여행원의 안내로 안쪽으로 들어가니 'Two Chairs'라는 팻말이 보인다. 팻말 아래엔 책상 하나가 있고, 그 앞에 회전의자가 놓여 있다.

"투 췌어스? 뭐하는 데지?"

"안녕하세요? 투 췌어 담당 김영신 과장입니다."

중년 은행원이 건네는 명함을 받아 든 현수가 어정쩡하게 있자 상냥하게 웃는다.

"저어, 자리에 앉으세요."

"그런데 왜 저를 이리로 부른 겁니까? 무슨 문제 있나요?"

"어머, 아니에요. 그런 거. 보통예금 통장에 너무 많은 돈을 넣어두고 계셔서 재무 설계를 해드리려고 모신 겁니다."

"네?"

"김현수 고객님은 저희 은행 VVIP세요. 앞으론 창구에서 업무를 보지 마시고 어느 지점이든 투 췌어 담당자를 찾으시면 편하게 업무를 보실 수 있습니다."

"그래요? 근데 지금 제가 알고 싶은 건 잔고인데 그거 알 수 있을까요?"

"물론이에요. 잠시만 기다려 주세요."

김영신 과장이 익숙한 손놀림으로 키보드를 두드리니 인쇄하는 소리가 들린다.

"자아, 여기 있습니다."

김 과장이 넘긴 종이를 받아 든 현수는 깜짝 놀랐다. 예상할 수 없던 거금이 잔고로 찍혀 있었던 때문이다.

"48억 9천만 원……?"

"고객님, 일반 계좌에 넣어두기엔 너무 큰돈이에요. 그러니 당장 써야 할 돈이 아니라면 정기예금으로 넣어두시는 건 어떨까요? 단기 자금이라면 MMF도 괜찮고…….”

김영신 과장이 무어라 한참 설명했지만 현수의 귀로는 거의 들리지 않았다. 물론 엄청난 거금 때문이다. 전혀 예상치 못하던 거금이기에 현수의 놀람이 컸던 것이다.

어떤 사람의 팔자를 고치고도 남을 돈이 통장에 들어와 있다. 그리고 이 돈은 계속해서 늘어날 것이다.

그것들을 어찌할 것인지를 생각하느라 김 과장의 말을 귀담아듣지 않은 것이다.

“그러니 잘 생각해서서 자금을 운용하세요.”

“네, 감사합니다. 그렇게 하지요.”

“네, 언제든 저희 도움이 필요하시면 전화 주세요.”

현수는 김영신 과장의 배웅까지 받았다. 그리곤 곧장 사무실로 들어왔다.

잠시 생각을 정리하고는 인터넷 서핑을 시작했다.

약품과 스피드, 그리고 엘딕만으론 5천만 달러어치를 수출할 수 없기 때문이다. 추가로 수출할 품목이 필요한 것이다.

그러던 중 국내기업이 만든 화장품에 눈이 갔다.

EGF가 다량 함유된 듀 닥터라는 것이다.

EGF는 Epidermal Growth Factor의 이니셜로 ‘상피세포 성장인자’라는 뜻이다.

이것은 피부 표면에 있는 수용체와 결합되어 새로운 상피세포가 촉진되도록 한다. 이렇게 될 경우 피부의 탄력이 유지되며 보습이 되고, 노화가 억제되는 결과를 야기시킨다.

하여 화상으로 인한 흉터 치료에 널리 사용되는 것이다.

이 제품을 써본 누군가가 자신의 블로그에 장문의 글을 남겼다. 처음엔 뛰어난 효능에 대한 이야기이다.

말미에는 제품은 너무나도 뛰어난 효과를 보이지만 널리 알려지지 않아 안타깝다는 내용이다.

즉시 듀 닥터를 제조하는 회사를 찾아 전화를 걸었다.

"여보세요."

"네, 듀 닥터입니다. 말씀하세요."

"여기는 무역회사인데 귀사의 제품을 수출하려고 합니다. 담당하시는 분을 바꿔주시겠습니까?"

"네, 잠시만 기다려 주십시오."

잠시 대기음이 들린다. 그리곤 누군가가 전화를 받았다.

"네, 듀 닥터 판촉실장 이예원입니다."

"저는 이실리프 무역상사의 김현수라 합니다."

현수가 뒷말을 잇기도 전에 저쪽에서 먼저 말을 꺼냈다.

"네, 김현수 사장님! 이실리프 무역상사라면 콩고민주공화국에 약품을 수출하는 회사지요?"

"어라! 우리 회사를 어찌 아십니까?"

"호호, 사장님! 저 태을제약 영업차장으로 있던 이예원이에요. 저 기억하세요?"

"그래요? 물론입니다. 이예원 차장님, 아니, 이젠 실장님이시군요. 근데 듀 닥터를 생산하는 회사가 태을제약의 계열사인 겁니까?"

"네, 이번에 새로 화장품 업계로 진출했어요."

"아무튼 반갑습니다."

"네, 그런데 무슨 일로 전화 주신 거죠?"

"듀 닥터의 효능이 소문난 대로인지 확인해 봐서 괜찮으면 수출하려고 합니다."

"물론이에요. 효능은 확실히 뛰어나지요."

"그럼 저희 여직원들을 상대로 시연회를 해주실 수 있는지요? 다른 사람들의 말보단 저의 여직원들의 말을 들어보고 싶어서 그럽니다."

"물론이에요. 지금이라도 오셔요. 여기 위치는⋯⋯."

메모를 마친 현수가 밖으로 나왔다.

"이 실장님, 그리고 김수진 씨, 이지혜 씨! 지금 꼭 해야 할 업무가 있습니까?"

"⋯⋯!"

"시간을 다투는 업무가 아니라면 지금 나하고 어딜 좀 가야 될 것 같아요."

"사장님, 무슨 일인에요?"

"혹시 듀 닥터라는 화장품을 알아요?"

"어머, 저 그거 알아요. 되게 좋다고 하더라고요."

김수진의 말에 은정과 지혜가 그러냐는 눈빛을 보낸다.

"우리 사촌 언니가 그걸 사서 썼는데 효능이 끝내준대. 얼마나 좋은지 얼굴이 아기 피부처럼 보드랍대."

"정말……?"

지혜의 반문에 수진이 말하려 할 때 현수가 입을 열었다.

"지금 그거 실제로 좋은지 어떤지 확인하러 갈 겁니다. 다들 시간 돼요?"

"물론이에요. 사장님!"

넷이 간 곳은 태을제약 사무실 아래층에 있는 코스메틱 센터였다. 화장품 회사답게 화려한 인테리어로 치장되어 있다.

"어서 오세요. 김현수 사장님, 이은정 실장님!"

"어머, 이예원 차장님!"

"오랜만입니다. 이 차장님!"

"네에, 정말 반갑습니다. 그런데 두 분은……?"

"저희 회사 김수진 사원과 이지혜 사원이에요. 오늘 듀 닥터를 체험하기 위해서 왔습니다."

"네, 그럼 이쪽으로……."

이예원 판촉실장이 여직원들을 안내해 들어간 곳은 남성출입금지 구역이라 쓰여 있었다.

"쩌업……!"

"호호, 시간이 조금 걸릴 테니 사장님은 저랑 같이 있어요."

"네, 그런데 언제 이리로 오신 겁니까?"

"보름쯤 되었어요. 근데 실적이 없어서……."

"무슨 말씀을. 이 실장님 능력있는 분이잖아요."

현수가 빙그레 미소 지었다.

은정과 함께 태을제약을 찾아갔을 때 이예원 영업차장이 둘을 응대했다. 그리곤 아주 좋은 분위기에서 납품 계약을 체결했다. 다른 회사처럼 한 푼이라도 더 받으려 하지 않았다.

솔직하게 있는 것을 툭 터놓고, 원가가 이러니 이 정도 가격까지 줄 수 있다, 그러니 계약하자고 했다.

그때 현수는 환히 웃으며 단번에 도장을 찍어줬다.

태을제약에선 듣도 보도 못하던 이름도 없는 조그만 무역상사와의 계약에 대해 반신반의했다.

하나 약품이 출고된 날 전액 현금으로 대금이 입금되자 모든 의구심을 버렸다. 그리고 얼마 후 그 전의 두 배가 넘는 물량 주문이 들어왔다. 그것도 납품과 동시에 현금으로 결제되었다.

이 일로 이예원 영업차장은 사장으로부터 표창장을 받았고, 금일봉에 이어 휴가까지 얻는 일석삼조를 경험했다.

그리고 얼마 후, 그 뛰어난 능력으로 새로 런칭된 듀 닥터를 알려보라는 인사명령이 떨어졌다.

판촉실장은 부장급이니 승진된 셈이다. 하나 의약품과 화장품은 그 대상 자체가 다르다.

의약품은 의사와 약사, 그리고 병원 상대이다. 하나 화장품은 국민 전체가 대상이다.

게다가 화장품 업계 그 경쟁이 너무도 치열하다. 하여 혹자는 레드 오션이라는 표현을 쓴다.

경쟁업체의 상품 또한 뛰어난 효능을 지니고 있기에 하루 종일 텔레비전으로 광고하지 않는 이상 파격적인 매출 신장을 기대하기는 어렵다. 하여 난감해하던 차이다. 뭔가 돌파구가 있지 않으면 힘들겠다는 생각에 스트레스도 받았다.

그러던 차에 현수로부터 전화가 걸려왔다.

사실 듀 닥터는 상대적으로 고가이다. 게다가 콩고민주공화국의 흑인여성들에겐 별로 필요치 않은 것이다.

그쪽은 피부 트러블 자체가 적기 때문이다.

그럼에도 현수의 방문을 흔쾌히 허락한 것은 이전에 입은 은혜에 대한 감사를 표하기 위함이다.

"사장님, 이전 사장님 덕에 받았던 표창장과 금일봉, 그리고 휴가에 대한 제 성의입니다. 약소하지만 받아주세요."

이예원 실장이 내민 것은 듀 닥터 다섯 세트였다. 돈으로 치면 상당한 고가이다.

"아니, 뭘 이런 걸 다…… 하면서 받을 줄 알았죠? 하하, 고맙습니다만 마음만 받을게요."

"아니에요. 안 받으시면 제가 섭섭해요. 그러니 받아서 아는 분께 주세요. 대신 저희 제품 선전해 줄 능력 있는 분에게만 주세요. 아셨죠?"

"하하, 역시 대단한 이 실장님입니다. 알겠습니다. 고맙게 잘 받겠습니다."

상대의 마음을 알기에 소모적인 밀고 당기기를 하지 않았다.

현수는 그것 가운데 하나를 개봉하여 설명서를 읽어보았다. 효능에 대해 뭐가 써놓았는지를 알고 싶었던 것이다.

설명서엔 한글과 영어, 그리고 일본어와 지나어만 있다.

"실장님! 이거 다른 나라 말로는 왜 안 써놨습니까?"

"아직 초창기라 그래요."

"그래요? 그럼 노트북을 주십시오. 제가 다른 나라 말 설명서를 써드릴 테니까요."

잠시 후, 이예원 실장을 비롯한 판촉실 직원들의 눈이 하나같이 휘둥그레졌다.

사전도 없이 프랑스어, 독일어, 스페인어, 러시아어, 베트남어, 태국어, 아랍어, 힌디어 사용설명서를 만들었기 때문이다.

"세상에나, 맙소사!"

"끄으응!"

"우와아아!"

듀 닥터 직원 모두 탄성을 낸다. 이 실장도 마찬가지이다.

"아직 젊으신데 정말 대단하세요."

"하하, 네에. 제가 외국어에 관심이 좀 많았거든요."

"그래도 이렇게 설명서를 만들어주시니……."

"사실은 제가 필요해서 그런 겁니다. 듀 닥터를 러시아에 수출할 생각이거든요."

현수의 말이 끝나는 순간 이예원 실장의 머릿속엔 빙고판이 그려졌다. 그런데 가로, 세로 및 대각선까지 모두 줄이 그어진 올 빙고판이다.

'빙고!' 라는 울림이 순간적으로 귀에 들리는 듯하다.

"이은정 실장님, 샘플 넉넉히 넣어드렸어요."

"네, 고맙습니다."

은정은 이예원 실장에게 윙크를 했다. 뒷일은 내게 맡기라는 의미이다. 수진과 지혜 역시 상당히 기분 좋은 듯하다.

생각했던 것 이상의 효능을 몸으로 느낀 때문이다.

현수의 차엔 감사의 뜻으로 이 실장이 준 다섯 세트 이외에 열 세트가 더 실렸다. 드모비치 상사로 보낼 샘플이다.

이동하는 동안 현수는 효과가 있느냐고 묻지 않았다. 이미 얼굴에 다 나타나 있었기 때문이다.

사무실에 도착하자 여직원들이 서둘러 올라갔다. 남은 업무를 보기 위함이다.

이때 전화가 진동을 한다.

부우우웅! 부우우우웅!

"어, 그래! 경빈이냐?"

"네, 형님! 지금 어디 계세요?"

"나? 내 사무실에. 근데 왜?"

"형님, 여기 놈이 나타났어요."

"뭐……? 내 금방 갈 테니 붙잡아 놔. 알았지?"

차를 몰고 백두빌딩으로 움직였다. 그런데 하필이면 퇴근 시간과 맞물렸다.

차를 아무 데나 세워두고 플라이 마법이라도 써서 가고 싶었다. 하지만 나 하나 볼일 보자고 아무 데나 차를 세워둘 수는 없다. 하여 주차장을 찾았다. 그런데 다 만차라고 한다.

할 수 없이 답답한 흐름에 맡길 수밖에 없었다.

지금 가는 중이니까 꽉 잡아봐!

문자를 보내자 금방 답신이 온다.

네 형님! 빨리 오시기나 하세요.

백두마트는 상장 기업이다. 따라서 사규에 따라 일이 진행
된다. 유진기는 지난주에 휴가를 냈다.
  휴가 사유는 조부상이다. 그런데 오늘 휴가를 연장하러 왔
다고 한다.
  사규에 따라 휴가가 끝나는 오늘 안에 사인해서 연장하지
않으면 내일 아침 일단 출근해야 한다.
  그리곤 처음부터 다시 휴가 결재를 받아야 한다. 그래서 본
사 사무실에 나왔기에 현수에게 전화한 것이다.

형님! 어디까지 오셨습니까?
조금만 더 가면 돼! 그러니 꼭 잡아봐.
어서 오시기나 하세요. 빨리요!

평상시의 현수는 운전할 때 난폭운전을 하지 않는다.
무리한 차선 변경 역시 당연히 하지 않는다. 교차로에 진입

하지 않은 경우엔 노란 신호가 보이면 즉시 멈춘다.

이런 운전 습관을 가졌기에 면허를 딴 이후 현재에 이르기까지 교통경찰을 만나 낯을 붉힌 적이 한 번도 없는 것이다.

그런데 오늘, 평소의 현수가 아니다.

조금만 틈이 보이면 일단 대가리를 들이밀었다. 그리고 이미 노란 불이 들어와 있더라도 무리한 교차로 진입을 시도했다.

그럼에도 목적지에 쉽게 당도하지 못했다.

이제 다 왔다. 백두빌딩이 보여.

늦었습니다. 형님! 놈이 급하다고 갔습니다.

현수가 백두빌딩에 당도한 것은 최종 문자 이후 15분이나 지나서였다. 교차로 하나를 건너는 데 걸린 시간이다.

"어서 오십시오. 형님!"

"미안하다. 빨리 온다고 했는데 퇴근 시간이라……."

"할 수 없죠. 이 시간엔 늘 그렇잖아요. 참, 혹시 몰라 비서실 김 대리로 하여금 미행하도록 했어요."

"그래? 그거 잘 했네. 근데 미행 잘 할까?"

"그거야 모르죠. 하여간 조금 기다려 봐요."

"그래, 할 수 없지."

"그나저나 형님! 저 형님하고 동서지간이 되고 싶습니다."

"동서지간? 나 아직 장가도 안 갔는데?"

"에이, 왜 이러세요? 저도 방송 봅니다. 그리고 그 이수연 씨

열렬한 팬이에요. 형님! 앞으로 잘 부탁드립니다."

"뭐야……?"

현수가 뭐라 하려는 순간 경빈의 전화가 진동을 한다.

"네, 네, 네! 알았습니다. 네, 할 수 없죠."

"……!"

"형님! 지하철이 너무 혼잡스러워서 놓쳤답니다."

"할 수 없지. 사흘 뒤 다시 와야지. 그럼 난 이만 간다."

"네, 형님! 안녕히 가십시오. 형님!"

경빈의 음성에 놀란 사람들이 그를 바라본다. 그 중 백두그
룹 여직원들도 상당수 있었다.

"어머! 저분, 백두마트 상무님 아니니?"

"그래그래! 근데 왜 저런데? 저거 조폭식 인사 아니니?"

"맞아! 허억! 그럼 우리 회사 조폭 거야?"

"에이, 설마! 재벌 3세가 뭐가 아쉬워서 조폭을 하겠냐?"

"그래, 그렇긴 해! 근데 저 사람은 누구니? 조 상무님 형은
아닌데. 높은 사람인가?"

"글쎄……?"

여직원들이 고개를 갸웃거리는 동안 경빈은 환한 웃음을 짓
고 있었다. 천사처럼 아름다운 이수연과 어쩌면 인연이 닿을
수도 있을 것이라는 기대 심리 때문이다.

"형님! 영원히 형님으로 모시겠습니다. 형님!"

현수는 자신에게 쏟아지는 따가운 시선이 부담스러워 얼른
엘리베이터를 탔다.

그러거나 말거나 조경빈은 행복한 웃음을 짓고 있다.

하나 이현우가 먼저 현수에게 이수연 씨를 소개시켜 달라고 했다는 것은 모르고 있었다.

차고에서 시동을 걸려던 순간 민주영에게서 전화가 왔다.

"짜식! 벌써 결정한 거냐? 빨라서 좋다. 언제부터 나올래?"

"현수야!"

현수는 주영의 심상치 않은 음성에 얼른 낯을 굳혔다.

"왜, 인마!"

"너, 나 좀 도와줘야겠다. 지금 이쪽으로 와주면 안 되겠냐?"

"왜……? 무슨 일인데?"

"그건 와보면 알아. 너, 나 좀 도와줘라. 꼭이다."

"알았다. 지금 갈게. 한데 지금 퇴근 시간이라 시간이 조금 걸릴지도 몰라. 알았지?"

"그래, 고맙다. 조심해서 와라."

차를 몰고 가는 동안 주영에게 무슨 일이 있나 싶어 가슴이 답답했다.

무적 1등 교습소 인근에 차를 댄 현수는 무거운 마음으로 걸음을 옮겼다. 교실 근처에 당도하니 주영의 음성이 들린다.

"자아, 오늘은 재미있는 얘기를 해줄 거야. 그러니까 지금부터 내 얘기 잘 들어봐."

"선생님! 또 열심히 공부해서 훌륭한 사람이 되라는 이야길 하려고 그러는 거죠? 그죠? 그럼 안 들어요."

"아냐, 인마! 오늘은 그 얘기 아니니까 잘 들어봐. 알았어?"

"네에!"

공부가 아니라니까 힘차게 대답하는 듯하다.

현수는 주영에게 무슨 일이 생긴 것이 아니라는 것을 짐작하고는 안도의 한숨을 내쉬었다.

그러거나 말거나 수업은 진행되고 있었다.

"옛날에 아주 먼 옛날에 그러니까 서기 1700년 대에 오일러라는 거지가 있었어."

"보일러요?"

"아니, 오일러라고 하셨잖아!"

"얌마, 넌 귓구멍에 안개 꼈냐?"

"그래, 넌 왜 맨날 말귀를 못 알아듣냐?"

"그러게. 선생님 말씀하실 때 잘 들어. 중간에 잡음 넣지 말고. 알았지?"

보일러라는 소리를 했던 아이가 집단적으로 당하고 있다.

평상시 수업 시간에도 쓸데없는 말을 해서 시간 잡아먹는 녀석의 전형인지라 현수는 피식 실소를 지었다.

이때 주영의 음성이 이어졌다.

"그 거지의 정확한 이름은 레온하르트 오일러(Leonhard Euler)야. 스위스 사람이지."

"그런데요? 웬 스위스 거지 이야기예요?"

"그건 들어보면 알아. 아무튼 그 사람은 원래 거지였어."

"거지요?"

"그래. 깡통 하나 꺼내놓고 지나다니는 사람들에게서 동냥을 받아서 먹고사는……."

"에이, 또 거지가 열심히 공부해서 훌륭한 사람 되었다는 이야길 하려는 거죠?"

"흐음, 그건 일단 얘기를 들어봐. 너희들 거지가 동냥할 때 무슨 일을 하는지 아니?"

"아뇨!"

"거지가 무슨 일을 해요? 거진데……."

"그래, 맞았다. 거지는 아무런 일도 하지 않지. 오일러라는 사람도 그랬어. 깡통 하나 꺼내놓고 앉아서는 작대기로 땅바닥에 낙서 비슷한 것만 했지. 그러다가 수학자가 되었어."

"에이, 말도 안 돼요. 낙서하다가 수학자가 되는 사람이 누가 있어요?"

"오일러를 인터넷에서 검색해 보면 나오는데? 하여간 이 오일러가 나중에 훌륭한 수학자가 되어서 너희 같은 아이들 앞에서 강연하게 되었어."

"공부 열심히 해서 훌륭한 사람이 되라고요?"

"어! 어떻게 알았지? 그래, 맞아. 오일러는 아이들에게 공부를 진짜 열심히 하라고 했어."

"거봐. 결국엔 이 얘기라니까."

누군가의 잡설에도 주영은 흔들리지 않았다.

"오일러는 아이들에게 거지가 되는 걸 '꼭 모면' 하라고 했지. 거지로 살아봤으니까 얼마나 비참한지 알잖아."

"그래서요?"

"그리곤 또 한마디 했어."

"뭐라고요?"

"거지가 되는 걸 꼭 모면하고 베푸는 이가 되라고 했지. 너희들 베푸는 이가 뭔지는 알지?"

"네에."

아이들이 대답하는 동안 주영이 칠판에 무언가를 적었다.

"오일러의 거지같은 공식"

꼭짓점의 수 − **모**서리의 수 + **면**의 수 = 2

$$\text{베푸는 이} : v - e + f = 2$$
$$\quad\quad\text{베}\quad\quad\text{프 는 이}$$

※ 꼭짓점:ver tex   모서리:edge   면:face

"우와! 왕 사기!"

"선생님! 이거 선생님이 꾸며낸 이야기죠?"

"그죠? 선생님 순 사기꾼! 우와, 우리가 속은 거야."

순식간에 수업 내용으로 돌아가자 아이들이 난리를 친다. 배신감이라도 느낀 모양이다.

그러거나 말거나 주영의 입가엔 미소가 어려 있다. 오늘 아이들에게 가르치려던 소기의 목적을 달성한 때문이다.

"자, 오일러의 거지 같은 공식은 입체 도형에 빨대를 꽂은 다음 혹 불었을 때 공처럼 부풀어 오르는 것에만 해당된다."

"몰라요!"

"화장실의 두루마리 휴지 같은 입체 도형엔 오일러의 거지 같은 공식이 적용되지 않는다는 거 잊지 마라."

"그것도 몰라요."

"좋아, 그럼 오늘 수업 안 끝난다. 누구의 무슨 공식?"

"오일러의 거지 같은 공식이요."

"그래, 어떤 도형에 적용된다고?"

"빨대를 꼽아 혹 불었을 때 공처럼 부풀어 오르는 거요."

"그래! 오일러가 뭐하고 했다고?"

"거지가 되는 걸 꼭 모면하고 베푸는 이가 되라고 했어요."

"오케이! 오늘 수업 끝!"

우당탕탕! 콰당! 와르르! 우당탕!

온갖 소리가 다 나는가 싶더니 교습소 문이 열림과 동시에 아이들이 썰물처럼 빠져나간다.

"짜식! 오일러가 거지였다고?"

"내가 그랬잖아. 아이들은 그래야 공불 한다고."

"하여간 기발하긴 하다. 크크크, 오일러의 거지 같은 공식!"

"와줘서 고맙다."

"그래, 근데 무슨 일로 도와달라는 거야?"

"일단 앉아봐라."

자리에 앉자 주영이 몹시 미안한 표정을 짓는다. 그리곤 입을 열어 사정을 이야기했다.

이곳에 처음 이사와 교습소를 열었을 때 첫 번째 학생은 곽호균이란 녀석이다. 이 녀석의 아버진 자그마한 공장을 운영했었는데 사기를 당하는 바람에 망하고 말았다.

그 후 호균의 아버지는 가족을 부양하기 위해 별의별 일을 다 했다. 그러다 결국 공사판의 막노동까지 하게 되었다.

몸은 고되지만 특유의 성실성을 인정받아 붙박이 일꾼 대접을 받게 되었다.

그러던 어느 날, 비계공 보조가 되었다.

비계(Scaffolding, 飛階)란 건축공사 때에 높은 곳에서 일할 수 있도록 설치하는 임시가설물이다.

이것은 건축에 필요한 재료 운반이나 작업원의 통로 및 작업을 위한 발판으로 사용된다.

아무튼 호균의 아버지는 비계를 설치하기 위해 파이프를 전달하던 중 어지럼증 때문에 균형을 잃고 추락하고 말았다.

그날 이후 하반신 마비가 되어 누워 있게 되었다.

가장의 갑작스런 사고로 호균은 교습비를 낼 형편이 못 되어 그만 다닌다고 했다.

일련의 상황을 알고 있던 주영은 돈은 안 내도 되니 더 다니라 하여 그 후 1년 정도를 더 배울 수 있도록 해줬다.

그러다 결국 그만두었다. 주영에게 너무 미안했던 때문이다.

그 이후 호균의 어머니 조연순 여사께서 많은 아이들을 소개해 줬다. 다이어리를 펼쳐보니 무려 스물세 명이다.

CHAPTER 05
우정이 깊어가는 밤

전능의팔찌
THE OMNIPOTENT
BRACELET

오늘 낮 호균의 어머니로부터 전화 한 통이 걸려왔다. 시장에서 같이 일하는 동료 상인의 아이들을 소개해 주는 것이다.

고마움을 느낀 주영은 현수의 당부가 있었음에도 불구하고 호균의 어머니에게 팔을 고쳤음을 이야기했다.

전화를 끊자마자 달려온 조연순 여사는 주영의 팔을 이리저리 만져보며 이게 어떻게 된 일이냐고 물었다.

주영은 결국 현수 이야기를 하게 되었다. 조연순 여사는 안 나아도 좋으니 한 번만 와서 봐달라는 청을 넣어달라고 했다.

주영은 너무도 미안한 마음에 현수에게 전화를 걸었다. 그래서 목소리가 그랬던 것이다.

"야! 내가 분명히 말했지. 나 의사 아니라고. 이거 엄연히 치료 행위야. 의료법 위반으로 잡혀간다고."

"미안하다. 이번 한 번만, 딱 한 번만 봐주라. 응?"

"야, 안 돼!"

"현수야, 나 그 어머니에게 신세를 너무 많이 졌어. 사실 우리 교습소가 간신히라도 적자를 면한 건 그 어머니가 애들을 많이 소개해 줬던 때문이야. 그러니까 딱 한 번만 봐주라. 응?"

주영의 표정을 본 현수는 고개를 끄덕일 수밖에 없었다.

"에이, 알았다. 근데 이거 하나만 약속해! 이번이 마지막이야. 알았지? 나 의사 아니라는 거 니가 잘 알잖아."

"그래, 알아."

"나, 니 팔 고쳐주려고 마비된 거 치료하는 방법만 배운 거야. 근데 하반신 마비라니……. 가서 보기는 하지만 낫게 해준다는 보장 없다는 거 알지? 그거 꼭 말해야 해."

"알았다. 알았어. 일단 가자."

주영의 안내를 받아간 곳은 장미맨션 B-102호이다. 말이 맨션이지 허름한 연립주택이다. 그리고 B는 Base의 이니셜이다. 다시 말해 지하 1층 2호라는 뜻이다.

어두컴컴한 계단을 딛고 내려가 벨을 눌렀다.

띵똥—!

"누구세요?"

"아. 호균 어머니, 접니다. 민 선생!"

"네, 선생님!"

문이 열리자 40대 후반으로 보이는 다소 통통한 아주머니가 얼른 고개를 숙인다.

"어서 오세요. 선생님! 이분이 그……."

어찌 무슨 뜻인지 모르겠는가!

"네, 민 선생 친구 김현수입니다."

"아이고, 먼 길 일부러 와주셔서 정말 고맙습니다. 어서 들어오세요."

안에 발을 들여놓는 순간 퀴퀴한 냄새가 난다.

하반신 마비 환자가 있기에 실내에서 대소변을 받아냈을 것이다. 환기가 잘 안 되는 지층이니 음식 냄새 등이 섞여 해괴망측한 악취가 된 것이다.

"선생님, 우리 그이 좀 꼭 고쳐주세요. 우리 그이는……."

호균의 부모는 가족이 반대하는 결혼을 했다. 학벌도 재산도 보지 않고 오로지 사람 하나만 믿고 한 결혼이다.

하여 정말 성실히 살았으나 불의한 놈들이 많은 사회이다. 선량한 사람이 늑대 같은 놈의 속임수에 속아 가진 걸 모두 잃고 빈털터리가 되었어도 애정만은 식지 않았었다.

그러다 사고를 당해 극빈층에 가까운 수준이 되었다. 그럼에도 서로를 아끼고 애틋하게 여긴다고 한다.

물어보니 시장에서 조그만 신발 가게를 한다고 한다. 시간되면 한 켤레 사러 가겠다고 했다.

"이제 환자를 봤으면 좋겠습니다. 그런데 치료를 하려면 고도의 집중이 필요합니다. 그러니 문을 닫고 치료하겠습니다."

"네에, 그러세요."

조연순 여사의 안내를 받아 안방 문을 열자 지독한 악취가 폐부를 찌른다. 어찌 이런 냄새를 맡고 살 수 있을까 싶어 창문을 열어보니 웬 화물차 한 대가 매연을 뿜어낸다.

얼른 창문을 닫았다. 그리곤 즉각 마법을 구현시켰다.

"에어 퓨리파잉(Air-purifying)!"

즉각 아르센 대륙의 신선한 공기처럼 정화가 되었다. 현수는 그제야 참았던 숨을 몰아쉬었다.

'어휴……! 이런 데서 어떻게 살았지?

환자를 보니 잠든 듯하다. 하나 중간에 깨어날 수도 있다. 하여 마법을 걸려고 가까이 가니 악취가 풍긴다.

몸을 뒤집으니 욕창이 보인다. 자주 뒤집어줘야 하는데 장사하느라 그럴 수 없어 생긴 듯하다.

"크으! 이거 먼저 치료해야겠군. 마나여, 전신을 마비시켜라. 퍼펙트 퍼렐러시스(Perfect Paralysis)!"

현수는 피침[6]을 꺼내 욕창 부위를 전부 절개했다. 그리고 고름을 모두 짜냈다.

"힐(Heal)!"

마법이 구현되자 빠른 속도로 아무는 것이 보인다. 과연 마법은 마법이라는 생각이 들 정도이다.

"에어 퓨리파잉!"

고약한 고름 냄새를 제거하기 위해 다시 한 번 공기 정화 마

---

1) 피침(鈹鍼):구침(九鍼) 중의 하나로 부스럼과 같은 것을 째는 데 사용하는 도구.

법을 구현시킨 현수는 환자의 곁에 다가가 앉았다.

"마나 디텍션!"

현수는 두 눈을 지그시 감은 채 환자의 내부로 스며든 마나의 움직임을 살폈다. 마치 입정한 고승 같은 모습이다.

'흐음, 상반신과 하반신의 마나가 완전히 따로 노는구나.'

하반신은 마나의 양도 적고 움직임이 정체된 상태이다. 상체의 경우에도 마나가 존재하기는 하나 움직임이 제멋대로이다.

'흐음, 이것도 고쳐질까?

확인해 보니 6번 경추 골절로 인한 하반신 마비이다.

이럴 경우 상지는 척골신경 분지부터 마비가 온다.

따라서 손가락을 옆으로 움직이는 근육과 새끼손가락 부위의 근력 약화와 감각 저하가 나타난다.

그리고 하반신 전체에 마비가 온 것이다.

"흐으음……."

제법 많은 의서들을 읽기는 했으나 전체보다는 부분만 아는 상황이다. 따라서 어떻게 해야 가장 효율적인지는 알 수 없다.

"이 정도면 중상이지? 그럼 회복 포션 한 병이면 되겠지?"

현수는 환자를 똑바로 눕히고 포션을 복용시켰다. 그리곤 정신을 모아 마법을 구현시켰다.

"마나여, 불완전한 부분을 완전케 하라. 리커버리!"

서늘한 푸른빛 마나가 뿜어졌다. 중상이라 그런지 상당히 많은 양이 빠져나갔다.

현수는 중간에 마나를 회수하지 않았다. 어느 정도가 되면 스스로 줄어든다는 것을 알기 때문이다.

잠시 후, 현수는 마나 디텍션 마법으로 환자의 내부를 살펴보았다. 끊겼던 상반신과 하반신 간의 마나 교환이 적게나마 이루어지고 있었다.

환자를 엎어놓고 부드럽게 마사지를 해줬다.

그리곤 척추 부위에 힐 마법을 중첩하여 시전했다. 컴플리트 힐을 사용하기엔 마나 양이 부족하다 싶었던 때문이다.

다음엔 침통을 꺼내 마비가 해제될 수 있는 경혈을 찾아 시침했다.

얼마 전 현수는 척수가 손상된 동물에게 시침한 결과 침 치료가 척수 손상 후 하반신이 마비된 쥐의 회복에 탁월한 효능이 있음을 밝혀냈다는 논문을 읽은 바 있다.

세계적으로 권위를 인정받고 있는 저널인 질병신경생물학(Neurobiology of Disease)에 게재된 논문이다.

이 논문에는 척수 손상에 효과가 있는 혈 자리 명칭이 기록되어 있다. 그 자리에 시침해 놓은 것이다.

침을 모두 놓고 문을 열자 조연순 여사가 안으로 들어왔다.

"일단 시침은 다 했습니다. 마비가 풀릴지 여부는 조금 더 두고 봐야 압니다."

"고맙습니다. 선생님!"

고개를 숙여 감사해하는 조연순 여사의 눈에는 눈물이 그렁그렁하다.

남편은 젊었을 때 보디빌딩을 했다.

하여 우람하던 근육을 자랑했는데 이젠 뼈다귀 위에 간신히 가죽을 씌워놓은 것 같은 모습이 되어 있기에 그러는 것이다.

잠시 기다리던 현수가 침을 모두 회수했다.

"잠시 안정을 취해야 하니 우린 밖에 나가 있습니다."

"네, 선생님! 참, 내 정신 좀 봐. 잠깐만요."

조연순 여사가 황급히 밖으로 나갔다. 현수는 그제야 실내를 둘러볼 수 있었다. 이십 평 남짓한 공간이다. 온갖 살림살이로 채워진 집은 주인의 척박한 삶을 그대로 드러내고 있었다.

"미안하다. 힘들게 해서."

"알면 되었다. 앞으론 이러지 마라. 알았지?"

"그래, 약속하마."

주영으로부터 또 한 번 다짐을 받는데 누군가 문을 두드린다.

쿵, 쿵, 쿵―!

"문 열렸습니다."

"탕숙하고 양장피 배달 왔습니다. 어라? 선생님이 어떻게 여길⋯⋯. 아, 호균이 과외 왔어요?"

뭐라 대답하기도 전에 탕수육과 양장피를 꺼내놓은 배달사원은 휑하니 가버렸다.

"뭐야?"

"이거 호균이 엄마가 조금 전에 시킨 거야. 먹자!"

주영이 랩을 벗겨내고 양장피를 뒤섞을 때 호균이 엄마가 검은 봉지를 들고 들어온다.

"선생님들 소주 한잔하세요."

"네, 어머니도 앉으세요."

셋이서 이런저런 이야기를 나누었다.

조 여사는 남의 가게 한켠에 자리를 얻어 장사를 하는데 요즘 신발 사러 오는 사람이 너무 없다고 한다.

하여 업종을 바꿔야 한다는 답답한 이야기가 나왔다. 이후로 셋은 한참 동안 말없이 먹어야 했다.

그러던 어느 순간 벨이 울린다.

띵똥! 띵똥!

"아이구, 이놈의 자식! 열쇠 들고 다니라고 그렇게 말해도 말을 안 듣네요. 끄으응!"

호균이 엄마가 문을 열자 예상대로 호균이가 들어선다.

"어라! 선생님이 우리 집에 왜……? 응? 저분은 누구……. 응? 아, 아빠! 아빠……!"

민주영이 늦은 밤에 자신의 집에서 술판을 벌이는 모습에 놀란 호균의 눈에 화장실에서 손을 씻고 나오는 현수의 모습이 보였다. 하여 누구냐고 물으려던 순간 호균의 눈이 커졌다.

안방 방문이 열리면서 병석에 누워만 있던 아빠의 모습을 본 때문이다. 그 순간 시선을 돌렸던 조 여사의 눈이 왕방울만해진다. 그리곤 쏜살처럼 움직였다.

"아이고, 여보……!"

"아빠! 아빠……!"

"어이, 친구! 우리 퇴장할 시간이라는 거 알지?"

"그래, 가자!"

밖으로 나온 현수와 주영은 인근 생맥주 집에서 가볍게 한 잔을 하고 헤어졌다.

오늘 정말 고마웠다. 친구!

다시는 이런 일로 부르지 마라. 친구!

나 언제부터 출근하면 되냐? 친구!

언제든 가능하다. 친구!

그럼 다음 주 월요일부터 출근하겠다. 친구!

오냐! 잘 자라. 친구!

한 가정에는 벅찬 기쁨이 있었고, 두 친구 사이엔 우정이 깊어가는 그런 밤이다.

*   *   *

"응? 누구지?"

현수는 갑자기 울리는 벨 소리에 핸드폰을 꺼냈다. 모르는 번호가 찍혀 있기에 고개를 갸웃거렸지만 전화를 받았다. 제약사 등에서 가끔 전화가 오기 때문이다.

"도사님, 안녕하십니까?"

"네? 근데 누구시죠?"

"저, 대구동부경찰서 형사과 최장혁 경사입니다. 도사님!"

"아……!"

"도사님 덕분에 많이 좋아져서 오늘 퇴원합니다."

"그래요? 다행입니다."

"오늘 검사 결과가 나왔는데 당뇨 수치가 완전히 정상으로 돌아왔다고 하더군요."

"그래요? 그거 듣던 중 반가운 소립니다."

"고맙습니다. 이 모든 게 도사님 덕입니다."

"아이고, 아닙니다. 그간 고생하셨네요."

"네, 감사드립니다. 전에도 말씀드렸지만 언제든 제 도움이 필요하면 이 번호로 연락 주십시오. 만사 제쳐 놓고 달려가겠습니다."

"네에, 그러지요."

"그리고 언제 대구에 한번 내려오십시오. 식사라도 대접해 드리고 싶습니다."

"네, 권지현 사무관 만나러 갈 때 연락 드리겠습니다. 그리고 오늘 검사 결과가 나오면 그거 사본 한 장 제게 보내주실 수 있겠습니까?"

"물론입니다. 이전 검사 결과 기록지와 같이 복사해서 보내 드리겠습니다."

"네에, 그럼 수고하시고 몸조리 잘 하십시오."

"네. 감사합니다. 도사님!"

전화를 끊은 현수는 기분 좋은 웃음을 지었다. 자신의 생각이 맞아떨어진 때문이다.

'그래, 지구의 의약품이 아르센 대륙 사람에게 민감하듯 회복 포션 역시 지구인에게 민감하게 작용해. 이제 상황에 따른 적절한 분량 조절을 해야 할 것 같군.'

회복 포션은 무한정 있는 것이 아니다.

물론 아르센 대륙에 가서 트롤들만 죽어라고 잡아오면 많은 양을 확보할 수는 있을 것이다.

하나 지구인의 생명을 구하기 위해 트롤의 목숨을 빼앗는 일은 결코 올바른 방법이 아닐 것이다. 하여 과하게 사용하여 낭비되는 부분을 줄여볼 생각을 한 것이다.

이은정 실장의 할머니에게도 반병을 복용시켰다. 그게 확실한 효과를 보였다면 양을 더 줄여봐야 한다.

현수는 생각난 김에 이은정을 불러들였다.

"이 실장님."

"네, 사장님!"

"할머니 건강은 어떠세요?"

"네……?"

뜬금없는 물음에 대체 저의가 무엇이냐는 표정을 짓는다.

이럴 때 제대로 된 설명을 해주지 않으면 여자라는 동물은 제 마음대로 생각하고 결정짓는다는 걸 현수는 모른다.

그렇기에 앞뒤 설명 없이 다시 물었다.

"할머니 건강이 어떠시냐구요."

"하, 할머니요……? 할머닌 괜찮으셔요. 근데 왜 사장님이……."

요 대목에서 은정은 돌이키기 힘든 오해를 한다. 현수가 자신의 할머니 건강까지 챙긴다고 생각한 것이다.

이것은 자신에게 마음이 있기 때문이라는 오해를 한 은정은 낯을 붉혔다.

이제 겨우 대학을 졸업할 나이이다. 사회 경험도 해보고 싶고, 여건만 된다면 여기저기 돌아다니는 여행도 하고 싶다.

그래서 결혼은 서른 즈음에나 하리라는 생각을 했다.

하지만 현수가 원한다면 지금이라도 결혼하여 평생을 솥뚜껑 운전을 하며 살아도 좋다는 생각을 한 것이다.

키 크고, 그런대로 준수한 데다 돈도 많고, 인품 좋은 사장님이다. 마르지도 찌지도 않았으며, 미래도 창창하다.

재벌 2세 부럽지 않은 초초초특급 신랑감이다.

게다가 영원한 굴레라 여기던 가난으로부터 완전히 해방되도록 도와준 사람이다. 어찌 싫은 마음이 들겠는가!

'사장님만 좋다면 오늘 밤이라도……!'

무슨 생각을 하는지 은정의 두 볼이 능금처럼 빨개졌다.

한편 현수는 은정이 조금 이상해 보인다.

갑자기 얼굴은 붉어지고, 몸을 배배튼다.

'흐음, 복통인가? 화장실이 급한 모양이군.'

"은정씨!"

"네, 사장님!"

더 이상 상냥할 수 없는 음성이다. 하나 현수는 이를 깨닫지 못했다.

"급한 일 있으면 나중에 이야기해도 돼요."

"네……? 급한 일이라니요?"

현수는 은정의 말을 끝까지 듣지 못했다. 사장실로 들어가며 문을 닫은 때문이다.

인테리어 업체가 공사할 때 말하길 사장실과 업무 공간은 격리되어야 한다 하였다.

그리고 안에서의 대화 내용이 밖에서 들려선 안 되므로 돈이 조금 더 들더라도 방음 처리를 하자고 했다. 하여 사장실과 업무 공간은 웬만큼 큰 소리가 아니면 들리지 않는다.

하물며 말끝을 흐리는 은정의 음성이 어찌 들리겠는가!

현수가 문을 닫고 들어가자 은정은 이게 대체 무슨 황당한 상황이란 말인가 하는 생각을 하며 고개를 갸웃거렸다.

그러다 또 한 번 오해를 한다.

현수가 말을 꺼내놓고 나니 부끄러운 마음이 들어 그런 것이라 생각한 것이다.

'사장님! 언제든지……. 오늘부터 전 사장님을 위해 존재할게요. 언제든지 마음이 결정되면 그때 다시 말씀해 주세요. 무조건 오케이 할게요. 아셨죠?'

닫힌 문을 보며 은정이 윙크를 한다.

한편, 현수는 자리에 앉자마자 진동하는 핸드폰을 꺼냈다.

번호를 확인해 보니 드미트리이다.

"아! 미스터 드미트리?"

"네. 김현수 사장님! 오늘 시간 어떠신지요?"

"언제든 가능합니다."

"그럼 잠시 후에 찾아뵙겠습니다."

주식을 매입한 이후 현수에겐 새로운 취미가 생겼다. 시간 날 때마다 경제와 관련된 서적을 읽는 것이 그것이다.

하여 현수의 책상 위에는 아직 풀지도 않은 택배 박스들이 놓여 있다. 인터넷 서점에 주문했던 경제 관련 서적들이다.

박스를 열고 안에 담긴 책을 펼치고는 이내 독서삼매경에 빠져 들었다.

바디 체인지를 한 이후 집중력이 상당히 좋아진 때문이다. 현수는 은정이 오렌지 주스와 커피, 그리고 사과 주스를 가지고 들어왔었다는 것조차 모른 채 책 속에 빠져 들었다.

흔히들 경제는 살아서 움직이는 생물이라는 표현을 한다.

읽어보니 정말 그렇다. 수많은 사람들의 생각이 모여서 변하는 것이기에 원칙이라는 것이 정해진 바 없다.

하여 큰 줄거리라도 알아보려 책을 읽느라 정신이 없었던 것이다. 이런 모습을 한참 동안이나 지켜본 사람이 있다.

물론 은정이다. 애정이 담뿍 담긴 사랑스런 눈으로 현수의 모습을 마음에 각인시키고 있었던 것이다.

하나 현수는 이것마저 모른 채 책에만 빠져 있었다. 그렇게 두어 시간쯤 지났을 때이다.

"사장님! 드미트리 씨가 오셨습니다."

"응……? 누구?"

커피를 가져왔다고 했을 때, 오렌지 주스가 몸에 좋다는 말을 했을 때, 사과 주스는 두뇌개발에 좋다는 말을 했을 때에도 현수는 무반응이었다.

그런데 드미트리라는 이름을 듣자마자 고개를 번쩍 든다. 왠지 껄끄러운 이름이기 때문일 것이다.

"드미트리 씨가 오셨다구요."

"아, 안으로 모시세요."

드미트리가 웃는 낯으로 손을 내밀기에 악수를 하며 자리를 권했다.

"무슨 일이십니까?"

"전에 말씀하셨던 것들을 가져왔습니다. 자, 보시지요."

드미트리가 007 가방에서 꺼내 건넨 것은 한 장의 서류였다.

이것은 현수가 통관시켜 줘야 할 컨테이너에 담길 것이다.

대전차 로켓 RPG—32 500정, AK—103 20,000정이다.

이중 5,000정은 레이저 조준기와 GP—30 유탄발사기까지 장착된 것이다. 또한 탄창 10만 개라 쓰여 있다.

국방과학연구소 소화기개발팀 사수로 근무했으나 현수는 각종 무기에 대한 폭넓은 지식이 있다. 당시엔 그런 것에 흥미가 있었기에 닥치는 대로 알아둔 결과이다.

서류를 읽은 현수는 나름대로 부피를 계산해 보았다.

"흐음, 미스터 드미트리! 이것들 전부가 컨테이너 스무 개에 담길 것 같지는 않군요. 안 그렇습니까?"

"김현수 사장님이 어찌 그걸……?"

드미트리는 뜻밖의 물음이라는 표정을 지었다.

"저는 대한민국 육군 병장으로 만기 제대한 예비역입니다."

"……!"

예비군이라 하여 무기에 대한 광범위한 지식이 있는 것은 아니다. 하나 드미트리는 현수의 말 한마디에 대한민국의 모든 예비군들이 군사전문가일지도 모른다는 생각을 했다.

"그리고 또 하나 런처는 있는데 포탄은 없고, 총과 유탄발사기는 있는데 탄약은 전혀 없군요."

"그, 그건……!"

드미트리는 당황한 표정을 지었다.

"솔직히 말씀해 주셔야 하지 않겠습니까?"

"김현수 사장님! 미안합니다. 속이려는 것이 아니라 상부로부터 내려온 지침이 변경되어……. 미안합니다."

"좋습니다. 무엇이 어떻게 변경되었는지를 말씀해 주십시오."

"으음……!"

드미트리가 나지막한 신음을 토했다. 어찌 말을 꺼내야 할지 난감하다는 표정이다. 현수는 마냥 기다리기만 했다.

그렇게 2~3분쯤 지났을 때 드미트리의 입이 열렸다.

"김현수 사장님! 통관해 주셔야 할 컨테이너 숫자가 조금 늘어났습니다."

천지건설에서 콩고민주공화국으로 보내는 화물은 컨테이너로 수천 대 분량이다. 그렇기에 몇 개 정도 더 늘어나는 것은 큰일이 아니기에 고개만 끄덕여 주었다.

"말씀하십시오."

"네, 일단 스무 개였던 컨테이너가 118개로 늘어났습니다."

"흐음, 118개라면 이 서류에 있는 것들을 다 넣고도 한참 더 남는데요? 뭡니까? 이것 말고 더 넣을 거."

"그, 그건……."

드미트리가 또 망설인다.

"이번 거래가 잘못되면 천지건설이 콩고민주공화국과 체결한 계약이 날아갑니다. 뿐만 아니라 현지법인인 천지약품 역시 문을 닫아야 합니다. 또한 모든 한국인들이 추방당하고 영구 입국 금지를 당할 수도 있습니다."

"……!"

"그럼에도 저는 모험을 무릅쓴다고 했습니다. 그럼 나를 속여선 안 됩니다. 말씀해 주십시오. 나머진 뭡니까?"

"자, 잠시만요."

드미트리는 노트북을 꺼내곤 뭔가를 입력한다. 이메일은 아니고 메신저를 사용하는 듯하다.

현수는 더 묻지 않고 보고만 있었다. 대략 10분쯤 지난 후 드미트리가 가방에서 서류 한 장을 더 꺼낸다.

"이게 나머지 물품입니까?"

"네."

드미트리의 간결한 대답에 현수는 시선을 돌렸다.

반능동 AT—16 Vikhr M, 레이저 유도 Kh—25ML 전술 공대지 미사일, FAB—500 범용폭탄, 23mm 기관포탄, 80mm S—8 로켓, 122mm S—13 로켓 등이 나열되어 있다.

현수가 서류에 시선을 두고 있는 동안 드미트리는 불안한 마음이었다. 이제 와서 계약 위반이니 못하겠다고 자빠져 버리면 문제가 될 것이기 때문이다.

"흐음, 이건 KA—52 Alligator Hokum B 공격헬기 열 대를 무장시킬 것이군요."

"헉! 그걸 어찌?"

"KA—52 Alligator Hokum B는 KA—50 블랙 샤크를 기반으로 한 공격헬기지요. 현재 러시아군에서 열 대가 운용되고 있으며 2020년까지 100대를 추가로 도입할 예정이지요?"

"……!"

"이건 미국이 자랑하는 AH—64D 아파치 헬기와 비교했을 때 기동성과 무장 능력이 더 좋습니다. 따라서 전투에서는 KA—52가 더 유리하죠."

"……!"

"제원까지 읊어볼까요? KA—52는 승무원 두 명, 최대 속력 390km/h, 항속거리 1,160km, 전투 행동 반경 460km……."

"그만! 그만하셔도 됩니다."

"좋아요. 이걸 무장할 것들은 컨테이너에 싣는다 칩시다.

그럼 헬기는 어디에 있죠?"

"헬기는 르완다에서 날아서 올 겁니다."

"좋아요. 그 헬기를 무장시켜서 열 번만 왕복하면 컨테이너에 실으려는 것들을 모두 가져올 수 있습니다. 그럼에도 제게 이런 부탁을 하는 이유는 뭡니까?"

"그건… 미안합니다. 그건 답변드릴 수 없습니다."

"나도 좋습니다. 속사정까지 다 알 필요는 없으니까요. 한데 하나만 더 묻죠. 정말 솔직히 대답해 주셔야 합니다."

"말씀하십시오. 제가 대답할 수 있는 것이라면 하나도 속이지 않겠습니다."

"좋습니다. 이것 말고 추가로 반입하려는 물건들이 더 있습니까?"

"헬기에 사용될 소모품 약간 이외엔 없습니다."

드미트리는 잠시도 지체하지 않고 대답했다. 속이지 않았다는 뜻이다.

"좋습니다. 어차피 이렇게 된 이상 이것까지는 통관을 시켜드리겠습니다. 단, 다시는 이런 부탁을 하지 말아주십시오."

"알겠습니다."

"그리고 화물을 넣고 컨테이너를 봉인하기 전에 내가 확인하게 해주십시오."

"네?"

"나는 드미트리 씨를 믿습니다. 하지만 누군가 드미트리 씨 몰래 세균전에 쓰일 생물학 무기나 핵폭탄을 실을 수도 있습니다. 그렇지 않습니까?"

"그, 그건……."

드미트리가 마땅한 대응을 못할 때 현수의 말이 이어졌다.

"조금 전 드미트리 씨는 오늘 내게 보여준 서류에 있는 물건들 이외엔 헬기에 소요되는 소모품 약간만 담길 것이라고 했습니다. 그렇지요?"

"그렇습니다."

드미트리는 진땀이 나는지 손수건을 꺼내 목덜미의 땀을 닦아냈다.

"조금 전에 전 KA-52의 제원을 말씀드렸습니다. 어느 것 하나 틀린 것 있던가요?"

"아, 아닙니다. 모두 맞습니다."

"그렇다면 화물을 보면 그게 뭔지 식별할 능력이 있다고 인정하십니까?"

말을 이렇게 했지만 실상 현수는 어떤 것이 무엇인지 정확히 모른다. 서류상으로 읽은 것이 전부인 지식이기 때문이다.

하나 이를 드미트리가 어찌 알겠는가!

전문가 중의 전문가들이 아니면 알 수 없는 제원을 줄줄 읊었다. 도대체 대한민국의 육군은 장병들에게 어떤 것을 가르치기에 이토록 전문가가 되어 있는지 알 수 없는 노릇이다.

하여 심리적 수세에 몰려 있는 상황이다.

"네, 인정합니다."

"화물을 넣고 봉인하기 전에 제가 볼 수 있도록 조치를 취해

주십시오."

"그, 그건······!"

"그리 어려운 일이 아닙니다. 보여주기만 하면 되는 겁니다. 그게 어렵습니까? 아니면 상부의 허가를 받아야 합니까?"

"사, 상부의 허락이 있어야······."

드미트리의 말은 길게 이어지지 못했다. 현수가 말을 자른 때문이다.

"좋습니다. 그럼 지금 허가를 받아주십시오."

현수가 노트북을 바라본다. 지금 즉시 메신저로 연락해 보라는 소리이다. 하여 키보드를 두드렸다.

그리곤 잠시 침묵의 시간이 흘렀다. 그렇게 10분쯤 지났을 때 드미트리가 입을 연다.

"허가가 떨어졌습니다. 컨테이너를 봉인하기 전에 김현수 사장님이 확인할 수 있도록 조치를 취하겠습니다."

"좋군요. 그럼 그 일은 일단락된 것으로 합시다."

"네."

"이걸 받으십시오."

"이게 뭡니까?"

"한국의 태을제약에서 만든 기능성 화장품 듀 닥터의 샘플 열 세트입니다. 이걸 드모비치 상사로 보내주십시오. 이걸 수출하고 싶습니다."

"네, DHL로 발송하지요."

"그리고 이건 한국산 수제 스포츠카 스피드와 이륜, 삼륜 전

기자전거 엘딕에 관한 브로셔입니다."

"아! 스피드라면 압니다. 얼마 전 우연히 방송에서 보았습니다. 탑기어 코리아란 프로그램이더군요. 나도 하나 갖고 싶을 정도로 아주 잘 빠진 차였습니다."

"그래요?"

"그 정도면 모스크바의 부자들이 기꺼이 지갑을 열 겁니다."

"엘딕은 어떻습니까?"

CHAPTER 06
이게 꿈은 아니죠?

전능의팔찌
THE OMNIPOTENT
BRACELET

현수가 준 브로셔를 펼쳐 든 드미트리는 잠시 말을 잊었다. 자전거라 들었는데 전혀 그런 느낌이 들지 않았기 때문이다.

특히 역삼륜으로 만든 것은 자전거라기보다는 새로운 유형의 탈 것이라는 느낌이 강했다.

드미트리가 다시 키보드 워리어로 변신했다. 신나게 자판을 두드리고는 잠시 기다렸다.

"스피드, 엘딕 모두 승인되었습니다. 원하는 물량만큼 보내도 된답니다."

"어떻게 그리 빨리……?"

이번엔 현수가 어리둥절한 표정을 지었다.

"여기 있는 울림 네트워크 홈페이지 주소를 알려주었습니다. 보스께서 흡족해하신답니다."

"흐음, 그렇군요."

"오늘의 만남, 참으로 유익했습니다."

"나 역시……! 듀 닥터에 대한 결정을 가급적 빨리 내려주셔야 합니다. 컨테이너에 담을 화물이 모두 준비되면 연락주십시오."

"물론입니다."

드미트리가 간 이후 현수는 한참을 고심했다.

아까 컨테이너가 무려 100개 가까이 늘어나게 되었다는 말을 할 때 반발하지 않았다.

그래 봤자 아무 소용도 없을 것이기 때문이다.

문제는 안에 담길 화기들이다. 그것으로 얼마나 많은 콩고민주공화국의 군인 내지는 민간인이 죽을지 알 수 없다.

따라서 뭔가 대책을 세워야 한다.

가에탄 카구지에게 은밀히 정보를 주는 방법도 있을 것이다. 그 경우 가장 먼저 의심을 받게 될 것이다. 그것은 처절한 보복의 시발점이 될 수도 있다.

따라서 밀고는 할 수 없다. 그렇다면 다른 대책을 세워야겠기에 현수의 머리는 깨질 것처럼 아팠다.

다들 퇴근한 이후까지 깊은 상념에 잠겼던 현수는 사무실 옥상으로 올라갔다.

그리곤 앱솔루트 배리어를 치고, 타임 딜레이 마법을 구현시켰다. 또한, 마나 집적진이 그려진 스테인리스 철판 위에서 마나를 모았다.

그렇게 시간이 흘러 오전 6시 무렵 결계가 해제되었다.

아래층에 아직 주인집이 입주하지 않았기에 가능한 일이다.

"마나여, 나를 아르센 대륙으로……! 트랜스퍼 디멘션!"

샤르르르르르룽—!

*   *   *

"역시 서늘하군."

현수는 아공간에 담긴 의복을 꺼내 걸쳤다. 아르센 대륙의
평민들이 즐겨 입는 평범한 복장이다. 특히 위에 걸친 튜닉[7]
은 누가 봐도 평민임을 나타낼 정도로 평범한 것이다.

계산대로라면 오늘은 아르센력 2855년 4월 20일이다.

"아! 백작님, 오셨습니까? 한데 의복이……."

"그냥, 이게 편해서."

화려한 예복을 벗고 평범한 튜닉을 걸쳤건만 얀센은 단번에
알아본다. 그러거나 말거나 물었다.

"카이로시아는?"

"아가씨는 아직 기침 전입니다."

"그래? 알겠네."

---

7) 튜닉(Tunic): 라틴어의 '속옷'을 의미하는 튜니카(Tunica)에서 파생된 말. 원
래는 그리스, 로마 시대에 착용된 소매 없는 통자이며 길이는 무릎 정도로 장식
이 거의 없는 느슨한 의복을 말하는 것.

계단을 딛고 이 층에 오르니 사내 넷이 보인다. 둘은 이번에 구해온 이레나 상단 소속 상인이고, 나머지 둘은 초면이다. 하나 걸치고 있는 의복으로 미루어 짐작컨대 용병인 듯싶다.

"누구냐? 여긴 출입이 제한된 곳이다."

"아! 비켜서시게. 하인스 백작님이시네."

"헉! 죄, 죄송합니다!"

너무도 평범해 보이는 청년이 고위 귀족인 백작이라는 말에 화들짝 놀라는 표정을 짓는다.

현수는 부러 오만한 표정으로 물었다.

"카이로시아는……?"

"지부장님은 아직 일어나지 않으셨습니다."

"들어가도 되겠는가?"

"물론입니다."

상인의 말이 떨어지기 무섭게 입구를 막고 있던 용병 둘이 옆으로 비켜선다. 현수는 당연히 그래야 한다는 듯 당당한 걸음으로 들어갔다.

숲 속의 잠자는 미녀! 아니, 침대 속의 잠든 천사가 보인다.

고초를 당했건만 카이로시아의 미모는 전혀 손상되지 않았다. 오히려 창백한 아름다움이 더해졌을 뿐이다.

현수는 카이로시아의 체내가 마나 불균형을 이루고 있음을 알기에 서둘러 마나 포션을 꺼냈다. 여섯 병 가운데 하나이다.

그리곤 확실한 효과를 보기 위해 천천히 이를 복용시켰다. 물론 목울대를 부드럽게 만져주었기에 가능한 일이다.

"어웨이크!"

마법이 구현되자 카이로시아의 긴 속눈썹이 바르르 떨린다. 그리곤 잠시 깜박이는가 싶더니 별빛 같은 눈빛이 쏟아져 나온다.

"으으응! 여, 여긴……?"

현수는 문득 개구진 장난기가 돋았다.

"아, 로시아. 당신도 여기에 온 것이오?"

"네……? 무슨 말씀이세요?"

"로시아. 여기는 천국이오. 죽은 이들만 오는 곳이야. 그런데 로시아가 여길 왜 왔소?"

"그, 그럼 제가 결국 굶어죽은 건가요? 그래요? 근데 왜 배가 하나도 안 고프죠?"

잠들기 전에 오뚜기 3분 쇠고기 죽을 세 개나 먹고 잤으니 배가 고플 리 없다.

현수는 내친 김에 장난을 조금 더 치기로 했다.

"여기선 그런 걸 못 느끼나 보오. 근데, 로시아 당신은 그렇게도 배가 고팠소?"

"아아! 제가 정녕 굶어죽었단 말인가요? 그런가요? 백작님에게 시집도 못 가보고……. 흐흑! 억울해요."

"뭐가 그리 억울하오?"

"저, 정말 백작님을 존경하고 사랑했어요. 백작님과 맺어지길 너무도 간절히 원했건만……."

"아! 그랬구려."

"백작님, 우리 내세에 다시 태어나면 그때는 꼭 맺어져요. 그러니 절 잊지 마셔요."

"로시아……!"

"그런데 백작님의 옷이 왜 이래요?"

"로시아! 아무래도 난 평민으로 환생할 것 같소."

"그럼 저도 평민으로 태어나게 해달라고 빌 거예요."

"로시아……! 평민의 삶이 어떤지 정녕 몰라서 하는 말이오?"

"아뇨. 알아요. 제가 왜 모르겠어요. 귀족에 비하면 거의 짐승 같은 삶이죠."

"그런데도 평민으로 환생하고 싶소?"

"네, 저는 다시 태어나도 백작님과 일생을 같이 하고 싶어요. 그러니 백작님! 환생하더라도 저를 잊지 마셔요."

현수는 카이로시아의 처연한 표정과 음색에 더 이상의 장난을 할 수 없었다. 인격뿐만 아니라 영혼까지 모독하는 일이 될 것이기 때문이다.

"로시아! 미안하오. 내 잠시 당신을 속였소."

"네? 그게 무슨……?"

"어서 미망에서 깨어나시오."

"네? 그럼……! 백작님! 아아! 이게 현실이군요. 사랑해요. 이 목숨 다 바쳐서 백작님을 사랑해요."

"로시아……!"

현수는 세상에 태어나 처음으로 여인의 몸을 안았다. 조금의 엉큼한 마음도 없는 순수한 감동의 포옹이다.

"흐흑! 백작님, 이게 꿈은 아니죠? 고마워요! 흐흐흑!"

이제야 온전한 기억이 돌아온 듯하다.

현수는 눈물 흘리는 카이로시아의 교구를 보듬어안은 채 부드럽게 다독였다. 그러는 한편 마나 디텍션 마법으로 카이로시아의 체내를 점검했다.

눈물을 흘리면서 마음의 응어리가 조금씩 풀리는 듯하다. 다시 말해 모든 면이 정상이다.

잠시 후, 현수의 품에서 떨어진 카이로시아는 어찌된 영문인지를 물었다. 이에 현수는 반쯤 거짓말을 섞어 상황을 설명했다. 이실리프 마법사라는 말은 아직 할 수 없기 때문이다.

"로시아! 배고프지 않소?"

"그러고 보니 조금 고픈 것 같기도 해요."

"그럼 내려가서 로사에게 맛있는 요리를 해달라고 합시다."

"네에, 백작님!"

며칠 굶느라 약간 여윈 로시아가 방긋 웃음을 짓는다. 사랑하는 님과 함께 있게 되어 행복감을 느낀 때문이다.

문을 열자 마땅히 있어야 할 호위무사 등이 보이지 않는다. 둘만의 오붓한 시간을 주기 위해 철수한 것이다.

하인스 백작에게 뛰어난 실력이 있으므로 자신들이 있으나 마나라는 이유 때문이기도 하다.

"로시아! 몸이 불편하면 내게 기대시오."

"네, 백작님!"

로시아가 기다렸다는 듯 팔짱을 꼈다. 현수는 부축하려는 마음으로 그녀의 잘록한 허리에 손을 둘렀다.

"고마워요!"

"고맙긴, 당연한 일을……. 그나저나 계단을 딛고 내려갈 수 있겠소?"

"네에. 백작님만 계시면 전 무엇이든 할 수 있어요. 그러니 절 버리지 마셔요."

"……! 내가 왜 로시아를 버리겠소?"

"백작님, 전에도 말씀드렸지만 저 백작님의 반려가 되고 싶어요. 언제든 마음이 내키시면 저를 취하셔도 돼요."

로시아는 심하게 부끄러운 듯 고개를 숙이며 나직이 속삭였다. 바람도 없건만 하늘거리는 귀밑머리가 너무도 섹시했다.

"로시아……!"

현수가 말을 하려던 찰나 사람들의 음성이 터져 나왔다.

"와아아아! 지부장님의 무사 귀환을 감축드립니다."

"지부장님! 몸은 괜찮으십니까?"

"이레나 상단 만세! 지부장님 만세!"

"와아아! 너무 잘 어울리십니다. 빨랑 결혼하십시오."

"무슨 말을 그렇게 해? 두 분은 만난 지 이제 겨우 한 달밖에 안 되셨어. 그런데 결혼은 무슨……."

"얌마, 무슨 말을 그렇게 하냐? 저기 지부장님을 봐라. 얼마나 행복한 모습이냐?"

"맞다. 두 분은 얼른 결혼하십시오."

"와와와! 결혼해! 결혼해! 결혼해!"

박자까지 맞춰 일제히 떠드는 사람들은 전원이 이레나 상단 소속 상인 및 호위무사 등이다.

이들은 코찔찔이 세실리아의 자세한 설명을 들어 둘이 이미 동침한 것으로 알고 있다.

그렇기에 이토록 장난스런 모습을 보이는 것이다.

이들의 출현에 부끄러워하던 카이로시아가 계단의 난간을 붙잡고 섰다. 그리곤 한 손을 들어 진정하라는 손짓을 했다.

장내는 삽시간에 조용해진다. 아르센 대륙의 상단은 거의 군사 조직에 준하는 규율과 위계 질서가 있다.

그러지 않으면 개판이 되어버리기 때문이다. 어쨌거나 카이로시아는 이곳 미판테 왕국에 세워진 테세린 지부의 장이다.

그렇기에 손짓을 하자 즉각 고요해진 것이다.

"먼저, 여러분들의 환영에 깊은 감사드려요."

카이로시아는 공식적인 자리이기에 높임말을 썼다.

"제 옆에 계시는 코리아 제국의 하인스 멀린 백작님 덕분에 유카리안 영지에서 무사히 탈출할 수 있었습니다. 이 자리를 빌어 다시 한 번 감사의 뜻을 표합니다."

짝짝짝—!

카이로시아가 현수를 바라보며 박수를 치자 밑에 있던 인원 전부가 우레와 같은 소리를 낸다.

"와아아아! 고맙습니다. 백작님!"

짜짜짜짜짜짜짜짜짝……!

수많은 박수 소리에 이번엔 현수의 손이 진정하라는 듯 위아래로 흔들렸다. 즉시 조용해진다.

카이로시아는 지부의 장이므로 명령에 복종해야 하는 것이며, 현수는 제국의 백작이므로 명에 따라야 하는 것이다.

"너무 늦지 않은 시각에 당도하여 여러분들을 구할 수 있었다. 참으로 다행하다 여긴다."

무뚝뚝한 소감이지만 일제히 환호한다.

"와아아! 감사합니다. 백작님!"

일제히 환호했다. 그러자 카이로시아가 또 진정하라고 한다.

모두의 입이 다물리고, 시선마저 한 몸에 부어지기까지 대략 20초쯤 걸렸다. 진정시키고는 정작 한마디도 하지 않은 채 바라만 보고 있었기 때문이다.

"나, 카이로시아 에델만 드 로이어는 아르센력 2855년 4월 20일인 오늘! 코리아 제국의 하인스 멀린 백작님의 반려가 되고자 굳은 결심을 했답니다."

아르센 대륙 역시 여자가 남자에게 청혼하는 경우는 매우 드물다. 그럼에도 오늘 카이로시아가 공개적인 자리에서 자신의 뜻을 밝혔다.

명예를 중히 여기는 귀족가의 일원이기에 현수와 맺어지지 못한다면 평생 고독하게 살아야 할 발언을 한 것이다.

그렇기에 상단 사람 전부 멍한 시선으로 바라보고 있다. 그러거나 말거나 카이로시아의 발언은 이어졌다.

"아직 승낙 받지 못했지만 여러분은 제 곁의 백작님을 뵐 때 지부장인 저보다 더 높은 분으로 여기시길 바랍니다."

"로시아……!"

현수가 제지하려 했을 때 발언은 이미 끝났다. 사람들의 시선은 일제히 현수에게 쏠렸다.

지부장님의 청혼을 받아들이라는 무언의 압력이다.

현수는 빼도 박도 못하는 상황이 되었다.

하나 어찌 부정하거나 불편한 기색을 나타낼 수 있겠는가!

그랬다간 카이로시아의 체면이 땅에 떨어질 것이다. 그리고 그것은 여인으로서의 모든 것을 박탈하는 잔인한 짓이다.

할 수 없이 어색한 웃음을 지었다. 이때 카이로시아가 팔짱을 낀다. 그리곤 계단을 내디디며 입을 연다.

"백작님! 그럼 이제부터 식사를 하실까요?"

"카이로시아 양!"

사람들이 보고 있기에 공식적인 이름을 불렀다. 그랬더니 살짝 눈을 흘긴다. 뇌쇄당할 정도로 매혹적인 모습이다.

"아이, 그냥 로시아라 불러달라니까요."

"그래요. 로시아!"

"이그, 요 자도 빼구요, 그냥 로시아 그러세요. 백작님은 제 부군이시잖아요."

"끄으응……!"

카이로시아는 솔직히 이 상황이 재미있다.

옴짝달싹 못하게 궁지로 몰아넣고 거래를 성사시킬 때보다 훨씬 더 재미있다. 그래서인지 환한 웃음을 짓고 있다.

누가 봐도 행복에 겨운 아름다운 신부의 미소이다.

"지부장님, 신혼집은 어디에 마련하실 겁니까?"

"글쎄, 그건 백작님이 결정하실 내용이라……. 아마 코리아 제국의 하인스 백작가가 되겠지."

"결혼하시면 자녀는 얼마나 낳을 계획이십니까?"

"그야, 여기 계신 백작님이 얼마나 힘써주시는가에 따라 다르겠지? 내 욕심 같아선 세 살 터울로 열둘쯤 낳고 싶어."

"헉……! 세 살 터울로 열둘이요?"

"그래, 그만큼 백작님과 오래오래 사랑을 나누고 싶다는 뜻이야. 근데 가만, 세 살씩 열둘이래 봤자 삼십육 년이네."

"36년이 짧아요?"

"당연하지……! 안 되겠어요, 백작님! 네 살 터울로 열둘 아니면 세 살 터울로 열여섯 중에 고르셔요."

"끄으응……!"

현수가 '아이고 골치 아파!'라는 표정을 지었지만 로시아는 생긋 미소를 지으며 혀를 날름거린다.

"호호! 그럼 제 마음대로 결정합니다. 세 살 터울로 열여섯을 낳아드릴게요."

농담일 것이다. 올해 스물셋인 로시아가 내년부터 애를 낳기 시작한다 하면 막내를 낳을 때 나이가 예순아홉 살이다.

한국식으로 따지면 칠순이 다 되어 애를 낳겠다는 뜻이다.

아르셴 대륙의 여인들은 어떤지 모르겠지만 지구의, 특히 한국 여인들은 대개 40대 중후반에 폐경을 맞이한다.

폐경되어 난소에서 난자를 더 이상 생산하지 않으면 임신이 불가능하다.

이곳이라 하여 어찌 크게 다르겠는가! 따라서 로시아의 말은 농담이다. 그런데 전혀 농담으로 들리지 않는다.

기어코 축구팀 하나와 농구팀 하나를 꾸릴 애들을 낳고야 말겠다는 표정이기 때문이다.

"지부장님! 여기 오신 지 한 달밖에 안 되었는데 어떻게 백작님과……! 정말 능력있으십니다. 존경합니다."

귀족가의 결혼은 단기간에 결정되지 않는다.

이리 재고, 저리 재는 과정만 최소 10년이 보통이다.

그런데 카이로시아는 불과 한 달만에 하인스 백작이라는 대어를 낚아챘으니 실력있는 낚시꾼이란 소리이다.

"호호, 마음껏 존경하도록……!"

현수는 카이로시아와 나란히 앉아 스테이크와 스튜를 먹으면서 모든 대화를 들었다. 가끔 낯이 뜨거웠다.

그런데 카이로시아는 척척 잘도 받아 넘긴다. 순발력이 대단하다. 정말 타고난 상인인 듯싶다.

'흐음, 이 여자랑 결혼하면 굶어죽지는 않겠군!'

식사를 마친 카이로시아는 지부 사무실로 갔다.

열흘간 자리를 비운 사이에 결재할 일이 산더미처럼 쌓여 있다고 했기 때문이다.

"하인스 백작님! 혹시 결혼하셨어요?"

카이로시아가 나가고 불과 30분도 되지 않아 로잘린이 왔다. 빨리 달려와서 그런지 숨은 거칠고 얼굴은 창백하다.

"아……! 로잘린 양."

"어서 말씀해 주세요. 진짜 이레나 상단의 지부장이란 여자와 혼인을 한 거예요? 네……?"

"그건 아니고……."

"휴우, 다행이에요. 전 혹시라도 그랬을까 싶어 정말 놀랬단 말이에요."

로잘린은 놀란 가슴을 진정시킨다는 듯 가슴을 쓰다듬었다. 열아홉 살임에도 발육이 좋아 당장 시집을 가도 좋을 정도이다.

"로잘린 양, 그나저나 왜 이리로 왔어요?"

"하인스 상점엔 현재 아무것도 없잖아요. 물건을 팔아야 하니 상품이 있는 곳을 말해줘요."

"얀센!"

"네, 백작님!"

"이 층에 팔아야 할 물건들을 꺼내 놓았네. 로잘린 양과 같이 가서 물목을 확인해 보게."

그렇지 않아도 얀센에게 물어보니 팔 물건이 없다 하여 후춧가루와 연막탄들을 꺼내 놓았던 것이다.

"네에, 알겠습니다."

로잘린과 얀센이 후춧가루를 챙겨 상점으로 향한 후 현수는 심각한 표정이 되어 앉아 있다.

이곳에 온 것은 2월 6일이다. 그리고 오늘은 4월 20일이다.

두 달 하고 보름쯤 지났다. 그 사이에 로잘린과 카이로시아라는 두 여인을 알게 되었다.

젊은 남자가 아름다운 여인을 알게 되었다면 결코 나쁜 일이 아니다. 그런데 문제가 있다. 둘 다 브레이크가 고장 난 기관차마냥 너무도 저돌적으로 대쉬한다.

젊은 시절 오드리 헵번을 닮은 로잘린, 그리고 캐서린 제타 존스보다도 더 예쁜 카이로시아, 둘 다 감당하기 힘들 정도로 아름답다.

그런데 이곳 여인들이 전부 이러는가 싶다. 너무도 저돌적으로 달려들어 부담을 느낄 정도이다.

"흐음, 떠날 때가 된 것 같군. 카이로시아야 어쩔 수 없다지만 로잘린은 한동안 못 보면 마음이 정리되겠지."

먼저 만난 것은 분명 로잘린이다. 그리고 먼저 좋아해 준 것도 로잘린이다. 그럼에도 거리를 두려는 것은 한국식 사고방식 때문이다.

카이로시아와의 나이 차이보다 로잘린과의 나이 차이가 더 크다. 게다가 미성년자이다. 이런 이유 때문에 접근이 부담스런 것이다. 마음을 정한 현수는 밖으로 나왔다. 지도를 구하기 위함이다.

상점이 많았기에 별 어려움 없이 구할 수 있었다.

지도를 사며 물어보니 남동쪽으로 한참을 내려가라고 한다.

그런 다음 북동쪽으로 한참을 올라가는 길을 알려준다.

내려갈 때 1,500㎞, 올라갈 때 1,500㎞이다. 그런데 그냥 직진하면 1,000㎞이다.

"흐음! 이건 시간 낭비 같은데? 그냥 가로질러 가?"

지도를 보니 가로질러 갈 경우 사막과 라수스 협곡이라는 난관을 돌파하여야 한다. 호수들도 조금 있다.

사막엔 유사와 침사라는 난관이 있다. 라수스 협곡의 경우엔 드래고니안 거주 지역 인근을 지나야 한다.

"케이 상단의 알렌이 이쪽으론 가지 말라고 하긴 했는데, 흐으음! 어쩐다? 조금 더 알아볼까?"

현수는 사람들이 많이 드나드는 주점으로 가서 정보를 수집했다. 그런데 영 시원치 않다.

그러던 중 용병길드를 떠올렸다. 주점보다는 오히려 그쪽에서 더 많은 정보를 얻을 수 있을 것이다.

"어떻게 왔나? 고용할 건가, 등록할 건가?"

"용병으로 등록하고 싶은데 가능합니까?"

"흐음, 용병은 S, A, B, C, D급으로 나뉘어 있는데 어느 등급으로 등록을 원하는 거지?"

40대 중반쯤 된 사내인데 거짓말 조금 보태서 덩치가 산만하다. 그런데 보기보단 싹싹하다.

"등급 별로 다른 점을 가르쳐 주실 수 있겠습니까?"

"그건 공짜로는 어렵지."

손가락으로 수염을 비비꼬는데 내놓고 뇌물 달라는 뜻이다. 현수는 1실버를 탁자에 올려놓았다.

슬쩍 보고는 고개를 돌린다. 또 1실버를 놓았다. 그래도 반응이 없다. 다시 1실버를 올려놓자 슬그머니 가져간다.

"S, A, B급은 많은 보수를 받을 수는 있지. 하지만 국경을 넘어가는 것엔 제약이 있어."

"왜죠?"

"강한 전력이 타국으로 넘어가는 것을 막기 위해서지."

"그럼 C급과 D급 용병은 국경 넘기가 쉽습니까?"

"실력이 낮으니 그 등급들은 국경을 넘어가도 뭐라 안 해. 대신 보수가 작지."

"그렇군요."

"좋아, 어느 등급으로 등록할 거지?"

"D급은 너무 낮으니 C급으로 등록하려면 어떻게 해야 합니까?"

"저기 저 문 보이지? 손때 묻어 시커멓게 더러워진 문 말이야. 글루 들어가면 젊은 놈 하나가 칼을 손질하고 있을 거야. 놈에게 말하면 돼! 아, 그놈 화나게 하지 마. 성질 더러운 놈이니까 잘해."

"네에, 고맙습니다."

안에 들어가니 시퍼렇게 날 선 칼을 이리저리 휘둘러 보는 사내가 있다. 시험을 치르러 왔다고 하니 고개를 끄덕임과 동시에 공격을 한다. 시험이라는 것을 알기에 현수는 일부러 힘

겨운 척하며 사내의 검을 막고, 피해냈다.

알고 있던 모든 검식을 버리고, 오로지 근육의 힘만으로, 그것도 반만 사용하여 내리긋고, 베는 검식만 시전했다.

그렇게 칼질 열 번을 감당해 내자 공격이 멈춘다.

"애송이, 제법인데? 상처도 안 입고……. 좋아, 그 정도면 C등급은 되겠어. 합격!"

"헉헉! 감사합니다."

현수는 어린 시절 무협 소설 깨나 읽었기에 자신의 삼 푼은 늘 감추라는 구절을 잊지 않고 있다.

여긴 아는 사람도 거의 없는 곳이다. 따라서 드러나지 않아야 안전하게 아드리안 공국까지 갈 수 있다.

그렇기에 현수는 아예 자신의 9할 이상을 감췄다.

C등급 용병이 되려고 하는데 너무 쉽게 통과해 버리면 오히려 이상한 시선을 받을 것이기 때문이다.

현수는 로니안 자작이 만들어준 평민 하인스의 신분증을 건네고 C급 용병패를 받았다.

구리로 만든 용병패엔 여러 가지가 기재되어 있다.

평민 하인스, 28세, 미판테 왕국 테세린에서 등록, C급 용병, 아르센력 2855년이라는 글씨가 그것이다.

나중에 용병을 그만두려면 이곳 테세린으로 와서 용병패와 신분증을 바꾸면 된다고 하였다. 하나 용병패는 신분증과 똑같은 효과를 내기에 굳이 그러지 않아도 된다고 했다.

그런데 C급 용병은 매년 한 차례씩 용병지부에서 배당해 준

임무를 완수하여야 한다. 물론 고용비는 지불되지만 지부에서 내린 명령은 그 보수가 쥐꼬리만큼 된다고 한다.

이를 면하려면 매년 10실버를 내면 된다고 했다.

테세린에만 C급 용병이 800여 명이나 있다. 이들 가운데 매년 10실버를 내는 사람의 수효가 750여 명이다.

대부분 돈을 내고 마는 것이다.

이곳 테세린은 문물이 집산하는 항구도시이다. 그렇기에 호위 임무 등 돈을 만질 수 있는 일이 많기 때문이다.

하나 갓 용병이 된 현수까지 그럴 수는 없다. 처음에 배당받는 임무는 무조건 해야 하기 때문이다. 그렇기에 지부 배당 임무 가운데 동쪽으로 이동할 수 있는 것을 찾아보았다.

적당한 것을 찾은 현수는 카운터로 가서 임무 배당 신청서를 작성해서 디밀었다.

이를 접수한 이는 덩치가 산만 한 그 사내이다.

알고 보니 B급 용병 하시쿤인데 임무 수행 도중 큰 부상을 당해 현재 요양 중이라 한다.

"그러니까 네가 영지 율리안의 영주 나후엘 자작가의 마차를 호위하는 임무를 맡겠다고?"

"네, 맡겨만 주십시오."

현수는 부러 혈기왕성하지만 앞뒤 못 가리는 시늉을 했다. 그게 가장 적합하다 생각한 것이다.

하나 하시쿤은 이중 자신만만한 모습만 본 듯하다.

"큭큭! 웃기는군. C급 주제에 행동은 A급처럼 하니. 하긴,

처음 용병이 되었으니……. 좋아! 임무를 배당하지. 나후엘 자작가의 마차를 영지까지 호위하는 팀에 끼워주겠네."

"고맙습니다."

"조심해! 그리고 죽지나 말아. 상급 용병들의 지시는 철저히 따르고……. 아들 같아서 하는 말인데, 개울의 물을 떠먹을 때도 반드시 물어본 뒤에 떠먹어. 알았어?"

"네, 고맙습니다. 신경 써 주셔서."

"그래. 그리고 질문에 가장 잘 대답해 줄 사람은 줄리앙이야. 알았어? 딴 놈들한텐 묻지 말고 꼭 줄리앙에게 물어."

"줄리앙이요? 네, 알겠습니다."

"어쨌거나 줄리앙은 B급 용병이니 함부로 개기지 않는 게 좋을 거야. 그리고 내일 아침에 이곳에서 출발하니 준비할 것 있으면 오늘 준비해 두는 게 좋을 거야."

"네에."

"당분간은 아무것도 없는 산속을 헤매야 할 테니 살 것 있으면 사두란 말이야. 상점은 문을 나서서 좌측으로 200보쯤 걸어가면 있어. 참, 수통에 물 채우는 것 잊지 말고."

"네, 감사합니다."

현수는 보기보다 친절한 하시쿤에게 인사를 하곤 밖으로 나섰다.

"흐음! 첫 임무인데 목숨이나 건져올지 모르겠네. 마물의 숲을 지나야 하는데……."

나직이 중얼거리던 하시쿤은 이내 팔베개를 하곤 몸을 뒤로

젖혔다. 애송이 용병을 보는 것이 어쩌면 마지막일 수도 있기 때문이다.

여관으로 돌아온 현수는 아공간을 뒤져 보유하고 있던 연막탄 대부분을 꺼내 놓았다. 약 500개 정도이다.

하나 후춧가루는 많았다. 라면 제조 공장을 털 때 그곳의 원료 창고에 상당히 많이 있었기 때문이다.

병에 든 것은 2,000여 개, 생철통에 든 것은 6,000개를 꺼냈다. 이밖에 포대 단위로 포장된 것도 있다. 20kg짜리 포대 700여 개다. 그러고도 제법 남아 있다. 혹시 몰라 남겨놓은 것이다.

"흐음! 이 정도면 판매하는 덴 지장이 없겠군."

세실리아 여관을 나선 현수는 테세린의 이곳저곳을 둘러보았다. 텔레포트나 워프 마법을 펼칠 안전한 좌표를 찾기 위함이다.

그런데 항구도시인지라 사람들의 유동이 상당히 많고 복잡하다. 다시 말해 안전하게 마법을 펼칠 곳이 없는 것이다.

"제기랄, 여기도 마땅치 않군. 숲속으로 들어가 볼까?"

용병패를 보여주니 찍소리 않고 문을 열어준다. 성을 나선 현수는 숲 이곳저곳을 둘러보았다.

그런데 숲도 안전하지 않다. 많은 수의 사람들이 천막을 치고 그 안에서 생활하고 있었기 때문이다.

항구가 오래되면 오래될수록 주변 몬스터들은 씨가 마른다. 지속적인 토벌 때문이다.

그래서 성내에 머물 수 없을 정도로 가난한 사람들이 성 밖 숲속에 둥지를 튼 것이다.

한참을 돌아다녀도 마땅한 곳이 없다. 이곳에 하인스 상단을 냈으니 가끔 이곳으로 오긴 해야 한다. 그런데 마땅한 좌표가 없다. 도시가 계속 확장되는 추세이니 숲도 안전하지 않기 때문이다.

기껏 좌표를 잡았는데 엉뚱한 건축물 등이 생겨나면 곤란하다.

위험하기 때문이다. 그렇기에 사람은 물론이고 동물의 이동조차 없을 곳을 찾아야 한다.

터벅터벅 걸어서 돌아오던 현수의 눈에 문득 로니안 자작의 영주성이 눈에 뜨인다.

두 개의 첨탑이 보인다. 중앙부가 영주 집무실이다.

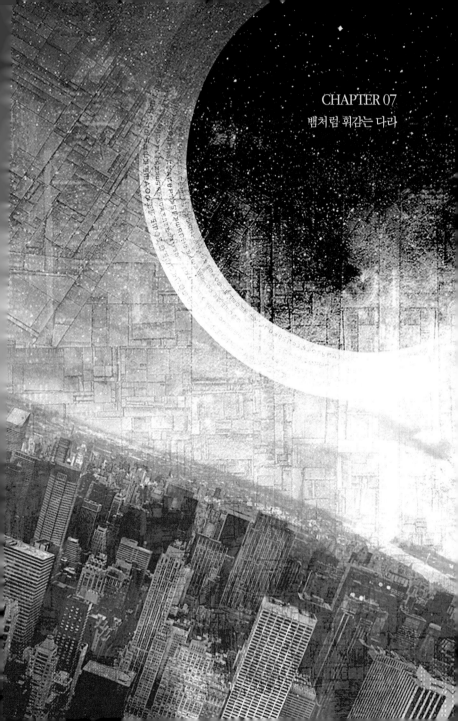

CHAPTER 07
뱀처럼 휘감는 다라

일전에 시종의 안내를 받아 성의 내부를 구경할 때 오래전 무너져 내린 첨탑 하나에 대한 설명을 들은 바 있다.

로니안 자작이 영주가 되기 훨씬 전인 약 40여 년쯤 전에 엄청난 폭우를 동반한 뇌성벽력이 첨탑 하나를 때렸다.

그때 원인 미상 폭발로 인한 결과 세 개였던 첨탑이 두 개로 줄었다.

무너진 첨탑은 영주성 북쪽 끝에 있는 것인데 무너진 상태 그대로 보존되고 있다. 보수하지 않은 것은 돈이 없어서가 아니라 필요없기 때문이다. 예전엔 북쪽의 첨탑이 매우 중요한 역할을 했다.

숲으로부터 몬스터들이 출몰하는 것을 살펴보는 감시 초소

역할을 했던 것이다.

그런데 현재는 모든 몬스터가 토벌되어 이곳에 경비병을 배치할 필요조차 없게 되었다고 한다.

"첨탑! 거기가 적격이군. 흐음, 그런데 어찌 그곳엘 간다?"

로니안 자작에게도 마법사는 있다.

얼핏 듣기론 4써클 유저라고 한 것 같다. 따라서 텔레포트를 위한 마법진을 그리면 금방 알아차릴 것이다.

저써클 마법사라도 마나를 느끼기에 마나가 집산하는 걸 금방 알아차리기 때문이다.

일단 여관으로 돌아온 현수는 머리를 감싸고 한참 동안이나 공책에 무언가를 끄적이고 그렸다.

워프보다는 텔레포트가 더 장거리를 이동할 수 있다.

또한 안전하기도 하다. 따라서 텔레포트를 위한 마법진을 그리는데 4써클 마법사가 모르게 하여야 하기 때문이다.

가장 먼저 그려진 것은 텔레포트 마법진이다. 이것 역시 마나석 가루가 아닌 마나석 자체를 쓴다.

이 위에 덧그려지는 것은 오토 리차지 마법진이다. 마나석의 마나를 자동으로 충전시키는 마법이다.

이렇게 함으로서 영구적인 텔레포트 마법진이 완성된다.

또한 지속적인 마나 공급이 이루어지므로 마법사가 상주할 필요가 없다. 양쪽으로 오가는 것이 아니라 다른 곳에서 이곳으로 오기만 하는 마법진이기 때문이기도 하다.

다른 곳에 같은 용도를 지닌 마법진이 새겨지면 추가로 그곳의 좌표를 입력하면 된다.

아무튼 다음에 그려진 것은 퍼펙트 트랜스페어런시 마법이다. 마법진 자체가 보이지 않게 하기 위함이다.

이 위에는 미러 이미지 마법진이 추가로 그려진다.

마나의 꾸준한 유입 현상이 벌어지면 마법사들은 이를 의심할 것이다. 그렇기에 마법사들의 눈을 속이기 위한 것이다.

이것만으론 부족하다. 하여 오토 밤(Auto Bomb) 마법진을 덧그렸다. 세상엔 없는 멀린만의 마법진이다.

이것은 누구든 강제로 마법진을 건드리려고 하면 스스로 폭발을 일으켜 모든 것을 지우는 마법이다.

그려야 할 마법진들을 모두 구상한 현수는 이것들이 충돌을 일으키는지 여부를 일일이 확인했다.

다행히 그런 일은 벌어지지 않는다. 과연 멀린의 독창 마법답다.

확인을 끝낸 현수는 아공간을 뒤져 스테인리스 철판을 찾아냈다. 라면 공장 자재 창고를 털 때 딸려온 것이다.

두께 2㎜, 가로 세로 각각 1.5m쯤 되는 이것에 정교한 마법진을 그리기 시작했다. 조금만 실수해도 못 쓰게 된다.

하여 아주 세심히 확인해 가며 마법진을 그렸다.

이 과정에서 온갖 가공용 공구들이 망라되었다.

금긋기 바늘, 판금용 컴퍼스, 서피스 게이지, 센터 펀치, 판금 정, 버니어 캘리퍼스, 직각자, 각도기, 운형자 등등이다.

조금만 실수해도 전체를 버려야 하는 심력을 많이 소모하는 일이기에 이마에서 땀이 뚝뚝 떨어졌다.

"휴우……! 이제 되었군."

전기가 없어 구멍을 뚫는 일이 가장 어려웠다. 하나 현수가 누군가? 은근과 끈기의 대명사이다.

수십 년 동안 결계 속에서 마법만 익히기도 했는데 그깟 구멍 뚫는 일이 무어 대수이란 말인가!

이실리프 마법서를 뒤져봐도 구멍 뚫는 마법이 없자 하나를 창안했다. 워터 드릴 마법이다. 소량의 물만으로도 가능한 마법이다.

덕분에 마법을 구현시킬 때 마나의 배열이 어때야 효과적인지에 대한 공부가 되었다.

아무튼 모든 구멍까지 뚫어놓았기에 마나석만 끼우면 영구 텔레포트 마법진이 완성되는 것이다.

아공간을 뒤져 마나석을 꺼낸 현수는 각각의 구멍에 크기가 맞는 것들을 끼웠다. 마지막 구멍마저 끼우자 스테인리스 철판이 스르르 사라진다.

"후후, 성공이군!"

현수는 밤이 되길 기다렸다. 그러는 동안 세실리아와 놀아줬다. 며칠 되지도 않았는데 참 붙임성이 좋은 아이이다.

쾌활하고, 명랑하며, 장난꾸러기인 세실리아랑 노는 동안 시간은 잘도 흘러갔다.

저녁나절, 카이로시아가 와서 같이 밥을 먹었다.

사람들은 둘이 부부라는 것을 인정한다는 듯 자연스럽게 둘의 자리를 붙여놓았다.

그러는 동안 얀센과 로잘린이 당도하였다.

이전에 주었던 각각 200개나 되는 후춧가루를 모두 팔았단다. 병에 담긴 것은 2골드, 통에 담긴 것은 8골드나 받았다.

예상했던 금액의 딱 두 배이다.

로니안 자작의 적극적인 홍보 덕이다. 매출 총액이 무려 1,000골드이다. 한화로 10억원 어치나 팔아치운 것이다.

현수는 얀센에게 100골드를 주었다. 짧은 시간만에 1억을 번 것이다. 그럼에도 로잘린과 얀센은 더 팔게 없다면서 투덜댔다. 하지만 얼굴은 웃고 있었다.

얀센은 생각지도 못했던 거금을 받아서 웃는 것이고, 로잘린은 날개 돋친 듯 팔리는 장사가 너무 재미있었기 때문이다.

식사가 준비되자 로잘린은 현수의 왼쪽에 붙어 앉았다. 카이로시아가 오른쪽에 있기 때문이다.

재잘재잘거리면서 식사를 하는 내내 아주 유쾌한 분위기였다.

이 층에 쌓아 놓은 엄청난 양의 후춧가루와 연막탄을 보고 내려온 때문이다.

식사 후 로잘린과 얀센은 다시 상점으로 갔다. 카이로시아 역시 이레나 상단 지부 사무실로 갔다.

하루 종일 뛰어놀던 세실리아는 금방 곯아떨어졌다. 로사는 무거운 몸을 이끌고 설거지에 여념이 없다.

앞으로 세실리아 여관은 이레나 상단과 하인스 상단 사람들만 이용하는 곳으로 전용숙소가 될 것이다. 그렇기에 밖에는 당분간 내부 사정으로 폐업한다는 팻말을 달아놓았다.

사방이 고요해지자 현수는 퍼펙트 트랜스페어런시 마법을 펼쳐 밖으로 나왔다. 그리곤 곧장 영주성으로 갔다.

플라이 마법을 펼친 현수는 좌측 첨탑 중앙부에 위치한 곳까지 날아올랐다.

"마나의 힘이여, 깊은 꿈을 꾸게 하라. 딥 슬립!"

무언가를 기록하고 있던 4써클 마법사는 맥없이 픽 쓰러지는가 싶더니 이내 코까지 골며 잠들었다.

곧장 영주성 뒤에 위치한 무너진 첨탑에 도착한 현수는 비교적 빗물이 덜 들이칠 곳을 골라 마법진을 그려놓은 판을 내려놓았다.

몇 번이나 제대로 되었는지를 확인하고는 곧장 몸을 돌려 날아올랐다.

영주 일가가 사용하는 공간 부근을 지날 즈음 현수는 세실리아 자작부인과 로니안 자작을 볼 수 있었다.

아직 깊은 밤도 아니건만 둘은 침대 속에 있다.

목욕을 자주해서 몸에서 나는 악취가 제거되자 부부생활이 즐거워진 모양이다.

'좋은 일이지. 후후, 로잘린에게 어쩌면 동생이 생길지도……'

여관으로 돌아온 현수는 자신의 방으로 올라가 마나 심법을 운용했다. 역시 마나가 액체처럼 진한 곳이다.

모든 마나를 채워넣고는 단전호흡도 실시했다.

몇 번의 소주천에 이어 대주천까지 무리없이 진행된다. 한 의학 서적을 많이 읽은 것이 큰 도움이 되었다.

샤워를 하곤 옷을 모두 갖춰 입었다. 혹시 얀센이 보고하러 올지 모르기 때문이다. 밖은 아직 서늘하지만 장작을 때서 그런지 훈훈한 기운이 감돌아 쾌적한 기분이 되었다.

"흐음, 내일 아침에 말없이 떠나 버리면 뭐라 할 텐데. 으으음, 쪽지라도 써놔야 하나? 안 갈 수도 없고, 그냥 가자니 마음에 걸리고……. 에구, 모르겠다."

현수는 침대에 누워 이런저런 생각을 하기 시작했다.

이레나 상단이야 이미 자리가 잡혀 있기에 카이로시아에겐 아무런 문제도 없을 것이다.

하인스 상단도 로잘린이 서기로 있는 한 적어도 테세린에서는 어느 누구도 건드리지 못할 것이다.

덕분에 얀센과 로사, 그리고 세실리아까지 안전하다.

그렇다면 못 떠날 이유가 없다. 다만 가고 난 뒤에 입을 마음의 상처 내지는 섭섭함이 마음에 걸리는 것이다.

현수가 이런저런 생각에 전전반측하고 있을 때였다.

똑똑똑!

"누구……? 세실리아니? 아까 자는 것 같더니……. 들어와."

삐이꺽—!

"죄송해요. 세실리아가 아니라서……."

"아, 카이로시아 양!"

"치이, 그냥 로시아라 불러줘요."

하얗게 눈을 흘긴다. 그런데 되게 깜찍하게 느껴진다. 여자들은 대체 이런 건 어디서 배우는 걸까? 몹시 궁금했다.

"그래, 로시아 양!"

"양도 빼구요. 그러니까 우리가 아주 남남 같잖아요."

사실 둘은 남남이 맞다.

부부도 아니고, 가족도 아니며, 친척도 아니고, 친구도 아니며, 동창이나 같은 고향에서 자란 사이도 아니다.

완벽에 가까운 남남이다. 하나 현수는 반문하지 않았다.

"그럼……?"

"그냥 아까처럼 로시아라 불러줘요."

"음! 알았소."

내일 아침이 되면 떠날 것이다. 해달라는 대로 해주는 게 신상에 이로울 것이다. 그렇기에 싱긋 웃음까지 지었다.

"주무셨어요?"

"아니, 그냥 누워서 이런저런 생각을 했소."

"밤이 깊었는데 제가 여길 왜 온 거 같아요?"

"글쎄? 내가 그걸 어찌……?"

"백작님과 상의하고픈 게 있어서 왔어요. 시간 괜찮죠? 제가 방해하는 거 있어요?"

"아냐, 그런 거 없어."

현수는 저도 모르게 반말을 하고 있었다.

"좋아요. 그럼 이야기 좀 해요."

"무슨 이야기?"

현수는 자신이 반쯤 몸을 일으킨 침대에 털썩 주저앉는 카이로시아를 바라보았다.

"테세린은 항구도시라 여러 상단들이 들어와 있어요."

"그렇겠지."

"보고를 들어보니 경쟁이 아주 치열해요. 그래서 가끔 가다 안 좋은 일이 일어나기도 했다는군요."

"안 좋은 일?"

"네. 거래를 위해 수단과 방법을 가리지 않게 되면 상대의 물건을 훔치거나 못 쓰게 만드는 자들도 있다고 하더군요."

"흐으음…… . 그럴 수도 있겠지"

"가끔은 살인도 일어나나 봐요."

"살인까지?"

"네, 그래서 백작님과 상의하고 싶은 게 있어요."

"뭔지 말해."

"하인스 상단과 이레나 상단이 전략적 제휴를 맺었으면 한다는 거예요."

"전략적 제휴……? 서로 취급하는 품목이 완전히 다른데? 충돌할 일이 있을까?"

현수는 의아하다는 표정을 지었다.

"백작님께서 제공해 주신 후춧가루랑 연막탄으로 얼마나 오래 동안 장사를 할 수 있을까요?"

"글쎄……? 그거야 난 모르지."

"제가 보기엔 길어야 반년이에요. 엄청난 양이고, 막대한 가치를 지녔지만 아마 반년 안에 모두 팔릴 거예요."

"그렇게 생각해?"

"네, 대륙에 없던 물건이기에 귀족들의 사재기가 시작되면 더 빨리 팔릴 수도 있구요."

"후후, 그럼 우리야 좋지."

"그럼 그 뒤에는요? 계속해서 상품을 대주지 않으면 팔 물건이 없어 하인스 상점은 문을 닫아야 해요."

"흐음, 그런가?"

"당연하죠. 문제는 로잘린 영애예요. 오늘 지나치다 보았는데 장사하는 맛에 푹 빠졌어요."

"그래?"

"아주 행복해하는 표정이었어요. 그런데 그 맛은 마약과 같아서 한번 경험하면 계속 그런 기분을 느끼고 싶어지죠."

"그럴 수도 있겠군."

"따라서 백작님이 물건을 계속해서 대주지 않으면 하인스 상단은 결국 다른 품목에 손을 대게 될 거예요. 그럼 우리가 취급하는 물목과 겹치는 것이 반드시 발생하게 되죠."

"흐음, 그럴 수도 있겠군."

현수는 턱을 괸 채 고개를 끄덕였다.

"이레나 상단이 이곳에서 취급하는 품목은 매우 다양해요. 그래서 그 중 일부를 포기할 용의가 있어요."

"......?"

"미판테 왕국은 산지가 많고, 험지 또한 많은 곳인지라 농사

지을 땅이 턱없이 부족해요. 그래서 많은 양의 곡식들을 사들이지요. 아무튼 전략적 제휴를 위해 저희 이레나 상단이 취급하던 곡식을 하인스 상단에게 넘길 수도 있어요."

"그렇게 해서 이레나 상단이 얻는 것이 무엇이지?"

"상당히 많지요. 첫째는 이곳 테세린의 영주이신 로니안 자작님의 호의를 얻겠지요."

"둘째는……?"

"심심하지 않게 해주었으니 로잘린 영애의 마음 또한 얻겠지요."

"셋째는?"

"첫째와 둘째 덕에 우리는 호위 인력 대부분을 줄여도 되니 고정적인 지출이 대폭 감소할 거예요."

"넷째도 있어?"

"물론이에요. 제 개인적으로는 이게 제일 큰 이득이에요."

"그게 뭔데?"

"하인스 상단주인 백작님의 마음 또한 얻는 거지요."

"으으음……!"

카이로시아! 말을 정말 잘한다. 혓바닥에 꿀이라도 바른 듯 조금도 지체없이 대답하는데 너무도 논리적이다.

하여 카이로시아의 얼굴을 새삼스레 바라보았다. 마침 흘러내린 머리를 한쪽으로 쓸어넘기고 있었다.

아름답고, 매력적이며, 영리하고, 뇌쇄적이다.

"상단주인 아버지는 제게 거래를 함에 있어 이문만 남길 생각을 하지 말고 사람을 얻을 생각을 하라 하셨어요."

어디서 많이 듣던 이야기이다.

드라마 '상도'의 주인공 임상옥이 한 말인 듯싶다. 그러거나 말거나 카이로시아의 말은 이어지고 있다.

"곡식 하나를 포기하는 대신 우린 세 사람을 얻으니 이레나 상단은 아주 큰 이익을 보는 거랍니다."

"그렇겠군."

현수는 고개를 끄덕였다. 그리고 당장 눈앞에 보이지 않는 이득까지 산술적으로 계산할 능력과 강력한 추진력을 지닌 카이로시아를 새삼스런 눈으로 바라보았다.

언뜻 들은 바로는 카이로시아의 나이 이제 겨우 스물세 살이다. 로잘린보다 네 살 많고, 현수보다 다섯 살이 적다.

한국에서라면 이제 겨우 대학 졸업반이 되었을 나이임에도 카이로시아는 대단히 성숙하고 현명한 판단을 내릴 능력을 가졌다.

게다가 아프로디테[8]에 비견될 미모와 슈퍼모델 뺨칠 몸매, 여기에 막강한 재력과 성숙한 사고방식을 지녔다.

사고 멀쩡한 사내라면 쫓아다니면서 사랑을 구걸해도 시원치 않을 무엇 하나 흠잡을 것 없는 아름다운 여인이다.

한국에서도 보기 드문 초특급 인재라 할 수 있다.

"로시아!"

---

8) 아프로디테(Aphrodite):고대 그리스의 여신. 성애와 미의 여신. 로마인들에 겐 베누스(Venus, 비너스라고도 읽음)라 여겨짐.

"네……?"

"혹시 말이야. 내가 하인스 상단으로 소속을 바꾸라고 제안하면 어떤 대답을 할 거야?"

"왜죠……? 왜, 그런 걸 물으시죠?"

눈빛 반짝이는 카이로시아는 너무도 매혹적이다.

"그냥, 문득 떠오른 생각이야."

"백작님! 잘못 물어보셨다는 거 혹시 아세요?"

"잘못 물어봤다고?"

"네."

"내가 뭘……?"

"저는요, 몸은 이래나 상단 소속이지만 마음과 머리는 이미 하인스 상단 소속이에요. 백작님으로부터 반지를 받는 순간부터……!"

카이로시아는 넷째 손가락에 끼워져 있는 다이아몬드 반지를 내보인다. 그리곤 말을 이었다.

"그리고, 저 오늘 되게 백작님의 품이 그리워요."

"……!"

"그냥 안아만 주시면 돼요. 저번처럼……! 반지 주면서 하신 약속 지키실 거죠?"

"……!"

"오늘 되게 피곤했거든요. 일이 산더미처럼 많았는데 그걸 처리하느라 되게 힘들었어요. 히잉……!"

"……!"

현수는 쫑알거리는 카이로시아를 바라보았다.

"저 가서 씻고 올게요. 백작님은 먼저 주무셔도 돼요. 아셨죠?"

"로시아!"

몸을 일으켜 씻으러 나가려던 카이로시아가 반짝이는 눈빛으로 되돌아본다.

"왜요?"

"그냥……! 알았어. 가서 씻고 와. 가급적이면 자지 않고 기다리고 있을게."

"고마워요. 기다려 주신다 해서……!"

쪼옥—!

카이로시아는 허리 숙여 현수의 뺨에 뽀뽀를 했다.

점점 행동이 대담해지고 있다. 카이로시아가 나간 후 현수는 뺨에 닿았던 입술 감촉을 손으로 더듬었다. 홀린 기분이다.

"으으음……!"

한참을 지난 후 카이로시아가 들어왔다. 아예 이곳에서 밤을 지샐 작정을 했는지 얇은 잠옷 차림이다.

"어머, 진짜 안 주무셨네요. 호호, 저 기분 되게 좋아요."

"……!"

"그렇게 옷 다 입고 주무실 거예요?"

"응……? 아, 아니. 난 옷 입곤 잠 못 자. 답답해서."

"그럼 벗어요."

조금 야한 말이다. 그런데 전혀 야하다는 느낌이 들지 않는다.

현수는 순순히 옷을 벗었다. 그리곤 이불 속으로 들어갔다. 카이로시아 역시 몸을 들이민다.

"아……! 포근해!"

그럴 것이다.

부드러운 감촉을 주는 패드는 극세사로 짠 순면이다. 이불은 오리털로 안을 채운 쟈가드 원단 이불이다.

처음 이 방에 왔을 때 현수는 냄새나는 이불 때문에 이마를 찌푸렸었다. 로사가 세탁해 준다 했지만 거절했다.

그래 봤자 여전히 냄새날 것이기 때문이다.

그래서 새벽이 되면 기온이 많이 떨어져 약간 추울 것이라 생각하여 꺼내 놓았던 것이다.

대낮 같으면 카이로시아가 눈빛을 반짝이며 달려들었을 것이다. 그리곤 극세사 패드와 오리털 이불이 또 있냐고 물었을 것이다.

그런데 웬일인지 묻지 않는다.

"백작님, 옆으로 좀 누우세요. 그렇게 똑바로 누워 계시면서 어떻게 절 안아줘요?"

현수는 혹시 실수라도 할까 싶어 잔뜩 긴장한 채 시체처럼 똑바로 누워 있었다.

"응……? 그, 그래."

현수가 마지못해 몸을 돌리자 카이로시아가 품을 파고든다.

뭉클하면서도 되게 부드럽다. 얇은 잠옷 속에 아무것도 입지 않았으니 당연하다.

현수의 팔을 베고 누운 카이로시아는 잠시 뭐라고 종알거리면서 파고드는가 싶더니 이내 잠이 든다.

정말 피곤했는지 가늘게 코까지 곤다. 그런 그녀를 품에 안고 있는 현수는 고역이었다.

혈기왕성한 나이의 청년이 꿈에서나 볼 수 있을 절세미녀를 품에 안았다. 욕심을 부려도 순순히 안겨줄 여인이다.

그런데 어찌 그럴 수 있겠는가!

본능과 이성 사이에서 갈등하며 까만 밤을 하얗게 지새워야 했다. 덕분에 눈은 뻘겋게 충혈되었다.

그러거나 말거나 카이로시아는 가끔 가다 몸을 뒤척이면서 현수의 품속을 파고들었다.

카이로시아는 일찍 모친을 잃었다. 부친은 상행을 나가느라 늘 바빴다. 오라비들이 있기는 하지만 모두 제 앞가림하느라 여념이 없다. 그래서 사람의 품에 제대로 안겨본 적이 없다.

그런데 우연히 현수의 품에 안기게 되었다.

너무 편했다! 그렇기에 마치 엄마 품에 안긴 아기처럼 쌕쌕거리면서 잘도 자는 것이다.

"로시아! 내가 만일 이곳에서 인연을 맺게 되면 꼭 로시아 당신과 결혼하겠소."

현수는 나직이 중얼거리며 카이로시아를 소중히 품에 안았다.

그때 그녀의 얼굴에 희미한 미소가 떠오르는 것을 현수는 미처 보지 못했다. 하필이면 그때 선잠에서 잠시 깨어나 있다가 현수의 중얼거림을 들은 것이다.

당연히 현수를 안고 있는 팔에 힘이 들어갔다. 덕분에 밀착된 채 밤을 새는 현수는 고역을 겪어야 했다.

신체의 일부분이 말을 듣지 않는 바람에 어떻게든 엉덩이를 뒤로 빼려 했다. 하나 그것도 마음대로 안 되었다.

카이로시아의 다리가 뱀처럼 휘감았기 때문이다. 아무것도 하는 일도 없건만 진땀나는 밤이었다.

쩍, 쩍……!

한국시간으로 새벽 5시, 현수는 살그머니 자리에서 일어났다. 곤하게 잠들어 있는 카이로시아는 천사처럼 보인다.

천천히 의복을 갖추고는 용병 지부로 향했다.

가는 동안 카이로시아와 로잘린, 그리고 얀센에게 전해질 쪽지의 문구를 구상했다. 내용은 당연히 말없이 떠나 미안하다는 것이 될 것이다. 이것은 용병 지부에서 쓸 생각이다.

모르긴 몰라도 쪽지를 받으면 되게 섭섭해할 것이란 생각에 미안한 기분이 들었다. 그래도 어쩌겠는가!

이곳에 온 목적은 아드리안 공국을 위기로부터 구해내는 것이다. 그렇기에 내키지 않아도 언젠가는 반드시 떠나야 한다.

그래도 잠시나마 인연을 맺었던 이들의 마음에 상처를 주고 싶지는 않다. 하여 쪽지에 쓸 내용은 가급적 정감있게 써야겠다는 생각을 하는 동안 용병지부 사무실 앞에 당도했다.

출행이 시작되려면 부산해야 하는데 웬일인지 매우 한산하다. 현수가 다가가자 벤치에 앉아 있던 여인 하나가 일어선다.

키는 168㎝에 몸무게 52㎏쯤 되어 보이는 날렵한 여인이다. 그런데 어디서 많이 본 듯한 인상이다.

'어디서 봤더라? 맞아……! 안젤리나 졸리를 닮았어. 근데 여긴 왜 이렇게 섹시하고 예쁜 여자들이 많은 거야?

아무튼 다가서는 여인은 안젤리나 졸리가 툼 레이더라는 영화에 나왔을 때처럼 젊고 자신감 넘치는 모습이었다.

"네가 C급 용병 하인스냐?"

"뭐라고……?"

얼굴은 예쁘지만 다짜고짜 반말을 하여 현수는 조금 깬다는 느낌이었다. 아무리 봐도 23~24살 정도밖에 안 된다. 그럼에도 그냥 보자마자 반말이다.

"네가 하인스라는 애송이 용병이냐고 물었다."

또 한 번 반말이다. 슬슬 부화가 치솟는다.

"그렇다. 그런데 왜?"

"오늘 출발하려던 나후엘 자작가의 마차는 며칠 뒤로 미뤄졌다."

"……!"

"네 숙소가 어딘지 적어두면 출발 전일에 연락할 것이다."

대놓고 반말을 하는데 빈정 상한 현수는 대답 대신 여인의 얼굴만 바라보았다. 그러거나 말거나 여인의 말이 이어졌다.

"넌 이미 명단에 올라 있으므로 다른 임무는 맡지 못해. 또한 첫 임무를 거절하면 용병 자격을 잃어. 알지?"

"좋아, 그건 알았고, 물어볼 게 있다."

"뭐냐?"

"너, 도대체 몇 살이냐?"

"내 나이……? 그런 건 알 필요 없다. 자, 나는 전할 말 다 전했으니 이만 간다. 나중에 또 보자."

말을 마친 여인은 즉각 몸을 돌렸다. 현수가 뒤에다 대고 물었다.

"이봐! 네 이름은 뭐냐?"

"나……? 줄리앙이다, 애송아! 그리고 용병은 나이보다 등급이 우선이야. 넌 C급, 난 B급. 그러니 다음에 볼 땐 꼭 존대를 하도록!"

여인은 더 할 말 없다는 듯 그대로 가버렸다.

'저걸 확……! 어휴, 끓는다, 끓어. 어휴……! 싸가지를 밥 말아먹었나? 왜 말끝이 전부 반토막이야?'

아직 이 세계에 적응이 덜 된 현수이기에 나이 어린 여자의 반말에 기분이 상당히 상했다.

'제길, 왜 늦어지는지, 언제쯤 출발 가능한지를 못 물어봤네. 에이, 이따 다시 와야겠군.'

돌아오는 길은 왠지 허탈했다.

대한민국의 남자들은 입대 날짜를 받게 되면 나름대로 정리를 한다. 그리고 입대 전날이 되면 대부분 길렀던 머리까지 깎는다.

다음 날, 긴장된 마음으로 신병훈련소에 들어간다. 그런데 가자마자 귀향 조치를 받게 되면 어떻겠는가!

현수의 마음이 바로 그렇다.

터덜터덜 걸어 세실리아 여관에 당도하니 다 나가고 아무도 없다. 졸지에 할 일이 없어진 현수는 제방으로 올라갔다.

침대가 텅 비어 있다. 극세사 패드와 이불이 보이지 않는 것이다. 대신 쪽지 하나가 놓여 있다.

천애하는 하인스 백작님!

우리가 같이 덮었던 이불과 패드는 기념으로 제가 가져갑니다. 소중히 간직할게요. 찾지는 마셔요.

—당신의 로시아.

"쳇……! 기념으로 가져간 게 아니겠지."

카이로시아의 신상품에 대한 집념과 열정을 알기에 현수는 혀만 찰 뿐이다.

모르긴 몰라도 샅샅이 분해될 것이다. 그리곤 그걸 상품화하려는 노력이 어디선가 벌어지고 있을 것이다.

'하긴, 오늘 떠났으면 그게 기념품이 될 수도 있었겠네.'

말없이 떠나려 했던 미안함에 현수는 너그럽게 이해했다.

졸지에 할 일이 없어진 현수는 마나 심법을 운용했다.

그러다 점심식사 전에 용병지부 사무실에 다시 들렀다. 하지만 원하던 대답은 들을 수 없었다. 그 덩치 큰 용병 하시쿤이 없었기 때문이다. 물어보니 오늘은 나오지 않는 날이라고 한다.

내일 다시 오면 볼 수 있다는 말에 돌아와 점심식사를 했다.

그리곤 내내 단전호흡으로 시간을 보냈다.

세실리아가 들락날락 했지만 가부좌를 틀고 앉은 현수에게 말을 걸거나 건드리지 않았다. 혹시 몰라 꺼내 놓은 머리핀과 인형만 만지작거렸을 뿐이다. 참으로 기특한 녀석이다.

얀셴과 로잘린은 장사가 잘 되는지 하루 종일 코빼기도 비치지 않았다. 로사는 무거운 몸 때문에 요리할 때만 움직인다고 한다.

심심해진 현수는 이레나 상단 사무실을 찾아보기로 했다.

아르센 대륙의 상단은 대체 어떤 모습으로 꾸려지는지 궁금했던 것이다. 지금은 고작 테세린에서만 상행위를 하지만 하인스 상단도 언젠가는 미판테 왕국을 넘어 대륙 전체에서 장사를 하게 될 것이다.

그때를 대비하여 알아볼 것은 알아봐야겠다는 생각을 한 것이다.

물론 카이로시아가 어찌 일하는지에 대한 궁금한 점도 있었다.

지나는 사람을 붙잡고 물어보니 이레나 상단 지부는 항구 근처에 있다고 한다. 천천히 걸어 당도해 보니 생각보다 훨씬 규모가 크다.

서울에 있는 공립 초등학교 두세 개를 합쳐 놓은 것만큼이나 크다. 과연 대륙을 경영할 만하다. 정문엔 수문위병이 근무 중이었다.

"멈춰서시오. 여긴 이레나 상단 사유지라오. 따라서 용무없는 자의 출입이 금지되어 있소이다. 우리 상단에 용무가 있소?"

수문위병을 척 보니 40대 중반은 넘었다.

"네, 여기 지부장님을 만나러 왔습니다."

수문위병의 나이가 많기에 존대해 준 것이다.

"뭐라고……? 험험, 지부장님은 지금 매우 바쁘시다. 괜히 얼쩡거리다 욕먹지 말고 집에 가서 발 닦고 잠이나 자라."

조금 전엔 정중했는데 갑자기 반말이다.

"네? 방금 뭐라 했습니까?"

"너 같은 놈만 오늘 벌써 서른두 번째다. 주제를 알고 확실하게 찌그러져라. 지부장님은 너 같은 놈팽이에겐 할애할 시간이 없으시다."

"이보시오. 이레나 상단은 누구에게나 친절한 상단인 걸로 아는데 좀 심한 거 아닙니까?"

"물론 고객에겐 친절하지. 하나 지부장님의 미모에 현혹되어 불나방처럼 쫓아다니는 놈들에겐 결코 친절하지 않다."

"흐음! 그렇소? 나 말고도 다른 사내들이 왔었습니까?"

"방금 전에 말하지 않았느냐. 네가 서른두 번째다."

위병은 되지도 않을 일에 정력을 낭비하는 현수가 한심하다는 표정이다. 대놓고 하는 박대지만 현수는 왠지 화나지 않았다.

CHAPTER 08
드래곤도 이렇게는 못 만들어!

"당신이 보기에도 지부장님의 미모가 괜찮은 것 같소?"

"그걸 말이라고 하냐? 여기서 위병 생활만 이십 년이다. 그간 수많은 사람이 드나들었지만 우리 지부장님만 한 미녀는 본 적도 없다."

"그랬습니까? 근데 그런 미녀를 보고 싶어하는 것은 사내들의 본능 아닙니까?"

"어림도 없는 수작……! 괜한 말장난 하지 마라. 그리고 지부장님에겐 이미 부군이 계시다. 따라서 괜히 시간 없애 가며 헛물켜지 말고 얼른 꺼져라."

"무슨 소리입니까? 지부장님이 여기 오시기 전까지도 미혼이었는데 한 달도 안 돼서 결혼을 했단 말씀입니까?"

"그래. 코리아 제국의 하인스 멀린 백작이라는 분과 결혼을 하셨다. 백작부인이 되신 거다."

"에이, 거짓말! 그만한 귀족이 결혼을 했다면 테세린 전역이 와자지껄했을 거 아닙니까?"

"어허! 내 말이 말 같이 들리지 않는다는 거냐? 결혼하셨다, 분명히……! 지부장님께서 우리 직원들 거의 전부가 있는 자리에서 그렇게 말하셨으면 그런 거다."

"에이, 거짓말!"

현수는 왠지 장난이 치고 싶어 슬쩍 건드려 보았다.

"어허! 이 녀석이……. 어서 썩 꺼지지 못할까? 높은 사람들 나오면 괜한 경을 칠 것이니 어서 물러가거라."

"좋습니다. 그럼 물건을 사러 들어가는 것은 괜찮지요?"

"물건을 사러……? 으음, 그것도 안 된다."

"무슨 소리입니까? 상단에 물건 사러 들어간다는데 못 들어가게 하는 게 어디 있습니까? 장사 안 해요?"

"그래. 안 한다. 아니, 안 할 것이다, 너 같은 놈팡이에게는……. 괜히 그랬다가 지부장님 앞에서 알짱거리고 싶어 그러는가 본데 그건 절대 안 될 말이다."

"좋아요. 그럼 지부장님에게 내 이름이나 전해줘요. 만나러 왔다고 전해주면 될 겁니다."

"오냐, 네 이름이 뭐냐? 들어봐서 전해줄 만하면 그러지."

위병 근무를 하던 40대 중반 장한은 현수에게 거꾸로 장난을 걸고 있었다. 심심하던 차에 잘 되었다는 표정이다.

"제 이름은 하인스입니다. 가서 전해주세요. 제가 왔다고."

"네 이놈! 이런 경을 칠……! 하인스라는 이름이 아무리 흔해도 그렇지, 감히 하인스 백작님의 이름을 팔려 하다니……."

잡히기만 하면 그냥 안 두겠다는 듯 눈을 부라리는 수문위병의 뒤로 마차 하나가 나오고 있었다.

"무슨 일이냐?"

굵직한 사내의 음성이 들리자 수문위병의 허리가 직각으로 꺾인다.

"아! 총서기님, 나가십니까? 지부장님의 얼굴이나 한번 보려고 온 잡것입니다. 현재 처리 중에 있습니다."

"잡것이 감히……? 좋아, 알아서 잘 처리하도록!"

마차가 사라지자 위병은 이제 허락도 받았으니 마음 놓고 야단칠 생각을 먹었다.

"들었지? 순순히 꺼지겠느냐? 아님 매타작을 당하고 울면서 후회하겠느냐?"

"진짜 못 들어가게 할 겁니까?"

"물론이다. 돈을 보여줘도 넌 안 된다. 왜냐하면 우리 지부장님을 성가시게 할 것이니. 내 눈에 흙이 들어가도 그런 꼴은 못 본다. 그러니 좋은 말로 할 때 썩 물럿거라!"

"좋습니다. 포기하지요. 그런데 이름이 뭡니까?"

"내 이름은 알아서 뭐하게?"

"카이로시아를 만나면 칭찬해 주려 합니다."

"뭐? 카이로시아……? 네놈이 지부장님의 존함을 어찌 알았는지 모르지만 지부장님은 라이서 제국 에델만 백작님의 영애이시다. 너 같은 평민이 함부로 부를 존함이 아니야.”

현수는 자신이 왜 문전박대를 당하는지 이제야 깨달았다. 자신은 현재 전형적인 C급 용병 차림이다.

낡은 레더 아머에 더 볼 것도 없는 검 한 자루뿐이다.

“알겠습니다. 수고하십시오. 알짱거리지 말고 꺼지라니 소생은 이만 꺼져 드리겠습니다.”

“그래, 잘 생각했다. 잘 가라. 그리고 다시는 오지 마라. 오르지 못할 나무는 쳐다보지도 말라는 말이 있지 않느냐? 그러니 네게 걸맞는 처자들이나 찾아봐라.”

‘뭐야? 여기도 이런 속담이 있었어? 오르지 못할 나무는 쳐다보지 말라는……?

문득 박진영 대리가 떠오르자 현수는 이맛살을 찌푸렸다.

못 잡아먹어 안달인 사람처럼 달달 볶아대는 사람이 아니던가! 그 인물의 면상이 떠올랐으니 저절로 인상이 찌푸려진 것이다.

하나 이내 주름은 펴졌다.

아름다운 강연희 대리가 이어서 생각났기 때문이다.

‘그러고 보니 강 대리가 어디에 있는지 확인한다는 걸 깜박하고 있었네. 영국 어딘데……. 그나저나 강 대리는 잘 있을까?

현수는 몸을 돌려 터벅터벅 걸으며 상념에 잠겼다.

두두두두두……!

워 워!

"멈추시오."

다가오던 마차가 속도를 줄인다. 그리곤 마부가 소리쳤다,

"응? 누구……?"

현수가 고개를 드는 순간 열려 있던 마차의 창문으로 아름다운 얼굴 하나가 나온다.

"어머, 백작님! 백작님이 어떻게 여길……? 근데 복장이 왜 이러세요? 어디 갔다 오셨어요?"

"아! 카이로시아. 아니, 로시아!"

"네, 저예요. 한데 어떻게 여기에……? 참, 마차에 타세요. 안에 가서 차라도 한잔 마셔요."

"차……? 흐음, 그럼 그럴까?"

현수는 사양치 않고 마차에 올랐다. 이곳에 온 목적이 안을 들여다보기 위함이 아니던가!

한편, 제법 떨어진 곳에서 다가오는 마차를 보던 수문위병은 얼른 자세를 가다듬었다.

분명 지부장인 카이로시아 아가씨의 전용마차이기 때문이다.

두두두두두……!

마차가 막 정문을 통과하려는 순간이다.

"잠시 멈춰요."

"네, 지부장님!"

마부가 대답하자마자 카이로시아가 위병에게 말을 건다.

"거기 위병, 발루네 씨죠? 나 좀 봐요."

"네. 수문위병 발루네 맞습니다, 지부장님!"

위병이 즉각 허리를 꺾고는 다가선다.

"여기 계신 하인스 백작님께서 위병 근무를 철저히 잘 하신다고 상을 주라고 하네요. 자, 여기……! 근무 끝나면 코찔찔이 세실리아 여관 주점으로 가서 한잔하세요."

카이로시아로부터 10실버나 되는 거금을 받은 발루네는 황송하다는 듯 고개를 숙였다. 한 달 월급과 맞먹었기 때문이다.

"네……? 아, 네에! 감사합니다, 지부장님! 그런데 하인스 백작님이라니요? 부군이신 하인스 멀린 백작님을 말씀하시는 겁니까? 그분께서 절 안다고 하십니까? 오늘 그분은 여기에 안 오셨는데요?"

발루네라는 수문위병이 어리둥절한 표정을 지었다.

"내가 하인스라 하지 않았습니까?"

옆 창문에서 현수의 얼굴이 나타나자 발루네가 화들짝 놀라며 뒤로 물러난다.

"너, 넌 아까 그……! 어떻게 네놈이 감히 지부장님의 마차에……. 네 이놈! 어서 썩 내리지 못할까?"

"내리다니요? 발루네 씨. 지금 감히 본인의 부군이신 하인스 멀린 백작님께 너라 하셨습니까?"

카이로시아의 음성은 서릿발이 내린 것처럼 싸늘했다.

"네, 네에……? 저, 저놈이… 아니 저, 저분이… 그럼 지부장님의 남편이신 하, 하인스 백작님이시라는 말씀이십니까?"

"보면 몰라요? 내 전용마차에 타고 계신 것을……?"

"헉, 헉! 잘못했습니다. 용서해 주십시오!"

털썩—!

발루네라는 위병은 다리에서 힘이 빠져 그러는 것인지, 아니면 고의로 그러는지 알 수 없지만 제자리에 주저앉았다.

"오르지 못할 나무는 쳐다보지도 말라는 말씀 잘 들었습니다. 앞으로도 우리 카이로시아를 보려고 오는 불나방이 있거든 조금 전처럼 처리해 주시기 바랍니다."

"아이, 또 그러신다! 카이로시아라고 하지 말고 그냥 로시아라 불러달라고 했잖아요."

로시아가 눈웃음을 치며 아양을 떤다. 그리곤 조막만 한 주먹으로 현수의 가슴을 콩콩 두들겼다.

"하하! 그래, 알았어. 로시아! 이제 됐지?"

"혜에, 네에."

카이로시아가 기분 좋은 듯 배시시 웃음 짓는다. 보는 눈이 없다면 와락 껴안고 키스 세례를 퍼부을 만큼 매력적이다.

"아, 알겠습니다. 백작님! 그, 그리고 조금 전엔 대단히 많은 실례를 저질렀습니다. 제발 용서해 주십시오."

"하하, 아닙니다. 근무에 철저해서 기분이 좋았습니다. 그럼 계속해서 근무하시길……. 로시아, 이제 그만 들어가자. 저분 추운가 봐. 덜덜 떨고 있잖아."

"호호, 네에. 알았답니다. 어느 분의 명이신데요. 토렐! 이젠 출발해도 좋아요."

"네, 지부장님!"

마차가 안으로 들어가고도 한참 동안 발루네는 자리에서 일어서지 못했다. 진짜로 다리가 확 풀려 버린 때문이다.

"지, 진짜 백작님이시라니……. 아이구, 이 바보! 하마터면 목이 잘릴 뻔 했네. 어휴……!"

발루네는 자신의 목을 쓰다듬으며 고개를 절레절레 흔들었다. 오늘이 구사일생한 날이기 때문이다. 또한 뜻밖의 횡재를 한 날이기도 하다.

"여기에요. 여기가 제 집무실이에요."

"좋군."

짧게 대답했지만 내심 현수는 놀라고 있었다.

겉은 별 볼일 없어 보였다. 웅장하다는 말이 절로 나올 정도로 큰 건축물이긴 하다. 하나 볼 건 없었다.

크기는 한데 별다른 멋을 내지 않아 밋밋했던 것이다.

그런데 내부는 확연히 다르다.

어느 귀족이 공들여 치장한 성이라 해도 믿을 정도로 화려하면서도 장중하고, 아름다우며, 세련미 넘쳤기 때문이다.

현수의 반응은 사실 이곳을 방문한 사람들 누구나 보이는 것이기에 카이로시아는 미소만 짓고 있었다.

"아버지는 겉만 번지르르한 외화내빈(外華內貧)보다는 외빈(外貧)하더라도 내화(內華)를 추구하는 분이세요."

"현명한 생각이시군."

"네, 저도 그렇게 생각해요. 여기, 앉으세요."

고풍스런 의자에 두툼한 방석이 깔려 있다. 그런데 의자가 보통의 것보다 약간 크다.

"흐음! 앉아보니 편하네."

"그렇죠? 저도 그래서 그 의자 좋아해요."

"이거 로시아 것이야?"

"맞아요. 하나 백작님이 오셨으니 당연히 내드려야죠."

"그래……? 고맙군."

"아이, 그런 표현 쓰지 마세요. 고맙긴요. 당연한 거잖아요. 안 그래요? 백작님!"

"뭐, 로시아가 그렇게 생각한다면 앞으론 그러지."

"근데 왜 안 물어보세요?"

"뭘, 물어봐?"

"미치도록 부드러운 패드와 너무나도 따뜻하면서도 포근했던 우리 이불 말이에요."

로시아는 짐짓 미안하다는 표정을 지었다. 하나 속셈을 뻔히 짐작하고 있는 상황이다. 현수는 문득 장난기가 동했다.

"사실, 그것 때문에 왔어."

"저, 정말이요? 혹시, 화나신 거예요?"

행여 심기를 건드린 것은 아닌가 싶어 조심스런 표정으로 현수의 눈치를 살핀다. 현수는 일부러 시선은 다른 데 두고 있지만 어찌 이런 분위기를 모르겠는가!

"당연하지. 그게 어떤 건데……."

"미, 미안해요. 가서 가져오라고… 할까요?"

"그래. 가져와. 꼭 그래야 해."

"아, 알았어요. 잠시만 기다리세요."

카이로시아는 풀죽은 목소리를 냈다. 야단맞았다 생각한 것이다. 그리곤 지시를 내리려 자리에서 일어났다. 그때 현수의 입이 열린다.

"그게 어떤 패드이며 이불이야……? 로시아가 쪽지에 쓴 것처럼 우리가 처음 함께했던 기념할 만한 것이잖아. 그런데 그걸 뜯어보고 분해해서 상품화하려고 했어?"

"……!"

"그건 우리의 추억으로 소중히 간직해야 할 물건이야. 근데 그거보다 장사가 더 중요한 거야?"

"……!"

"난 말이야. 우리가 이 다음에 결혼해서 애를 낳고 산다면 그걸 아이들에게 보여주고 싶었어. 엄마랑 아빠가 처음으로 같이 깔고 덮었던 기념할 만한 패드와 이불이라고……."

"……!"

"그러니 당장 가서 가져와. 차라리 새 걸 꺼내 달라고 하지. 그런 정도는 얼마든지 있는데 하필이면……. 에이!"

"흐흑! 미안해요. 정말 미안해요. 전 백작님이 그걸 그렇게 소중하게 여기는 것도 모르고……. 흐흑! 미안해요."

카이로시아가 와락 달려들며 눈물을 뿌린다.

교구를 보듬어안은 현수는 슬며시 웃음 지었다. 악동의 웃음이다. 그리곤 카이로시아의 등을 토닥이며 속삭였다.

"우리가 결혼을 해서 첫날밤을 보낸다면 그때 그걸 깔고 싶어. 그럼 더 기념할 만한 것이 될 테니까. 안 그래?"

"흐흑! 미안해요. 전 그런 줄도 모르고……. 흐흑! 당장 가져오라고 할게요. 흐흑! 미안해요. 흐흐흑!"

"됐어, 울지 마."

"아니에요. 제가 잘못했어요. 흐흐흑!"

"어허! 됐다니까. 이제 그만 뚝!"

"흐흑! 흐흐흑! ……!"

눈물은 금방 잦아들었다. 눈물 젖은 카이로시아의 눈은 그 어떤 별빛보다 영롱한 빛을 뿜어낸다.

불과 며칠 되지도 않았지만 운명적인 사랑을 만났다. 그리고 더없이 깊은 사랑의 교감을 나누었다는 듯한 눈빛이다.

이슬에 촉촉이 젖은 꽃잎들을 보았는가?

함초롬한 꽃잎에 내려앉은 이슬은 꽃에 화사함을 부여하고, 영롱함을 부여하며, 극치의 미를 부여한다.

습기 찬 카이로시아의 눈이 그랬다.

현수는 극기를 해야만 했다. 환한 대낮이건만 카이로시아의 집무실에서 사고를 칠 수도 있을 것 같아서였다.

똑똑똑!

"흐흠, 들어와요."

삐이꺽―!

"지부장님, 귀한 손님이 오셨는데 다과와 차를 올릴까요?"

들어선 이는 하녀인 듯하다. 둘만의 시간을 깨는 것일 수도 있기에 지극히 조심스런 음성이다.

카이로시아가 대답하려는 찰나 현수가 먼저 입을 연다.

"다과……? 좋지. 있으면 부탁하네. 아, 갖고 오는 김에 뜨거운 물도 부탁해. 한 이쯤 있으면 될 거야."

"네에, 알겠습니다."

현수의 손짓으로 대강의 양을 가늠한 하녀는 조용히 고개를 숙이고는 이내 뒷걸음질로 물러났다.

문이 닫히자 현수가 묻는다.

"로시아, 집무실에 침대도 있어?"

"그건 왜요?"

"일을 하다가 피곤하다거나 할 때도 있잖아. 그럴 때 쉬는 침대 같은 거 없어?"

"이, 있기는 해요. 근데 그걸 왜……."

왠지 카이로시아의 대답이 시원치 않다.

여기엔 그럴만한 이유가 있다.

현수는 조금 전에 뜨거운 물을 부탁했다. 손짓으로 보인 양은 결코 씻을 용도가 아니다. 그렇다면 마시려는 용도이다.

그리고 하녀가 나가자마자 침대의 위치를 묻는다.

그렇다면 가져오라던 뜨거운 물은 센트 오브 워머너이저를 만들려는 것일 수도 있다.

흰한 대낮에, 그것도 자신의 집무실에서 오입쟁이의 향기라는 그 음료를 마셔야 할지도 모른다. 그런데 약효가 발효되면 오늘 이곳이 자신의 순결을 잃는 곳일 수도 있다는 생각을 한 것이다.

"저어, 침대는 있는데 전 아직 씻지도 못했어요."

"응……? 그게 무슨 소리야?"

다과를 가져온다기에 뜨거운 커피가 생각났을 뿐이다. 그런 데 엉뚱한 소리를 하니 의아하다는 표정을 지었다.

"나중에, 아니, 이따 밤에 저 다 씻고 나면 그때……."

"……?"

뭔 소리냐는 표정을 짓자 카이로시아는 입술을 깨문다. 그 리곤 결심했다는 표정을 지었다.

어차피 현수와 결혼하는 것으로 마음먹었다.

아직 식도 안 올렸지만 상대가 원한다면 그것을 들어줘야 한다. 그게 결혼한 여인의 미덕인 남편에 대한 순종이기 때문 이다.

그래서 아직 대낮이고, 자신의 집무실이지만 이곳에서 순결 을 잃어도 좋다는 생각을 한 것이다.

"알았어요. 지금 씻고 올게요. 그러니 여기서 기다리고 계 세요."

"로시아! 지금 대체 무슨 소릴 하는 거야?"

"백작님, 조금 이르긴 해요. 그래도 백작님이 원하시니 정갈 하게 씻고 오겠다는 거예요."

"로시아! 나는 커피를 마시려고 물을 가져오라고 한 거야.

로시아 더러 씻으라고 하려는 게 아니고."

"알아요. 그래도 어떻게 더러운 몸을 드려요? 첫날밤, 아니, 첫날 낮인가……? 아무튼 씻고 올게요."

"뭐어……?"

현수는 이제야 로시아의 말뜻을 이해했다.

"근데 대체 무슨 근거로 그런 생각을 한 거야?"

"백작님이 주시는 커피라는 거요. 그거 센트 오브 워머나어저의 한 종류잖아요."

"센트 오브 워머나이저? 오입쟁이의 향기……? 그게 뭐야?"

"치이, 모르는 척 하시기는……? 여자들에게 그걸 먹이면 남자들이 원하는 대로 할 수 있다는 거잖아요."

"……!"

"주로 바람둥이들이 그걸 쓴다고 들었어요. 근데 대체 어디서 그런 걸 만든대요?"

"뭐어……? 하하, 하하하! 하하하하!"

현수는 한참을 웃었다. 눈물이 나올 정도로 웃겼던 것이다.

그래서 첫날부터 커피를 다 마실 테니 거래하게 해달라고 했던 것까지 모두 이해되었다.

현수는 그런 걸 마시라고 권했다. 이는 어떻게 해보겠다는 뜻이 분명하다. 그럼에도 카이로시아는 그걸 마셨다.

두 잔이나!

현수는 카이로시아가 어떤 생각이었는지를 거의 완전히 이해했다. 그러는 동안 카이로시아는 왜 이러느냐는 듯한 표정을 짓고 있었다.

"로시아! 이쪽에 앉아봐."

"네에."

"로시아! 커피는 말이야, 센트 오브 워머나이저가 아니고……."

현수의 차근차근한 설명이 이어졌다.

그러는 동안 카이로시아의 얼굴은 새빨개졌다. 너무도 부끄럽고 창피했기 때문이다. 혼자서 별 오해를 다 한 셈이다.

"하여간 그런 거니까 앞으론 걱정 말고 마셔. 알았지?"

"네에. 그럴게요."

"후후, 후후후! 그런데 좀 웃겼지?"

"치이, 또 놀리시려고……. 뭐, 그래도 난 좋아요. 그게 그건 줄 알았으니까 백작님의 마음을 얻은 거잖아요."

"사실은 나도 좋아. 덕분에 우리 로시아를 이렇게 가까이서 볼 수 있잖아. 안 그래?"

현수가 귀밑머리를 쓸어서 넘겨주자 살짝 눈을 흘긴다.

"치이……. 근데 이거 말이에요. 아무한테도 말하면 안 돼요. 아셨죠? 남들에게 알려지면 창피해서 죽을 거란 말이에요."

"하하, 알았어."

"근데 말이에요. 혹시 커피를 로잘린 양에도 주신 적이 있어요?"

"아니? 그건 왜?"

"나중에 장난 좀 치려구요."

"장난? 어떤 장난?"

"저녁 때 결산하러 올 거잖아요? 그럼 그때 커피를 권하세요. 전 그 전에 그게 어쩌면 센트 오브 워머나이저일지도 모른다는 말을 슬쩍 흘릴게요."

"후후, 재미있겠군, 로잘린 양의 표정이 어떻게 변하는지 볼 수 있어서."

"호호, 아마 펄쩍 뛰면서 도망갈 거예요. 로잘린은 아직 어리잖아요. 세상 물정도 잘 모르고. 그래도 센트 오브 워머나이저에 대한 이야긴 들었을 거예요. 호호호!"

웃고 있는 사이에 하녀가 다과와 뜨거운 물을 가져왔다.

둘은 커피를 만들어 담소를 나누면서 그것을 즐겼다. 그런데 이 세상의 과자라는 것은 너무 뻑뻑하고 달지도 않다.

그냥 밀가루에 설탕용액을 조금 넣고 구워낸 것이다.

결국 현수의 아공간에서 두 종류의 과자가 나왔다. 약간 짭짤하면서 바삭바삭한 크래커와 달디단 버터링 쿠키이다.

카이로시아는 과자에 환장한 여자처럼 먹었다. 현수는 킬킬거리면서 이런 모습을 즐겼다.

카이로시아는 크래커 봉지를 뜯어보고는 탄성을 질렀다.

"어머나, 세상에……! 어떻게 이렇게 똑같이 만든대요? 어머! 끝이 톱날 같은데 그것까지 다 똑같아요. 드래곤도 이렇게는 못 만들어요."

한참을 경탄하더니 이내 본색을 찾는다. 그리곤 더 있으면

다 내놓으라며 성화를 부렸다.

당연히 있다. 그것도 엄청나게 많이……!

대한민국에서 가장 큰 제과공장을 통째로 털어오지 않았던가!

잠시 후 카이로시아의 집무실은 과자로 가득 찼다.

보는 것만으로도 질릴 정도로 많이 꺼내 주었다. 카이로시아의 마음을 알았기에 현수는 기꺼운 마음으로 내놓은 것이다.

시키지도 않았는데 카이로시아는 판매고를 7대 3으로 나누자고 한다. 현수는 조건을 걸었다.

팔기는 팔되 비닐류는 모두 회수하는 조건이다. 이 세상에 존재해선 안 될 물건이라 생각한 것이다.

포장을 뜯으면 저장성이 떨어지는 단점이 있다. 그러면 가격이 떨어질 수도 있다. 하나 이는 곧 해결되었다.

보존 마법이라는 훌륭한 해결 방법이 있지 않은가!

이레나 상단 소속 마법사로 하여금 마법을 걸게 하여 판매하는 것으로 일단락 지어졌다.

다음엔 카이로시아의 집무실 곁 침실로 이동했다.

당연히 연막탄이 터졌다. 다음엔 환기이다.

수많은 벌레들의 사체를 본 카이로시아는 입을 다물지 못했다. 이런 곳에서 자게 되었을 것이란 생각을 하니 어찌 안 그러겠는가!

현수는 침대를 통째로 걷어냈다.

그리곤 에이스 침대를 하나 꺼냈다. 널찍한 데서 편안히 자라고 퀸 사이즈로 꺼냈다.

극세사 패드가 등장했고, 쟈가드 원단 오리털 이불도 나왔다. 자는 동안 목을 보호해 준다는 라텍스 베개까지 꺼냈다.

물건이 나올 때마다 카이로시아는 탄성을 질렀다.

세상에 어찌 이런 물건들이 있다는 말인가!

결혼하면 모든 것을 다 버리는 한이 있더라도 반드시 코리아 제국으로 가리라 마음먹었다. 문물의 격차가 엄청난 그곳으로 가면 평생토록 행복하게 살 수 있을 것이란 기대 때문이다.

현수가 다음에 꺼낸 것은 여성용 잠옷이다. 온갖 종류의 잠옷이 다 나왔다. 그런데 문제가 있다. 속이 훤히 비치는 망사 잠옷부터 앞가슴이 푹 파인 섹시 잠옷까지 별의별 것이 다 나온 것이다.

잠자리 날개 같은 잠옷을 본 카이로시아는 입을 다물 수 없었다.

어찌 이렇듯 얇은 원단으로 깜짝 놀랄 만큼 정교한 문양이 새겨진 아름다운 옷을 만들 수 있는지 경탄에 경탄을 거듭한 때문이다.

그러다 속이 훤히 비치는 잠옷을 들고는 낯을 붉혔다. 보는 것만으로도 부끄러운 마음이 든 것이다.

실크 잠옷을 들고는 그 오묘한 감촉에 탄성을 질렀다.

현수는 과도한 문물 전수가 문제를 일으킬 수 있다는 생각에 약 10여 벌만 꺼내 놓았다.

카이로시아도 이것만은 팔자는 소리를 못했다. 하긴 속이 훤히 비치는 잠옷을 어떻게 꺼내 놓고 팔 수 있겠는가!

아직 아르센 대륙은 그런 면에서 고지식한 세상이다.

하나 아무런 소리도 안 한 것은 아니다. 이런 잠옷이 있다면 다른 종류의 속옷도 있을 것 아니냐면서 꺼내 보라고 하였다.

현수는 브래지어와 팬티 세트를 몇 개 꺼냈다. 그 화려한 문양과 촉감에 카이로시아는 또 한 번 감탄을 금치 못했다.

설명하기 남세스러웠으나 현수는 드라마 '시크릿 가든' 에 나온 현빈처럼 브래지어 착용법을 가르쳐 주었다.

웃으면서도 진지한 표정으로 착용법을 배운 카이로시아는 현수를 잠시 침실 밖으로 쫓아냈다. 잠시 후, 낯을 붉히며 나타난다. 그리곤 스스럼없이 현수의 품에 안기며 나직이 속삭인다.

"백작님, 정말 고마워요."

"고맙긴……. 로시아에게 주는 건 하나도 안 아까워."

현수는 저녁나절이 될 때까지 이레나 상단에 머물면서 이곳저곳을 구경했다. 덕분에 이쪽 세상의 문물에 대해 상당히 많은 지식을 쌓을 수 있었다.

저녁까지 먹고는 세실리아 여관으로 되돌아왔다.

하나 로시아는 올 수 없었다. 휘하 상인들과 더불어 보존 마법이 걸린 크래커와 버터링 쿠키를 판매할 전략을 짜야 했기 때문이다.

처소로 올라갈 때 현수는 문득 불안한 마음이 들었다.

"에이, 이럴 때면 꼭 무슨 일이 벌어지는데. 또 가야 해? 온 지 얼마 안 되는데. 제길! 언제쯤이면 마음 푹 놓고 있다 갈 수 있을까?"

사실 이곳에 머무는 기간이 한 달 이내라면 언제든 원하는 시간대로 갈 수 있다. 하나 그 기간 내내 불안한 마음을 느껴야 한다.

그렇기에 불안한 마음이 들자마자 가야 한다는 생각을 한 것이다.

테세린의 외곽으로 나간 현수는 결계를 치고 그 안에서 마나를 모았다. 그리고 다음 날 새벽!

지구로 귀환했다.

"마나여, 나를 지구로……. 트랜스퍼 디멘션!"

샤르르르르룽!

현수의 신형이 안개처럼 부드럽게 사라졌다.

*   *   *

이실리프 무역상사 옥상에 나타난 현수는 사무실로 내려갔다.

제일 먼저 컴퓨터를 부팅시켜 날짜를 확인해 보았다. 예상대로 2013년 6월 27일 목요일이다.

이제 차원 이동을 하는 동안 시각이 잘못되는 일은 없을 듯하여 만족스럽다는 미소를 지었다.

그리곤 뉴스를 확인했다. 별다른 일은 없는 듯하다.

'흠음, 그렇다면 내 주변에 무슨 일이 있다는 건데…… 무슨 일이지?'

현수가 고개를 갸웃거릴 때 은정이 출근한다. 사장실의 문이 열려 있기에 시선이 마주쳤다.

"어머, 사장님! 오늘은 일찍 출근하셨네요."

"아! 이은정 씨!"

"사장님, 아침 식사 하셨지요?"

"아침 식사……! 아, 먹었어요."

약간 출출했지만 혹시라도 또 자기 집으로 가자 할 것 같아서였다.

"잠깐만 기다리세요. 사과 주스 만들어 드릴게요."

"네……? 아, 네에."

몸에 좋다는 걸 해준다는 데 왜 마다하겠는가!

인터넷 뉴스 사이트에 접속하여 뉴스를 보던 현수는 주영이 아직 연락하기 않았음에 핸드폰을 집어 들었다.

그런데 꺼져 있다. 배터리가 완전히 방전된 듯하다. 하여 배터리를 바꿔 끼웠다. 그랬더니 곧바로 진동한다.

부우우웅! 부우우웅!

"응? 경빈이가 왜……? 여보세요."

"형님! 왜 이렇게 연락이 안 돼요?"

"왜……? 무슨 일 났어?"

경빈의 음성에 다급함이 배어 있었던 것이다.

"형님, 비서실 김 대리에게 문제가 생긴 것 같습니다."

"무슨 문제?"

"김 대리가 우연히 유진기를 발견해서 미행한 듯합니다."

"그런데?"

"두어 시간쯤 전부터 문자를 보냈는데 그게 끊겼습니다."

"무슨 소리야? 다시 천천히 말해봐."

경빈의 말만으론 무슨 내용인지 알 수 없었던 것이다.

백두마트 상무 비서실 김 대리는 조경빈 상무의 지시에 따라 유진기의 뒤를 쫓았다. 하지만 이내 종적을 놓쳤다. 지하철에 사람이 너무 많았던 때문이다. 그러다 오늘 김 대리는 우연히 유진기를 발견하였다. 그리곤 다음과 같은 문자를 보냈다.

유진기 발견!

조경빈은 당연히 놈의 뒤를 추적해 보라는 메시지를 보냈다. 그리고 얼마 후 새로운 문자가 왔다.

들켰음. 도망갈 곳이 없음!

이후론 문자를 보내도 답장이 없었다.

급한 마음에 전화를 걸어보았다. 진동이 아니라면 치명적인 결과를 야기할 수 있음을 미처 생각지 못한 것이다.

경찰엔 연락할 수 없다. 조경빈 본인이 마약 복용 혐의로 체포될 수 있기 때문이다.

급한 마음에 이현우에게 전화를 걸어 상의했다.

뾰족한 수가 있을 리 없다. 하여 현수에게 전화를 했는데 전원이 꺼져 있다는 메시지뿐이었다.

조경빈은 현수 이외엔 마음을 털어놓고 이야기할 사람이 없기에 계속해서 전화를 걸었다. 그러다 통화가 된 것이다.

"그래서, 최종적으로 어디에 있었대?"

"인천 남동공단에 있는 나라정밀이란 공장으로 간다고 했습니다."

"나라정밀? 알았어. 내가 가볼게."

"고맙습니다. 형님!"

"그래."

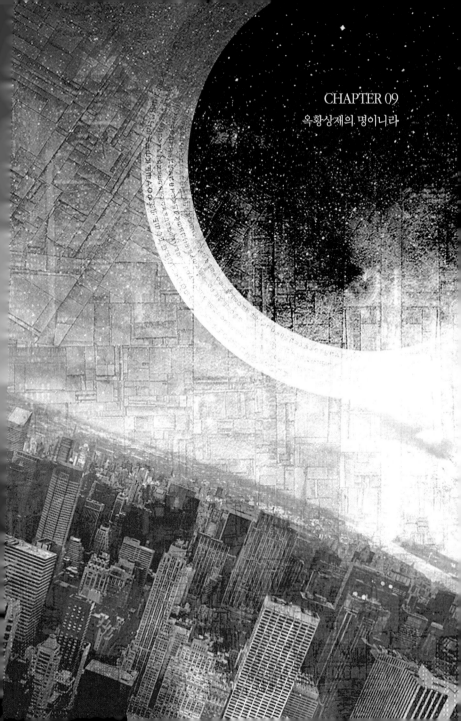

CHAPTER 09
옥황상제의 명이니라

전능의팔찌
THE OMNIPOTENT
BRACELET

　전화를 끊고 자리에서 일어서려는데 은정이 사과 주스를 가
지고 들어온다.
　"사장님 이거……! 꿀을 넣어서 조금 달 거예요."
　은정은 어제 자비를 들여 몸에 좋은 잡화꿀을 구입했다. 수
진과 지혜가 한 입만 달라고 했지만 어림도 없다고 잡아뗐다.
　오로지 현수에게만 먹이기 위해 구입한 것이기 때문이다.
　사과 역시 마트에 가서 좋은 것으로 골라서 샀다.
　주스를 만들 것이라 믹서로 갈겠지만 기왕이면 다홍치마라
해서 빛깔 좋고 상태 좋은 것으로만 골랐다.
　쇼핑을 하는 동안 은정은 남편과 아이들을 위해 장을 보는
주부의 마음을 이해할 수 있었다. 물론 입가엔 흐뭇한 미소가

어려 있었다.

마음속에 간직한 이에게 정성을 줄 수 있는 것 자체가 행복이라 생각한 것이다.

"아! 미안……. 나 지금 엄청 급한 일이 있어서……. 주스는 은정 씨가 마셔요."

황급히 튀어나가는 현수의 뒷모습에 은정은 입술을 잘근 씹었다. 물론 마음에 안 들어서이다. 하필이면 이때 누가 전화를 걸어 오붓한 시간을 망쳤는지 원망스러웠던 것이다.

그러는 사이에 현수는 차를 몰아 곧장 남동공단으로 향했다.

"저쪽으로 가다가 두 번째 사거리가 나오면 거기서 좌회전하게. 거기서 쭉 직진하다 보면 왼쪽에 드럼통 잔뜩 쌓아놓은 공장이 보일게요. 거기가 나라정밀이네."

"네, 감사합니다."

부동산중개사 사무소 아저씨에게 감사의 뜻으로 고개를 숙인 현수는 얼른 운전석에 올라탔다. 한시가 급하기 때문이다.

나라정밀이라는 공장은 이미 5년 전에 망한 회사 소유이다.

회사가 어려워지자 사장은 자산의 일부를 매각하여 돈을 챙긴 뒤 외국으로 튀었다. 그리곤 은행과 기업, 그리고 개인 채권자들의 다툼이 시작되었다.

이해 관계가 얽히고 설켜 있는지라 재판이 벌어졌고, 아직도 결론이 나지 않은 공장이라고 했다. 그러는 틈을 타 어떤 나쁜 놈들이 지정폐기물들을 잔뜩 가져다 버렸다.

이는 폐기물관리법상의 유해성 기준에 해당되는 사업장이 배출하는 폐기물로 폐유나 폐산, 폐알칼리, 중금속이나 유기용제를 용출시키는 폐기물 등이 해당된다.

언제인지 알 수 없는 시기에 누군가가 고의로 들여놓은 것이다.

따라서 새로 공장을 소유하게 될 누군가는 엄청난 비용을 들여 폐기물을 처리해야 할 입장이다.

관할 구청인 인천시 남동구청에서 폐기물들을 신속히 처리하라는 계고장을 계속해서 붙이고 있기 때문이다.

어쨌거나 차를 몰아 나라정밀 쪽으로 이동했다. 중개인 아저씨 말대로 드럼통들이 쌓여 있는데 한눈에 보기에도 엄청난 양이다.

공장부지 거의 전체에 쌓인 산업폐기물 드럼통은 아무리 적게 잡아도 5,000개는 훨씬 넘는 듯하다.

폐유기용제는 톤당 526,000원, 폐산과 폐알카리는 톤당 297,000원의 처리비용이 든다.

공장 마당에 쌓인 드럼 다섯 개가 1톤이라면 적게 잡아도 5천 톤이 넘는다는 뜻이다.

이것들 모두 폐산과 폐알카리라면 약 15억 원의 비용이 들며, 폐유기용제라면 26억 3천만 원이라는 엄청난 비용이 든다.

만만치 않은 금액이다.

공장 인근에 차를 세운 현수는 조심스럽게 접근했다. 물론 퍼펙트 트랜스페어런시 마법이 구현된 상태이다.

입구로부터 공장 출입구를 제외한 모든 곳이 드럼통이 쌓여 있기에 안에서 누군가가 내다보고 있다면 곧바로 들키기 때문이다.

"와이드 센스!"

마법이 구현되자 움직임이 없는 사람 하나와 그 인근에서 얼쩡대는 존재 여섯이 있다.

삐이꺽ㅡ!

"누구냐?"

문을 밀었더니 경첩에 녹이 슬어 있는지 소음이 났다. 그와 동시에 누군가가 소리친 것이다.

"플라이!"

그러거나 말거나 현수는 신형을 공중으로 띄웠다.

"뭐해? 니들이 나가봐!"

"네, 형님!"

사내 셋이 우르르 달려 나온다. 그러는 동안 현수는 움직임이 없는 사내, 다시 말해 백두마트 상무 비서실의 김 대리에게로 다가갔다.

상황으로 미루어 짐작컨대 지독한 고문에 혼절한 듯싶다.

얼마나 맞았는지 얼굴이 퉁퉁 부어 거의 두 배가 되어 있었다. 곁의 탁자에 놓인 벤치에는 살점이 묻어난 손톱들이 보인다.

열 개 모두를 뽑은 듯하다.

뿐만이 아니다. 이빨까지 네 개나 뽑아놓았다.

그 결과 김 대리의 앞섶은 선혈로 홍건하다. 코피와 입술, 그리고 잇몸에서 난 피로 흠뻑 젖은 것이다.

그럼에도 김 대리를 바라보는 두목의 눈에는 악독한 빛이 일렁인다. 아주 어린 시절부터 몸에 밴 악행과 잔인함으로 인한 것이다.

"형님! 이놈이 끝까지 불지 않으면 어쩌지요?"

"어쩌긴? 마당에 드럼통 많잖아. 그중 하나를 열고 안에 집어넣어. 그럼 뼈조차 남지 않고 녹을 테니."

"……!"

상상하는 것만으로도 끔찍한지 둘이 부르르 떨었다. 과연 두목은 독사라 불릴 만한 사람이라는 생각을 한 것이다.

"뭐해? 시간없다. 어서 물을 끼얹어."

"네, 형님!"

촤아아악―!

"끄으응……!"

"정신이 드냐? 그럼 다시 묻지. 우리 형님을 미행하라고 시킨 자가 누구냐? 경찰이냐? 아님 검찰……? 말 안 하면 죽음보다 더한 고통을 당할 것이다."

"으으으! 말 못 한다."

"그으래? 좋아, 네놈의 부모 형제를 모두 잡아와도 그러는지 어디 한번 두고 보자."

"으으으……! 난 고아다."

"크흐흐, 그건 조사해 보면 다 나오지."

"마, 마음대로 해라."

"어쭈……? 아직도 혼이 덜났단 말이지? 얘들아. 힘 좀 써라!"

"네, 형님! 이이잇!"

두 사내가 김 대리의 허벅지 사이에 끼워져 있는 쇠파이프를 잡고 양쪽으로 힘껏 당긴다. 사극에서나 볼 수 있던 주리를 틀고 있는 것이다. 그런데 한두 번 해본 솜씨가 아닌 듯하다.

힘을 주는 즉시 김 대리의 입에서 비명이 터져 나온다.

"아악! 아아아악!"

비명을 지르느라 벌린 입안이 온통 피투성이다. 위아래 앞니 두 개씩 모두 뽑은 때문이다.

"말해. 어떤 잡놈이 시켰는지!"

"크아아아악! 아아아악!"

김 대리는 대답을 해주고 싶어도 그럴 수 없는 상황이다.

물론 무지막지한 고통 때문이다. 비명 지르기에도 바쁜데 어찌 백두마트 상무 조경빈라는 이름을 댈 수 있었겠는가!

'이런 십장생들이……! 사극 찍나? 하여간 요즘 것들은 너무 흉내를 잘 내! 사극을 방영하지 말라고 할 수도 없고.'

현수는 서둘러 김 대리의 고통을 덜어줬다.

"스테츄! 스테츄! 스테츄! 슬립!"

"……!"

갑작스레 혀마저 굳어버리자 셋 모두 깜짝 놀라는 표정이다. 현수는 퍼펙트 트랜스페어런시 마법을 해제하기 전에 모습부터 바꿨다.

실제로 모습이 바뀐 게 아니라 보이는 모습이 전혀 다른 이미지로 보이게 하는 마법이다.

"마나여, 나를 산신령의 모습으로 보이게 하라! 임플러멘테이션 오브 컨트롤 이매진(Implementation of control imagine)!"

이 마법을 쓰게 된 것은 문득 떠오르는 생각이 있어서이다.

이실리프에 기록되어 있는 마법이기는 하나 멀린은 한 번도 시전해 본 적이 없다고 기록했다.

현수가 이를 시전해 본 이유는 연습 상대로 딱이기 때문이다.

어쨌거나 조폭들 입장에서 보면 아무것도 없던 허공에 허연 수염을 단 호호백발 노인이 나타났다. 당연히 셋의 눈엔 경악하는 빛이 어린다. 허공에 둥둥 떠 있으니 어찌 그렇지 않겠는가!

게다가 이야기책에서나 등장하는 전형적인 산신령 내지는 도사의 모습이다. 그리고 노인의 손에는 오리 알 굵기 정도 되는 용두괴장까지 쥐어져 있다.

놈들이 놀라는 사이에 스테츄를 홀드 퍼슨으로 바꾸었다. 그리곤 나직한 음성으로 꾸짖었다.

"네 이놈들! 어찌 인두겁을 쓰고 이렇듯 못된 짓을 하는 것이냐?"

적절한 에코가 가미된 창노한 음성이다. 음성 변조 마법인 보이스 모듈레이션(Voice Modulation)이 시전된 때문이다.

"누, 누구십니까?"

얼떨결에 말을 꺼낸 놈은 굵은 쇠파이프를 쥐고 있던 놈이다.

잠시 생각을 정리한 현수가 입을 열었다.

"나는 하늘에 계신 옥황상제의 명을 받아 너희들의 수명을 단축시키러 온 칠원성군(七元星君)이니라."

"치, 칠원성군님이시라구요?"

놈들은 자기도 모르게 존댓말을 썼다. 노인의 나이가 100살은 훨씬 넘어 보인 때문이다.

"오냐, 인세의 수명과 재물을 관장하느니라."

"저, 저희의 수명을 줄이러 오셨다구요?"

"그렇다. 네 수명은 본시 여든일곱이었다. 하나 하늘의 노여움을 사서 이제 서른일곱으로 줄었느니라."

"네, 네에……? 제, 제가 서른일곱 살에 죽는다고요?"

깜짝 놀라며 쥐고 있던 쇠파이프를 놓았다. 그러거나 말거나 칠원성군의 말이 이어졌다.

"뿐만이 아니니라. 너는 그간 행한 악행의 경과로 말미암아 남은 여생을 미물처럼 살아야 하느니라."

말을 마친 현수는 자그마한 음성으로 하반신 근육 전체를 마비시키는 패러플리져(Paraplegia) 마법을 구현시켰다.

그와 동시에 녀석이 털썩 주저앉는다. 하반신의 모든 근육이 마비된 때문이다. 이때 현수의 입술이 또 한 번 달싹인다.

"쿼드러플 그래비티!"

바닥에 쓰러진 놈은 자리에서 일어나려다 경악하는 표정을 짓는다.

첫째는 하반신에 전혀 감각이 없기 때문이다. 둘째는 몸무게가 네 배쯤 무거워진 듯했던 것이다.

그러거나 말거나 칠원성군의 시선이 두목에게로 향했다.

"네놈 역시 악행이 극에 달해 옥황상제의 노여움을 샀느니라. 오늘부터 너는 장님에 벙어리, 그리고 귀머거리가 되어 살아야 하느니라. 또한 아흔셋이던 네 수명이 서른셋으로 줄었도다."

두목의 안색이 급격하게 창백해진다. 올해 나이 서른둘이다. 그런데 수명이 서른셋으로 줄었다면 내년에 죽는다는 말이다.

어찌 겁먹지 않겠는가!

"치, 칠원성군님! 하, 한 번만 용서해 주십시오."

"이미 늦었느니라! 너희는 수명이 끝나는 날 저승사자가 너희를 18층 지옥 중 가장 뜨거운 대초열지옥으로 안내할 것이다. 게서 3,000년 동안 단련되어야 너희의 죄 값이 사해진다. 알겠느냐?"

"치, 칠원성군님!"

두목이 겁에 질린 표정으로 애원했으나 현수의 마법은 이미 구현되고 있었다.

"토탈 뎁(Total Deaf), 토탈 덤니스(Total Dumbness), 토탈 블

라인드(Total Blind)! 쿼드러플 그래비티!"

"어버, 어버버! 어버버버버……!"

두목은 갑자기 앞이 보이지 않고 소리도 들리지 않자 소리를 내려 했다. 하나 그의 입 밖으로 나온 것은 소리라고 할 수 없는 이상한 소음이었다.

뿐만이 아니다. 갑자기 서 있는 것 자체가 힘들 정도로 몸이 무겁다. 하여 잠시 버티는가 싶더니 이내 털썩 주저앉았다.

나머지 하나는 덜덜 떨고 있었다. 그런 그의 하의는 겁에 질려 방뇨해 버린 오줌으로 흥건하게 젖어 있었다.

"너는 본시 조상의 음덕을 입어 아흔일곱까지 풍족하게 살 것이었으나 네놈이 행한 악행으로 태반을 잃었느니라. 하여 네 수명은 이제 2년이 남았도다. 또한 그간의 악행으로 말미암아 오늘부터 지독한 고통 속에서 살게 될 것이니라."

"아아악! 아아아아악!"

현수의 말이 끝남과 동시에 두 귀를 틀어먹고 발버둥을 친다. 누군가 귀에 대고 엄청난 고음을 질러댔기 때문이다.

이는 '더 스크림'이란 마법이 구현된 때문이다.

셋을 처리한 현수가 김 대리를 묶고 있는 밧줄을 풀려 했다. 이때 밖으로 나갔던 셋이 되돌아왔다.

"누, 누구십니까?"

놈들의 눈에도 현수가 산신령 비슷하게 보인 것이다.

"그리스!"

콰당! 우당탕! 콰당탕탕!

달려오던 속도가 있기에 바닥의 마찰력이 제로가 되는 순간 거칠게 나자빠졌다. 둔통 때문에 이맛살을 찌푸린 세 놈이 자리에서 일어서려는 순간 현수의 음성이 이어졌다.

"네 이놈들! 그간 저지른 악행만으로도 지옥행을 면키 어렵거늘 어찌 악업을 계속해서 쌓는단 말이더냐?"

"……?"

"내 오늘 옥황상제의 명을 받들어 네놈들을 엄히 처벌하겠느니라! 모두 시력을 잃을 것이다. 토탈 블라인드! 아울러 반신을 쓰지 못할 것이니라. 헤미플리지어(Hemiplegia)!"

"으헉!"

"으으윽!"

"허억!"

앞이 보이지 않아 눈을 비비려던 순간 왼손을 들 수 없게 되었다. 어찌 당혹성을 토하지 않겠는가!

이 순간 현수의 입술이 달싹였다.

"컴플리트 힐!"

부드러운 황금빛 마나가 김 대리의 몸으로 스며들자 외상이 아무는 모습이 보인다. 하나 빠진 손톱과 이빨이 새로 나지는 않았다.

"흐음, 이건 어쩔 수 없지."

김 대리를 편하게 눕힌 현수는 두목의 주머닐 뒤져 핸드폰을 꺼냈다. 그리곤 최근 통화 목록을 뒤졌다.

예상대로 마지막 통화는 유진기랑 했다. 아래에 쓰인 전화번호를 눈여겨 보고는 이내 발신 버튼을 눌렀다.

"여보세요."

"그래, 독사! 어떤 놈이 시켰는지 알아냈어?"

"아직……!"

현수는 일부러 말끝을 얼버무렸다. 놈에게 존댓말을 쓰고 싶은 생각이 손톱만큼도 없기 때문이다. 그러거나 말거나 유진기 특유의 쇳소리 섞인 허스키한 음성이 이어진다.

"끝까지 불지 않으면 드럼통 하나 골라서 넣어버려. 산성이 아니라 알카리성에 넣어야 한다. 쇠로 된 드럼통을 찾으면 된다. 그리고 나서 애들 데리고 월계동 해피 클럽으로 가라. 거기 가면 속 썩이는 년이 하나 있을 거다. 잡아서 아작 내버려."

"네."

"처리 결과는 내일 역삼동으로 와서 직접 보고하도록!"

제 할 말 다 했다는 듯 통화가 끝났다. 전화기에 묻은 지문을 닦아낸 현수는 김 대리를 차에 실었다. 그리곤 백두빌딩으로 향했다.

"형님! 김 대리는요? 구하셨어요?"

"그래! 김 대리는 차 안에 있다. 그런데 놈들에게 고문을 당해 손톱과 이빨이 빠진 상태이다."

"네에……?"

고문당했다는 소리에 조경빈이 화들짝 놀라는 표정을 짓는다.

"다행히 너에 대해선 말하지 않은 것 같더라. 잘 요양시켜 주고 임플란트도 해줘라."

"그건 당연하죠. 최선을 다하겠습니다."

"그래, 저만한 사람 드물다. 가까이 둬라."

손톱 열 개가 모두 빠지는 고통과 앞니 네 개를 강제로 뽑아내는 고통을 겪으면서도 누가 시켰는지를 발설치 않은 사람이다.

충성심과 의리가 있는 사람이라는 뜻이다. 그렇기에 가까이 두라는 조언을 한 것이다.

"네. 형님! 근데 어떻게 구해오신 겁니까? 한둘이 아니었을 텐데."

"나를 돕는 친구들이 있다. 그들과 함께 했다."

"아, 그러셨군요."

"나는 이만 가마."

"네, 형님! 오늘 고마웠습니다."

"그래."

경빈과 헤어진 현수는 노트북을 꺼내 월계동에 소재한 해피 클럽이라는 곳을 검색했다. 그쪽에서는 제법 잘 나가는 나이트클럽인 듯 방문 후기들이 주르륵 뜬다.

내비게이션을 조작한 후 그쪽으로 차를 몰아갔다. 유진기 같은 악당을 귀찮게 하는 사람이 있다면 평범하진 않을 것이기 때문이다.

목적지에 당도했으나 너무 이른 시각이다. 현수가 첫 손님이었던 것이다. 그래도 어쩌겠는가!

　일단 룸을 하나 잡았다. 그리곤 맥주잔을 홀짝이면서 아공간에 담긴 유진기의 장부들을 읽어나갔다. 역삼동이라고만 했지 어디라곤 말하지 않았으므로 그곳을 찾기 위함이다.

　한참만에야 역삼동이 어디를 의미하는지 알게 되었다. 룸살롱 락희이다. 즐거울 樂, 아가씨 姬!

　즐거운 아가씨라는 이름의 룸살롱은 세정파가 운영하는 업소 가운데 가장 매출이 높은 곳이다.

　"일단 여기부터 어떤지 확인해 보고."

　현수를 담당한 웨이터는 계속해서 아가씨들을 데리고 들어와 부킹을 성사시켜 주려고 했다. 받은 팁이 있기 때문이다.

　하나 계속해서 퇴자를 놓자 조금은 삐친 듯하다. 개중엔 제법 괜찮은 아가씨들도 있었기 때문이다.

　하나 현수는 눈이 매우 높다. 강연희 대리와 권지현 사무관은 연예인들 뺨을 칠 정도로 아름다운 여성들이다.

　이은정 실장과 김수진 씨 그리고 이지혜 씨도 결코 만만치 않은 미인이다. 꾸미기만 하면 연예인들보다도 훨씬 예뻐 보일 것이다..

　이런 미인들에 둘러싸여 있기에 웬만해선 눈에 차지 않은 것이다.

　그럼에도 웨이터는 끈질겼다. 어떻게든 성사시켜 줘야 팁이 더 나온다는 걸 알기 때문이다.

　"손님! 대체 어떤 아가씰 원하시는 겁니까?"

"글쎄……. 내가 조금 눈이 높아요."

말은 이렇게 했지만 현수는 잘 알지도 못하는 여자와 어울릴 생각이 전혀 없다.

하나 웨이터는 아니다. 또 한 번 팁을 받으려면 그에 걸맞는 노력을 해야 한다. 그렇기에 나직한 한숨을 쉬었다.

"휴우~! 알겠습니다. 진짜 괜찮은 걸(Girl)로 찾아보죠."

웨이터가 나간 후에도 현수의 장부 열람은 계속되었다.

이번엔 세정파가 벌이는 여러 가지 일들이 어떻게 연결되어 있는지를 확인하는 차원이다.

이미 읽었던 것들이다. 그럼에도 읽을 때마다 열이 오른다.

고리대금업에서의 법을 무시한 높은 이자율!

이 과정에서 빚을 못 갚은 사람들로부터 받은 신체 포기 각서와 장기 적출이 열 받게 하였다.

러시아 마피아 조직으로부터 받은 권총 등 무기 밀매는 범죄자들에게 날개를 달아준 것이나 다름없다.

이로 인해 일곱 명의 경찰이 순직했다.

어느 날 갑자기 아무런 예고 없이 가장을 잃은 그 가족들은 어떠하겠는가! 총이 있음에도 그것을 뽑지도 못하고 당한 그들의 부인은 졸지에 과부가 되었다.

학교에서 공부하던 자식들은 아버지를 잃고 울부짖었다.

어찌 용서가 되겠는가!

다음은 인신매매이다.

길가는 여고생 또는 여대생을 납치하여 일본이나 지나에 돈

옥황상제의 명이니라 215

받고 팔아넘겼다. 꿈 많던 소녀들은 타의에 의해 씻을 수 없는 상처를 입었을 것이다. 하루아침에 딸을 잃고 길을 헤매며 울부짖는 부모들을 떠올리니 또 한 번 열이 뻗친다.

지나의 삼합회로부터 공급받은 조선족 여인들 역시 누군가의 딸이었을 것이다. 그들은 한국의 밤 문화에 눈물 흘렸을 것이다.

물론 그에 걸맞는 대우란 해주지 않았을 것이다.

가짜 양주를 제조하여 비싼 돈을 받아온 것은 차라리 애교이다. 마약을 밀수하여 수많은 사람들을 중독자로 만들었다.

그들 모두 재산을 탕진했고, 마약을 구하기 위해 범죄를 저지르게 하거나 스스로 타락의 길을 걷게 만들었다.

뿐만 아니라 많은 가정을 파괴시켰다. 그것은 그 가정의 구성원이었던 아이들의 미래 또한 망가뜨린 것이다.

뿐만이 아니다. 국보급 문화재들을 일본으로 반출했다.

그것도 제값을 치르고 가져간 것이 아니다. 교도소에서 포섭한 도둑들로 하여금 문화재를 훔치게 한 뒤 헐값에 넘겨받았던 것이다.

사찰의 문화재는 서슴없이 폭력을 사용하여 백주대낮에 강탈하기도 했다. 그 과정에서 많은 승려들이 병원 신세를 지게 되었다.

고리대금업, 불법 총기 밀매, 인신 매매, 마약 밀매, 문화재 반출 등 결코 용서받을 수 없는 범죄들이다.

그렇기에 잔뜩 열을 받은 것이다.

똑똑똑!

"네에."

"손님……!"

현수는 대답하지 않았다. 웨이터의 뒤를 따라 들어온 여인을 본 때문이다. 아름다워서가 아니다. 몹시 화난 표정을 짓고 있었다.

"이게 무슨 짓이에요? 내가 분명 싫다고 했죠?"

화장실엘 갔다가 오는 길에 손목을 잡혔다. 그리곤 강제로 끌려 들어온 룸이다. 싫다는 말을 했지만 소용이 없었다.

"소, 손님……!"

예상 외로 거친 반발에 웨이터가 당황한 듯하다. 상황을 지켜보던 현수가 나섰다. 자신 때문에 벌어진 일이라 생각한 때문이다.

"미안합니다. 제가 웨이터 분에게 부탁을 드렸어요. 오늘 이 클럽에 놀러온 손님 가운데 가장 아름다운 분을 만나게 해달라고……."

"네에?"

"불편하게 해드려 죄송합니다. 하지만 하나는 분명하네요."

"뭐가요?"

"웨이터의 눈이 정확하다는 걸요."

"지금 누구 놀리시는 거예요?"

여인은 본인 스스로 가장 아름다운 여인이라 생각하지 않음이 분명하다. 이건 누가 봐도 고개를 끄덕일 것이다.

여인의 용모는 아주 못 생기는 않았지만 그렇다 하여 미녀라 하기엔 다소 손색이 있기 때문이다.

"혹시 조선시대 최고의 명필인 추사 김정희 선생님이 말씀하신 문자향(文字香) 서권기(書券氣)라는 말을 아시는지요?"

"……!"

"외모만 예쁘고 머릿속이 텅 빈 여인은 아름답지 않습니다. 하나 말을 하지 않아도 풍기는 분위기가 고아한 여인은 외모에 상관없이 아름답지요."

웨이터는 어정쩡한 모습으로 바라보고 있고, 여인은 현수의 말에 담긴 의미를 씹는 듯 아무런 말도 없다. 현수는 웨이터를 위해 할 도리를 다했다 생각했기에 자리에 앉았다.

잠시 침묵이 흐르는가 싶더니 여인이 가볍게 고개를 숙인다.

"말씀 고마워요."

그리곤 싸한 분위기가 느껴질 정도로 매몰차게 나가 버렸다.

"수고하셨어요. 이제 그만해도 됩니다. 여기……."

현수가 내민 지폐를 본 웨이터가 고개를 꾸벅 숙인다.

"아, 아닙니다. 손님! 그거 받을 자격이 없는 거 같습니다."

말을 마친 웨이터가 꾸벅 인사를 하고는 황급히 나가 버렸기에 현수는 꺼냈던 지폐를 도로 넣을 수밖에 없었다.

그리고 잠시 혼자만의 시간을 보냈다. 맥주도 두어 잔쯤 마신 것 같다. 하나 아까의 그 열기가 가시지 않은 듯 조금도 취하지 않았다.

똑똑똑!

"네에."

삐이꺽—!

"들어가도 돼요?"

문이 열리고 아까 화를 냈던 여인이 얼굴만 집어넣고 한 말이다.

"네, 들어오세요."

현수가 승낙하자 문을 활짝 열고 들어와 자리에 앉았다.

"아까 그렇게 말해줘서 고마워요. 강민경이에요."

"뭐 별말씀을……. 진짜 그랬어요. 반갑습니다. 김현수입니다."

"아깐 기분 좋았어요. 그런 의미에서 한잔 주세요."

"그러죠."

현수가 술을 따라주자 단숨에 들이킨다. 그리곤 휴지를 뽑아 잔을 닦아 현수에게 건넨다.

둘은 더 이상의 대화 없이 각기 두 잔씩을 비웠다.

"술 친구론 최고네요."

현수의 한마디에 강민경이 미소를 지으며 손을 내민다.

"H일보 강민경 기잡니다."

신문사 기자라면 다소 남성적인 스타일일 것이란 선입관을 지닌 현수는 화들짝 놀라는 표정을 지었다.

"전혀 기자처럼 안 보이는데요?"

"그래도 기잡니다. 이곳 해피 클럽의 운영주가 조폭이라는 소문이 있어 취재차 온 거지요."

"조폭……?"

"네, 세정파라는 조폭이 운영하는 곳이란 소문이 있지요."

현수는 전혀 몰랐다는 표정을 지었다.

"네에……?"

현수의 놀라는 표정을 본 강민경이 피식 실소를 짓는다.

"그냥 그런 줄만 아세요."

"여자라서 하는 말이 아닙니다. 혼자서 위험한 일은 하지 않는 게 좋지 않을까요?"

"우리 신문사에 기자들 많습니다. 그런데 여기가 조폭이 운영하는 곳이란 제보가 들어왔는데 아무도 거들떠보지 않더군요. 겁이 나서 그랬을 겁니다. 네에, 전 그렇게 생각합니다. 그런데 다른 한편으론 돈도 안 생기는 일이라 덤벼들지 않는다는 생각도 들더군요."

"그래서 덤벼드신 겁니까?"

"네에. 남들이 전부 Yes라 할 때 혼자서 No 하라는 광고도 있었잖아요. 안 그래요?"

그러고 보니 취한 듯싶다. 말을 하는데 약간 혀 말린 소리가 섞여 있었던 것이다.

"강 기자님, 패기는 좋습니다. 그런데 누울 데를 보고 발을 뻗으라는 속담이 있는 것도 아십니까?"

"김현수 씨도 내가 하는 일이 위험하다 생각하는 겁니까?"

"그렇습니다. 위험하지요. 여자 혼자서 어찌 조직 폭력배들을 당해냅니까? 안 그래요?"

"네에. 무섭습니다. 근데 내가 안 파헤치면 아무도 건드리지 않습니다. 그럼 어떻게 합니까? 사회 정의는요? 그 투서는 이 업소의 원래 주인이 보낸 겁니다. 억울하게 빼앗겼다더군요."

"……!"

"그 사람도 별로 좋은 사람은 아닌 것 같아요. 하지만 당한 건 억울한 거잖아요. 그리고 내가 안 나서면 아무도 찾아주지 않잖아요."

마음속에 맺혀 있던 것들을 풀어내는 듯하다. 그런데 점점 더 혀가 말리는 소리를 한다. 많이 취한 듯싶다.

잠시 후 현수는 강 기자를 데리고 나왔다. 해피 클럽을 귀찮게 하는 사람이 아무래도 강 기자 같았기 때문이다.

이때는 이미 만취된 상태이다. 집 주소와 전화번호를 여러 번 물었으나 횡설수설한다. 완전히 맛이 간 상태였다.

H 신문사로 전화를 걸어봤으나 아무런 소용도 없었다.

할 수 없이 핸드백 속의 휴대폰을 꺼냈으나 비밀번호가 걸려 있어 집 전화번호를 확인할 수 없다.

결국 바디 리프레쉬 마법을 걸어 집 주소와 전화번호를 알아냈다. 택시를 타고 집까지 데려다 주었다. 그리곤 곧장 집으로 향했다.

그러면서 곰곰이 생각을 해봤다.

강 기자 같은 사람이 없으면 은폐되거나 덮어질 비밀이 얼마나 많겠는가 싶었던 것이다. 하여 그녀의 명함을 지갑에 넣어두었다.

다음 날, 킨샤사의 천지약품으로부터 추가 주문서가 들어왔다. 나날이 수량과 품목이 늘고 있다.

은정과 수진, 그리고 지혜가 눈코 뜰 새 없이 바쁘게 움직였기에 보고만 있을 수 없어 소맷자락을 걷고 같이 일을 했다.

하루 종일 같이 일을 하면서 여직원들이 얼마나 힘든지를 깨달은 현수는 좋은 CEO답게 회식으로 마무리해 줬다. 다만 알콜이 개입될 수 없도록 패밀리 레스토랑에서의 회식이었다.

저녁 7시. 현수는 지하철에 타고 있었다.

본격적인 퇴근시간인지라 붐비는 편이다. 그렇다 하여 움직일 수 없을 정도로 만원은 아니었다. 그럼에도 재수가 좋아 한 정거장만에 자리에 앉을 수 있었다.

역삼동에 소재한 락희를 찾아가는 길이다.

가면 어찌할 것인지를 생각하던 중 두세 발짝쯤 앞에 있는 아가씨의 얼굴이 심하게 일그러지는 것을 보게 되었다.

혹시 몸이 불편하여 그러는가 싶어 자세히 살폈다. 그렇다면 자리를 양보할 생각이었던 것이다.

그런데 아니다! 그녀의 바로 뒤쪽에 서 있던 40대 남자의 얼굴에 서린 음흉한 웃음을 볼 수 있었던 것이다.

자세히 보니 사내의 손이 아가씨의 스커트 속으로 들어가 있다.

'이런 변태 같은 새끼가……! 스테……. 젠장! 저 새낀 또 뭐
야?'

꼼짝도 할 수 없도록 만든 후 성추행 현행범으로 체포되게
하려던 현수는 마법 구현을 멈췄다.

두어 발짝 떨어진 곳에서 흥미롭다는 듯 웃음 띤 얼굴로 40대
남자의 손과 아가씨의 얼굴을 번갈아가며 찍고 있는 녀석 때문
이다.

28세쯤 된 녀석이다. 놈의 얼굴엔 아가씨의 심적 고통 따윈
들어 있지 않았다. 그저 곤혹스러워하는 아가씨의 얼굴과 변
태의 손을 찍어 인터넷에 올릴 생각뿐이다.

이번엔 놈에게 마법을 걸려 하였다. 놈이 촬영한 장면이 명
백한 증거가 되기 때문이다.

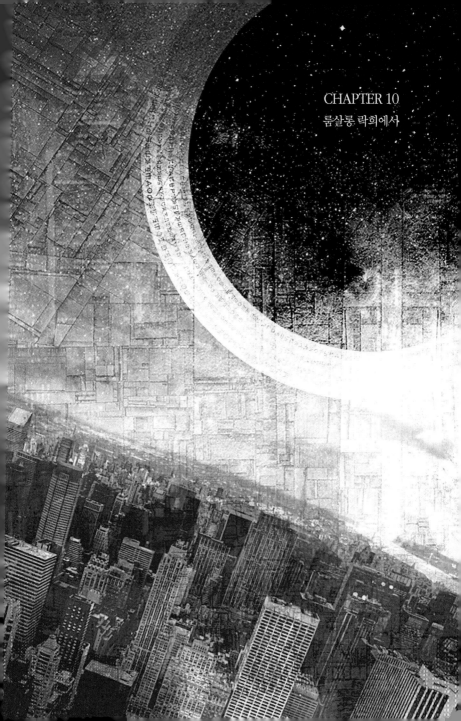

CHAPTER 10
룸살롱 락희에서

전능의팔찌
THE OMNIPOTENT
BRACELET

"마나여, 영원히 심각한 인생을 살도록 하라! 얼웨이즈 시리어스(Always Serious)!"

회희낙락하던 표정이 삽시간에 굳는다.

이제 놈은 장가가기 힘들게 되었다. 24시간 내내 심각한 표정만 짓고 있는 사내를 좋아해 줄 여자는 극히 드물 것이기 때문이다.

다음 순간 40대에게 스테츄 마법을 걸려 했는데 이번에도 멈췄다.

아가씨의 바로 곁에는 50대 대머리 아저씨가 있다.

그런데 그 뒤에 있던 30대 초반이 그 아저씨의 양복 안주머니를 면도칼로 따고 지갑을 꺼내는 장면이 보인 때문이다.

눈치채지 못하는 사이에 꺼내진 지갑은 순식간에 세 명의 손을 거쳐 현수의 곁에 앉은 사내에게로 전달되었다.

놈이 아저씨의 지갑을 안주머니에 넣는 순간 현수가 자리에서 일어나며 소리쳤다.

"소매치기다! 아저씨 바로 뒤에 있는 놈이 지갑을 훔쳤어요."

"무어? 어……! 내 지갑. 이놈, 내 지갑 내놔라!"

"뭐야? 이 아저씨가 지금 뭘로 보고……?"

아저씨가 현수를 바라보자 맞다는 듯 고개를 끄덕여 줬다.

"이놈! 내 지갑 내놔라. 어서!"

"아저씨! 증거 있어요? 증거 있냐구요!"

어느새 무고한 사람들이 썰물처럼 물러났다. 그 순간 현수의 마법이 구현되었다.

"스테츄! 스테츄!"

나직한 중얼거림에 이어 몸을 꼼짝할 수 없게 된 사내와 성추행을 당하던 아가씨만 남게 되었다. 사람들의 시선이 쏠리는 순간 현수의 강력한 발차기가 시전되었다.

물론 목표는 변태의 사타구니이다. 그 직전에 마법은 해제되었다.

"이런 변태 같은 새끼가……!"

퍼억—!

"으아아아악!"

고환을 걷어 채인 변태가 나자빠지며 데굴데굴 구른다. 적어도 하나는 터지라고 아주 세게 찬 때문이다.

"이봐요, 그 새끼 성추행 현행범입니다. 제압하세요. 그리고 아줌마, 얼른 112에 신고해요."

"네……? 네에."

곁에 있던 청년 둘이 변태를 찍어누르자 40대 아줌마가 핸드폰을 꺼냈다. 그 순간 몸을 돌린 현수가 자신의 곁에 있던 사내의 관자놀이를 강력하게 가격했다.

퍼억—!

크윽……!

사내가 쓰러지자 그 곁에 있던 청커버를 걸친 놈이 다가온다.

이놈도 한패이다. 현수는 짐짓 모르는 척 한 발짝 떨어지는 척하다 되돌아서며 강력한 돌려차기를 시도했다.

휘이익! 퍼어억—!

"케에엑!"

명치를 가격당한 놈이 엎어지며 신음을 토한다. 다음 순간 지하철의 손잡이를 잡은 현수가 가위차기를 시도했다.

안주머니에 손을 넣어 흉기를 꺼내려던 두 놈이 비명을 지르며 쓰러졌다. 하나는 관자놀이를, 하나는 명치를 걸어 채인 결과이다.

"이런 씨벌……!"

최초의 소매치기가 흉기를 뽑아 들었다. 그 순간 사람들이 더 뒤로 물러서서 제법 넓은 공간이 만들어졌다.

'최소한 뼈 하나!'

흉기를 뽑은 죄로 오른쪽 팔목 뼈를 부러뜨릴 마음을 먹은 현수는 놈이 다가서기를 기다렸다. 그런데 성추행 당하던 아가씨를 잡아당기더니 그녀의 목에 칼을 댄다.

"좋은 말로 할 때 그 칼 치우는 게 좋을걸?"

"지랄을 해라. 이년의 목을 따기 전에 모두 비켜!"

사내의 명령 아닌 명령에 사람들 모두 뒤로 물러났다. 이제 남은 것은 현수와 사내 둘뿐이다. 물론 그 사이에 아가씨가 있다.

'관절 두 개!'

사내의 흉폭한 눈빛을 본 현수는 그냥 놔두면 사회악이 될 것이란 판단을 내렸다.

"스테츄!"

마법을 구현시키던 바로 그 순간 현수의 신형이 좌측으로 한 바퀴 회전했다. 다음 순간 강력한 발차기가 놈의 무릎에 가해졌다.

퍼어억! 빠지직─!

"케에에엑……!"

결코 꺾여서는 안 될 방향으로 다리뼈가 움직이면서 무릎 관절이 부서지는 소리가 났다. 다음 순간 비명성이 터져 나왔다.

누구도 견뎌내기 힘들 극심한 통증 때문이다. 마법을 해제하자 바닥에 엎어진다. 하나 회칼은 여전히 그의 손에 들려 있었다.

놈은 누구에게든 보복해야 한다는 듯 엎어진 상태에서 아가씨의 발목을 노리고 칼을 휘둘렀다.

그 순간 현수의 발이 또 한 번 움직였다.

퍼억! 뿌드득―!

"아아아아악……!"

오른쪽 팔이 팔꿈치를 기준으로 결코 움직여선 안 될 방향으로 꺾였다. 그와 동시에 칼을 놓쳤고 비명을 지른다.

현수가 다가가 칼을 치우려던 순간 누군가가 외친다.

"경찰이다!"

"모두 비켜주시오. 신고받고 왔습니다. 비켜 주세요."

사람들이 비켜서자 양쪽으로부터 사내 여덟이 쇄도했다.

"저 사람은 성추행범이구요. 바닥에 쓰러져 있는 놈들은 전부 소매치기 일당입니다."

누군가의 설명에 경찰들은 각자에게 달려들어 수갑을 채웠다.

"경찰 아저씨! 저 청년이 모두 제압했어요."

또 누군가가 나서서 현수를 가리켰다.

"……! 제기랄!"

현수는 그냥 갈 수 없게 되었음에 나직이 투덜거렸다. 이야기를 전해들은 경찰이 다가왔다.

"지하철수사대 허인구 수사관입니다. 저분의 말씀이 사실입니까?"

"네, 우연히 소매치기하는 장면과 성추행 장면을 보게 되어 제압했습니다."

"큰일을 하셨습니다. 진술을 위해 서까지 동행해 주셨으면 합니다."

"서라면 어떤 경찰서죠?"

"저희 본부는 왕십리역에 있습니다만 너무 머니 가까운 강남경찰서까지 동행해 주셨으면 합니다."

"그러지요. 그리고 저 청년이 지닌 핸드폰엔 성추행 장면이 찍혀 있습니다."

심각한 표정을 지은 청년은 기꺼이 동영상을 제공하겠다는 듯 핸드폰을 들어 올렸다 내린다.

잠시 후, 역사를 벗어나니 경찰차들이 대기하고 있다.

강남경찰서에 당도하여 진술을 하였다. 한 번 해본 경험이 있기에 그리 어려운 일이 아니었다.

진술서에 사인을 하고 일어서려는데 누군가가 다가온다.

"안녕하십니까? 강남경찰서 형사과 김 경위입니다."

"네에, 반갑습니다."

"대단한 활약을 하셨더군요. 운동을 열심히 하신 모양입니다."

"아, 네에. 뭐 조금……. 그나저나 현장을 찍은 동영상은 삭제해 주셨으면 합니다."

"그건 조금 어렵겠습니다."

"왜죠?"

"그게 없으면 선생님께서 모처럼 좋은 일을 하셨지만 거꾸로 소송을 당할 수 있기 때문입니다. 과잉진압으로……."

진술을 하는 동안 들은 이야기를 종합해 보면 소매치기 주범은 오른쪽 팔꿈치와 무릎이 박살났다. 현재 병원으로 이송되어 수술이 진행되고 있지만 정상으로 되돌아오긴 어렵다고 한다.

현행범이고 흉기를 소지하고 있었지만 너무 과한 진압이라는 의견이 충분히 나올 수 있을 정도의 부상이라는 것이다.

하지만 동영상은 현수의 행위가 정당방위였다는 결론을 내리게 할 결정적인 증거라 한다.

따라서 동영상 삭제가 어렵다는 것이다.

"재판이 끝나서 형이 확정되면 그때 삭제해 드리겠습니다."

"흐음, 할 수 없네요."

현수가 마지못해 고개를 끄덕이려는 찰나 누군가가 다가온다.

"아니, 이게 누구십니까? 김현수 씨 맞죠?"

"아, 네에. 전에 뵈었던 이현준 경위님이시죠?"

"하하, 네에. 반갑습니다. 그런데 여긴 어쩐 일로 오신 겁니까?"

곁에서 듣고 있던 김 경위가 끼어든다.

"이 경위가 아는 분이야?"

"네, 일전에 탤런트 이수연 씨 실종사건 있었잖습니까?"

"그래. 있었지. 한바탕 난리가 벌어졌었잖아."

김 경위가 고개를 끄덕였다. 갑작스런 실종으로 항간에 화제가 되었던 사건이기 때문이다.

"그때 이수연 씨 언니의 남자친구 혹시 기억하세요?"

"아! 그래서 낯이 익었군요."

김 경위가 이제야 이해된다는 듯 웃음 지었다.

사실 현수가 처음 왔을 때 어디선가 본 기억이 있다는 생각이 들었다. 하지만 아무리 생각해 봐도 기억나지 않자 수배자 전단을 뒤적였던 것이다.

"근데 조금 전에 무슨 동영상 이야길 하던데 그건 뭡니까?"

"그거……? 이거야."

김 경위가 재생시킨 동영상을 본 이 경위가 입을 딱 벌린다.

"이건 뭐, 펄펄 날아다녔네요. 우와, 그리고 보니 무술 유단자인가 봐요, 김현수 씨?"

"아, 별거 아닙니다. 그냥 호신용으로 몇 가지 배운 겁니다."

"그래도 그렇지 이건 정말 대단합니다."

동영상을 여러 번 리플레이 시킨 이현준 경위가 계속해서 감탄사를 터뜨렸다. 그도 그럴 것이 강력한 한 방으로 범인들을 잠재운 실력이 예사롭지 않았기 때문이다.

현수가 경찰서 정문을 나서려는데 누군가가 다가선다.

"고맙네."

"고맙습니다."

"아! 두 분은……!"

성추행 당하던 아가씨와 지갑을 소매치기 당했던 아저씨이다. 이들 둘은 본 현수의 얼굴에 미소가 어렸다.

며칠 전, 인터넷에서 어떤 사연 하나를 읽게 되었다.

어떤 사람이 물에 빠진 학생을 구해주었다. 그리고 본인은 힘이 다해 익사했다. 장례식을 치르는 날까지 구함을 받은 학생과 그 부모는 코빼기도 비치지 않았다. 고맙다는 인사조차 없었던 것이다.

졸지에 과부가 된 익사자의 부인이 화가 나 경찰서를 찾아 그 학생과 부모의 주소를 물어보았다는 내용이다.

아가씨는 그냥 가버릴 수도 있었다. 성추행 당한 것이 얼마나 부끄럽겠는가! 그럼에도 감사의 뜻을 전하려 여태 기다렸다는 것이다.

"고맙다는 뜻으로 술 한잔 사겠네."

"네……? 아, 아닙니다."

현수가 손사래쳤다.

"같이 가서요. 저도 고마움을 표하고 싶어요."

현수는 역삼동에 소재한 락희를 찾아가던 길이다. 맨 정신에, 그것도 혼자서 룸살롱을 찾아가는 사람이 얼마나 있겠는가!

하여 고개를 끄덕이고는 인근 생맥주집으로 들어갔다.

술을 마시려는데 아저씨가 수표 한 장을 꺼내 놓는다. 언뜻 보니 색깔이 푸르다. 100만 원짜리 수표인 것이다.

"오늘 아파트 중도금을 치르려 퇴직금 중간 정산을 받았네. 이걸 잃어버렸다면 애먹을 뻔했는데 자네 덕에 무사했네. 약소하지만 감사의 뜻이니 받아주게."

"아이고, 아닙니다. 당연히 했어야 할 일을 한 겁니다. 그리고 액수가 너무 커서 받을 수가 없습니다."

"아닐세! 이걸 받아주게."

"저도 아닙니다. 이렇게 맥주 한잔 사주시는 것만으로도 충분합니다. 그러니 넣어두세요."

현수는 거듭해서 고사를 하면서도 마음 한편으로는 흐뭇했다. 두어 잔을 더 마시고는 갈 데가 있다면서 자리에서 일어났다.

그리곤 곧장 역삼동으로 향했다.

즐거울 락, 아가씨 희!

락희에 당도한 현수가 지하로 내려가는 계단을 딛자 웨이터 보조가 다가온다.

"어서 옵서!"

"혼자와도 되죠?"

"물론입니다. 안으로 드십시오."

웨이터의 안내를 받아 들어간 방은 긴 탁자와 디귿 자 소파가 있는 방이다.

"손님, 술과 안주는 뭐로 드릴까요?"

"열일곱 살짜리 하고 과일 안주, 그리고 마른안주를 주세요."

열일곱 살짜리라는 것은 17년된 양주를 뜻하는 말이다. 곽 대리를 따라다니면서 배운 걸 써먹은 것이다.

"네, 잠시만 기다리십시오."

주문 받은 웨이터가 세팅을 마치는 데까지 걸린 시간은 불과 5분도 되지 않았다. 영업을 위한 만반의 준비가 갖춰 있었던 모양이다.

"손님, 즐거운 시간 보내십시오."

팁을 받은 웨이터가 허리를 90°로 숙이고 나갔다. 잠시 후 요염하게 생긴 30대 여인이 들어왔다.

현수의 곁에 앉더니 다짜고짜 술부터 따른다.

"안녕하세요? 홍 마담이에요. 아가씨는 어떤 취향이신지요?"

"아, 아가씨요……? 뭐, 그냥 조금 예쁘기만 하면 됩니다."

"호호, 네에. 알아서 모실게요."

말을 마친 마담이 문을 열고 밖에다 대고 누군가에게 무슨 말을 했다. 그리곤 다시 들어와 곁에 앉았다.

"근데 혼자 오셨나 봐요."

"네에. 요즘 스트레스 받는 일이 있어서요. 혼자 와서 이상한가요?"

"어머, 아니에요. 혼자 오시는 분들도 계세요. 근데 너무 젊으시다."

"하하, 제가 동안이란 소리는 조금 듣습니다."

똑똑똑!

"그래, 들어와!"

마담의 말이 떨어지기 무섭게 문이 열린다. 그리곤 아가씨 넷이 들어왔다. 모두들 상당한 미모였다.

"어떤 아이가 마음에 드시는지요?"

"흐음……!"

현수는 아가씨와 노닥거리기 위해 온 손님처럼 면면을 살폈다.

"좌측에서 두 번째 아가씨가 마음에 드네요."

"네에, 알겠습니다. 세희만 남아라."

"네에."

아가씨 셋이 찍소리 않고 밖으로 나간다. 그런데 웃는 낯이다.

보아하니 손님이라고 온 놈이 새파랗게 젊다. 팁도 얼마 되지 않을 것이다. 그렇기에 다행이라는 표정을 지으며 물러난 것이다.

"안녕하세요? 나세희예요."

긴 머리를 찰랑거리는 아가씨가 인사를 하자 마담이 자리에서 일어난다.

"호호, 즐거운 시간 보내세요. 넌 손님 잘 모시고……!"

마담이 나가자 나세희가 현수의 곁에 다가앉았다. 그리곤 술병을 들어 술을 따른다.

쪼르르륵!

세희가 술병을 내려놓자 현수가 술을 따라주며 말했다.

"마시기 싫으면 안 마셔도 돼요."

"네에. 그럴게요."

세희는 현수의 얼굴을 힐끔 바라보았다. 이곳에 온 손님 가운데 아가씨가 마시는 술을 아까워하는 사람이 가끔 있기 때문이다.

또한 혼자 오는 손님 가운데에는 변태가 있다. 싫다고 하든 말든 짓궂은 짓을 한다. 아프다고 해봐야 소용이 없다. 가끔은 어디 이상한 데서 보고 들은 치욕스런 신고식을 강요하는 놈들도 있다.

그럴 땐 욕을 먹는 한이 있더라도 팁을 포기했다.

그런데 현수는 아닌 듯하다. 전작이 있는지 술 냄새를 풍기기는 한다. 하지만 취한 정도는 아니다.

나이는 젊지만 그렇다 하여 재벌가의 자식은 아닌 것 같다. 그런 놈들을 늘 여럿을 거느리고 와서 온갖 생색을 다 내기 때문이다.

"이런 데서 술 마시기에는 상당히 젊으시네요."

"하하, 그래요? 내가 조금 동안이죠?"

"스물셋? 넷? 그쯤 되신 거죠? 학생이에요?"

"후후, 학생이라……! 학교 졸업한 지는 오래되었고, 군대도 갔다 왔습니다. 직장 생활 2년차이지요."

"네에? 그럼 나이가……?"

"스물아홉이에요."

"어머나, 전혀 그렇게 안 보여요."

"그러는 세희씨는 몇 살이에요? 스물둘? 셋?"

"호호, 저도 동안이에요. 스물다섯이거든요. 어머, 이런 거 얘기하면 안 되는데……."

"그러네요, 세희씨도 동안인 거 인정합니다. 사실은 스물하나나 둘쯤으로 봤었거든요."

현수가 세희를 선택한 이유는 들어왔던 여자들 가운데 가장 어려 보여서이다. 영계를 밝힌 것은 아니다.

오늘 이곳에 온 목적은 유진기를 찾기 위함이지 룸살롱에서 아가씨 끼고 노닥거리려는 것이 아니다.

아가씨들 가운데 가장 어려 보이는 세희를 선택하여 오늘 하루라도 편하게 있으라는 배려를 했던 것이다.

어쨌거나 말문을 연 이후론 대화하는 데 어려움이 없었다.

"스물다섯이면 학교 졸업했겠네요."

"아니에요. 올해 졸업반이에요. 등록금 마련하느라 2년 정도 휴학을 해서……."

나세희의 부친은 7년 전에 사기를 당했다. 사건이 터진 다음 날 채권자들이 들이닥쳤다. 그리고 이틀이 멀다 하고 찾아오기 시작했다.

그때 부친으로부터 전화 한 통이 걸려왔다. 사기꾼을 찾아내서 손해 본 걸 반드시 받아내고야 말겠다는 내용이다.

그 이후로 단 한 번의 연락도 없었다. 참다못해 경찰에 실종 신고를 냈다. 그러면 소식이라도 알까 싶었던 것이다.

하지만 종무소식이다. 그러는 동안에도 채권자들은 뻔질나게 드나들며 집요하게 부친의 행방을 물었다.

그러던 어느 날, 채권자 가운데 하나가 모친에게 서류를 내밀었다.

실종되고 5년이 지나도록 생사 확인이 안 되면 사망 처리를 한다.

그렇기에 사망 선고를 신청한다는 서류에 도장을 찍어달라고 온 것이다. 그러면서 말하길 죽은 사람에겐 빚 독촉을 할 수 없으니 이 서류에 사인만 하면 더 이상 찾아오는 채권자가 없을 것이라 하였다.

어머닌 그 사람의 말을 믿고 서류에 사인을 해줬다. 사망 처리가 되고 석 달이 지난 어느 날, 채권자들이 다시 몰려왔다.

이때는 부친의 사망이 선고된 이후 3개월 이내에 유산 상속을 포기한다는 서류에 사인을 하지 않은 상태이다.

그 결과 전세보증금을 상속받을 수 있었으나 더불어 빚까지 상속되었다. 물론 전세보증금보다 빚의 액수가 훨씬 크다.

놈들에게 시달리다 못해 결국엔 전세보증금을 뺐다. 그리고 그 돈 전부 채권자들의 손으로 넘어갔다.

그날부터 세희와 모친은 고시원에서 생활하게 되었다.

어머닌 현재 식당에서 설거지 하는 일을 한다.

세희 역시 온갖 알바를 다 해봤다. 여자의 몸으론 힘들다는 신문 배달도 했다. 그래도 비싸기만 한 대학 등록금은 마련할 길이 없었다.

빚잔치를 했건만 채권자들은 채무불이행을 사유로 둘을 신용불량자 명단에 등재시켜 놓았다.

그렇기에 학자금 융자조차 받을 수 없었다.

어쨌거나 취직을 하려면 대학을 졸업해야 한다. 그런데 등록금을 마련할 방법이 없다. 하여 스스로 락희를 찾아왔다.

인근 편의점에서 알바를 하고 있을 때 아까 들어왔던 마담이 담배를 사러온 적이 있다.

그때 말하길 알바 하는 것보다 훨씬 좋은 벌이가 있는데 해볼 생각 없느냐고 했다. 예쁘고, 날씬한 데다, 어려 보였던 것이다.

그때의 그 말을 기억하고 찾아온 것이다. 그 결과 오늘은 세희가 락희에 몸 담은 지 딱 100일이 되는 날이라고 한다.

"이거 백일을 축하한다고 할 수도 없군요."

"네에."

손님에게 이런 이야길 처음 한 세희는 흘러내린 머리카락을 귀 뒤로 넘기고는 몹시 쑥스러운 표정으로 고개를 숙였다.

현수는 은정을 생각하곤 고개를 끄덕였다. 그녀 역시 불우한 환경 때문에 온갖 고생을 하지 않았던가!

그나마 은정은 반지하 월세방이라도 있었다.

또한, 할머니마저 생활 전선에 뛰어들어 있었기에 세희처럼 완전한 바닥까지 내려가진 않은 것이다.

"다음 초까지만 일하면 마지막 등록금이 마련될 것 같아요. 근데 문제예요."

"뭐가요?"

"대학을 졸업하고 취직을 했을 때 여기 왔던 손님이 없는 회사여야 하잖아요."

룸살롱 호스티스 전력이 있다면 회사 생활하기 어려울 것이다. 동료 직원으로 받아들이지 않을 것이 분명하기 때문이다.

"아마 그럴 겁니다."

"참, 말씀 안 드렸는데 혹시 2차를 원해서서 여기 오신 건가요?"

"2차요?"

"네, 만일 그런 거라면 저는 못 나가요. 지금이라도 말씀해 주시면 다른 아가씨와 바꿀게요."

"왜요?"

"전 2차는 안 나가거든요. 죄송해요."

흘러내린 귀밑머리를 또 귀 뒤쪽으로 넘기며 고개를 숙인다. 그리곤 말을 덧붙였다.

"이 업소는 아가씨들에게 2차를 강요하지 않아요. 그러면 품격이 떨어진다고……. 하지만 2차를 나가는 아가씨가 없는 건 아니에요. 그러니 지금이라도 말씀해 주세요. 물론 팁은 안 주셔도 돼요."

세희가 빤히 바라본다. 얼른 대답해 달라는 뜻이다.

"안 바꿔도 돼요. 그리고 그런 눈으로 바라보지 말아요."

"어머, 죄송해요."

또 고개 숙이며 귀밑머리를 쓸어넘긴다. 습관인 듯하다. 그렇지만 남자들로 하여금 설레게 하는 습관인 것만은 분명하다.

"그런데 이런 곳은 보통 주먹들이 운영한다고 하던데……."

현수는 그냥 어디서 들었다는 듯 말끝을 자연스레 흐렸다.

"아니에요. 여긴! 룸살롱이긴 하지만 주식회사라고 들었어요."

"그래요? 근데 아까 들어오면서 보니까 덩치 큰 깍두기들이 보이던데요?"

"그렇긴 해요. 하지만 우리에게 집적대거나 하는 일은 없어요."

"그렇군요. 근데 여기는 이렇게 술만 마시는 거예요?"

"네? 그게 무슨……?"

"이런 데 오면 노래방 기계 같은 거 있다고 들었는데 안 보여서요."

"아! 노래 부르시게요? 잠시만요. 잠시만 기다리세요. 제가 가져다 달라고 할게요."

"……!"

현수가 무어라 대답하기도 전에 세희는 또 한 번 귀밑머리를 쓸어올리곤 밖으로 나갔다.

현수 역시 룸 밖으로 나갔다. 그리곤 화장실을 찾는 척하면서 이곳저곳을 돌아보았다.

그 결과 몇 가지 사실을 알게 되었다. 락희엔 룸이 50여 개나 있다는 것과 복도가 미로처럼 얽혀 있다는 것이다.

하나하나의 방을 지날 때마다 엿듣기 마법인 이브즈드랍을 구현시켰다. 하지만 쇳소리 섞인 허스키한 음성은 들리지 않았다.

또 하나 알게 된 것은 CCTV의 사각지대가 없다는 것이다.

이곳을 방문했던 정재계, 법조계, 언론계 등의 사회 지도층 인사들을 완벽하게 옭아매기 위한 조치인 듯싶다.

한 바퀴를 돌아 다시 방으로 돌아오자 세희가 반색한다.

"어디 갔다 오셨어요?"

"아! 화장실을 찾으러……. 근데 왜요?"

세희가 피식 실소를 머금었기에 물은 것이다.

"이런 데 진짜 처음이신가 보네요. 보세요, 여기. 여기 있잖아요."

세희가 가리킨 문에는 해우소(解憂所)라 쓰인 팻말이 붙어 있다. 근심스러운 것을 푸는 장소라는 뜻이다.

"아! 그걸 못 봤네요."

현수가 자리에 앉아 세희 또한 앉았다.

"노래 뭐 부르실 건데요?"

"노래요? 세희 씨가 먼저 불러요."

"알았어요."

익숙한 솜씨로 리모컨을 작동시키곤 신나는 댄스곡을 부른다.

문득 그 모습이 애처롭게 보였다. 손님들의 기분을 맞춰주기 위해 일부러 선곡한 것 같았기 때문이다.

현수 역시 노래 몇 곡을 불렀다.

"휴우~! 땀이 나네. 어라, 술이 떨어졌네."

"추가 주문해요?"

"네, 하나 더 하죠."

"네, 잠시만요."

나세희가 밖으로 나간 사이에 현수는 바디 리프레쉬 마법을 구현시켰다. 양주 큰 거 한 병을 거의 혼자서 먹었기에 실제로 취기를 느낀 때문이다.

잠시 후 세희가 직접 양주를 가져왔다. 뿐만 아니라 주방에서 얻어왔다면서 얼큰한 수제비까지 들고 왔다.

현수는 그것을 먹으면서 기회를 노렸다. 알고자 하는 것을 물어본 것이다.

"근데 수표 좀 바꿔줄 수 있어요?"

"네? 왜요?"

"세희 씨 팁도 줘야 하잖아요."

"아! 그거요. 절 주시면 제가 나가서……. 어머, 아니에요. 이따 마담 언니 부르세요. 그럼 바꿔 드릴 거예요."

세희의 표정이 밝다. 별로 놀아준 것도 없건만 팁을 챙겨주려 하니 기분이 좋은 모양이다.

"마담이 현금을 그렇게 많이 갖고 다녀요?"

"아뇨. 이 건물 꼭대기에 관리 사무실이 있거든요. 거기 가면 바꿔올 수 있거든요."

"아, 그렇군요."

현수는 눈빛을 빛냈다. 알고자 하는 것을 알아낸 때문이다.

어쨌든 수제비를 다 먹고 다시 술판을 벌였다. 노래도 불렀다. 그렇게 30분쯤 놀고는 답답하다는 듯 넥타이를 풀었다.

"흐음, 세희 씨! 잠깐만요. 땀도 나고, 술도 조금 취하는 것 같네요. 나, 나가서 심호흡 좀 하고 올게요."

현수는 대답을 기다리지 않고 룸 밖으로 나갔다. 복도에 있던 웨이터가 현수의 뒤를 따랐다.

술값을 계산하지 않은 손님이 밖으로 나갔다가 튀어버리면 다 물어내야 하기 때문이다. 하나 이내 멈췄다.

세희가 지갑을 두고 나갔다는 말을 했던 것이다.

지상으로 올라온 현수는 바디 리프레쉬 마법을 다시 구현시켰다. 그때 빌딩 현판이 보였다.

놋쇠에 새겨진 네 글자는 '세정빌딩' 이라는 글자였다.

비록 대로에선 몇 발짝 안에 있지만 강남 한복판에 자리한 12층짜리 건물이다.

지하 2~3층은 주차장 용도로 사용되고, 지하 1층은 락희이다.

지상 1~2층은 각종 상가들이 입주해 있다. 3층엔 외과, 내과, 정형외과, 성형외과, 치과 등 병원들이 있다.

4층부터 꼭대기까지는 업무 공간으로 임대된 듯하다.

현수는 골목 속 어둠으로 들어가며 투명 은신 마법을 구현시켰다.

"퍼펙트 트랜스페어런시!"

로비 안쪽엔 경비원이 데스크 아래에 시선을 두고 있다. 보나마나 TV일 것이다. 그런데 경비원이 젊다. 여느 건물처럼 나이 든 아저씨가 아니다. 떡대 좋은 이십대 후반인 것이다.

현수는 문을 밀고 안으로 들어갔다.

한편, 문이 열렸다 닫히는 순간 고개를 들었던 경비원은 다시 시선을 내렸다가 화들짝 놀라며 입구를 바라본다.

아무도 없는데 문이 열렸다 닫혔다 생각한 것이다.

땡—!

종소리가 나고 엘리베이터 문이 열렸다. 그러자 빛이 쏟아져 나온다. 무심코 반사 거울을 통해 바라보던 경비원이 또 한 번 놀란다.

아무도 타거나 내리지 않은 때문이다.

그러거나 말거나 엘리베이터의 문이 스르르 닫히는가 싶더니 위로 올라간다. 그리곤 12층에 멈추자 고개를 갸웃거린다.

"흐음, 전무님이 뭘 잘못 누르신 건가?"

경비원은 다시 TV로 시선을 돌렸다.

한편, 12층에 당도한 현수는 푹신한 양탄자의 촉감을 느끼며 주위를 둘러보고 있다.

엘리베이터 반대쪽 벽면엔 세계지도를 형상화한 로고와 '(주)세정' 이란 돋음 글씨가 새겨져 있다.

간판이 아니라 석재를 깎아 만든 것이다.

둘러보니 최고급 호텔 스위트 룸 이상의 인테리어가 인상적이다.

마치 호텔 로비 같다. 양탄자가 깔리지 않은 바닥은 반질반질한 대리석이다. 한눈에 보기에도 비싸 보이는 것이다.

벽면은 각기 다른 색과 크기의 석재를 이용하여 입체적인 조형을 만들어내고 있다. 벽 자체가 하나의 예술품처럼 여겨질 정도이다.

그런 벽면마다 복제품인지 진품인지 가늠하기 힘든 미술품들이 걸려 있다. 또한 구석마다 조각상이 세워져 있었다.

천정의 조명도 누군가의 세심한 선택을 받은 듯 상당히 예술적인 것들이 많았다.

"조폭치곤 안목이 높은 모양이네."

나직이 중얼거리고는 닫힌 문을 열었다.

"언락!"

철커덕ㅡ!

천천히 문을 열고 들어서니 짙은 밤색 문들이 보인다. 인사부, 총무부, 업무부, 관제실, 비서실 같은 팻말들이 붙어 있다.

"일단 관제실부터……."

찾으려 했으나 찾지 못한 몰래 카메라가 룸 어딘가에 있을 것이다. 그렇지 않으면 정치인 등을 협박할 영상을 얻을 수 없기 때문이다. 따라서 녹화된 것을 지우는 것이 우선이다.

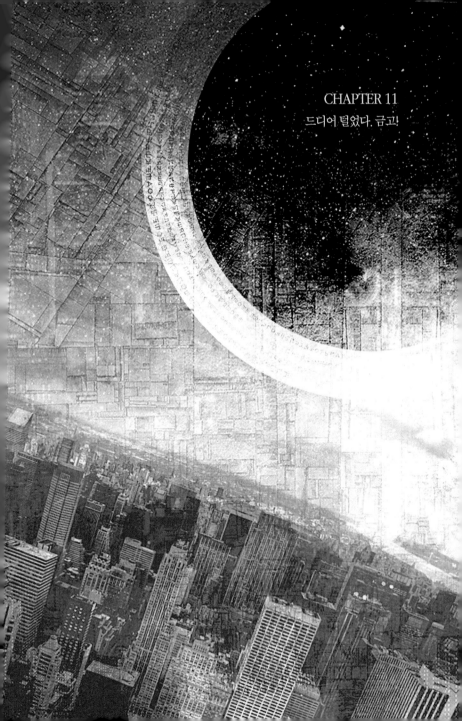

CHAPTER 11
드디어 털었다, 금고!

"언락!"

철컥—!

소리없이 문을 열고 들어가니 예상대로이다. 수십 개의 모니터를 통해 각각의 룸과 복도의 풍경이 보인다.

나세희가 홀로 앉아 턱을 괴고 있다가 리모컨을 조작하여 노래를 부르려 한다. 그런데 화질이 상당히 좋다. 탁자 위의 냅킨에 쓰여진 작은 글씨까지 선명하게 보인다.

"하긴, 협박 자료로 쓰려면 이 정도는 돼야지."

메인 컴퓨터를 끄고는 하드디스크를 꺼냈다. 삭제한다 하더라도 복원 가능하다는 것을 알기 때문이다.

관제실을 나선 현수는 각각의 방을 모두 열어보았다. 누가 봐도 평범한 업무 공간이다.

마지막으로 열어본 곳은 비서실이다.

"언락!"

딸깍—!

다른 곳은 모두 비어 있었다. 만일 사람이 있다면 이곳에 있으리라 판단하였기에 조심스럽게 문을 열고 들어갔다.

그런데 아무도 없다. 귀를 기울여 보니 비서실 안쪽 전무실에서 소리가 난다. 하여 살그머니 문을 열어보았다.

뭔 놈의 방이 이렇게 많은지 안쪽에 방이 하나 더 있다.

살금살금 다가가 귀를 기울여 보니 거친 숨소리가 들린다. 무슨 일이 벌어지고 있는지 충분히 짐작된다.

이맛살을 찌푸린 현수는 살그머니 물러났다. 그리곤 전무실 내부를 예리한 시선으로 훑어보았다. 인테리어는 물론이고, 집기까지 전부 예사롭지 않다. 하나 현수의 관심은 이것이 아니다.

그러던 중 입구 위쪽의 인디케이터를 발견하였다. 크기도 적고 예술품을 표방한 것인지라 처음엔 그것이 인디케이터인 줄도 몰랐다.

어쨌거나 다가가 확인해 보니 On Off 버튼 이외에도 Alarm 버튼이 있다. 금고가 열리면 소리까지 나는 모양이다.

"메탈 디텍션!"

마법이 구현되자 교묘한 인테리어 뒤쪽에 자리한 금고 세 개를 찾을 수 있었다. 벽면처럼 보이게 만든 것 뒤에 금고 셋이 있는 것이다.

소리가 나면 안 되기에 인디케이터 먼저 무력화시켰다.

이번엔 지난번과 다른 방법을 썼다. 회로를 끊은 것이 아니다. 전선을 찾아 연결되어 있는 부분을 끊은 것이다.

"언락!"

촤르륵! 촤르르르륵! 촤르르르르륵!

덜컹ー! 철컥ー! 끼리릭ー!

금고 세 개의 문이 거의 동시에 열린다.

첫째 금고엔 장부와 서류들이 수북하다. 펼쳐 보니 세정파가 관장하는 모든 업소의 장부들이다.

이외에도 고리대금업체인 세정캐피탈의 서류가 많았다. 상당히 많은 양이다. 그만큼 많은 이득을 챙겼다는 뜻이다.

"이런 십장생들이ー!"

현수의 입에서 욕지기가 튀어 나왔다.

어쨌든 이것들 모두 아공간에 쓸어 담았다.

두 번째 금고엔 1kg짜리 골드바 300개가 있다. 1g당 6만원씩 계산해도 180억 원어치이다.

이뿐만이 아니다. 만 엔짜리 지폐 뭉치만 100여 개이다. 14억 8천만 원 정도 된다.

달러 뭉치도 있었다. 100달러짜리 지폐뭉치는 50개 정도 된다.

원화로 5억 7천만 원 정도 된다.

5만원짜리 뭉치가 어찌 없겠는가! 10억 가까운 돈이 있다.

모든 것을 아공간에 담은 현수는 세 번째 금고에서 찾던 것을 보게 되었다.

조경빈의 이름이 쓰인 것 이외에도 누군지 알 수 없는 이름 여섯이 쓰인 앨범이 일곱 권 있다.

펼쳐 보니 날짜별로 대략 열 개 정도 되는 머리카락들이 수집되어 있다. 즉시 아공간에 넣었다.

나머지 공간에 있는 것들은 고려청자, 이조백자 이외에 금동미륵반가사유상 같은 골동품들이다.

진품인지 여부는 알 수 없지만 일단 아공간에 담았다.

이뿐만 아니라 스미스&웨슨의 M&P 권총 다섯 자루와 실탄 2,000발도 있었다. 당연히 아공간에 담겼다.

금고를 닫은 후 모든 것을 원래대로 돌려놓았다. 인디케이터의 연결선까지 손을 보곤 혹시 흔적이 남았는지 여부를 확인했다.

다시 거친 숨소리가 들리던 방으로 다가간 현수는 어찌할까를 잠시 망설였다.

온갖 나쁜 짓을 한 유진기를 징치할까 말까 생각한 것이다. 그런데 지금은 그러면 안 될 것 같다. 그렇기에 조심스럽게 물러났다.

현수가 룸으로 되돌아오자 나세희가 자리에서 일어선다. 너무 오래 걸려 뭔 일이 났나 싶었던 것이다.

"오셨네요. 이제 괜찮으세요?"

"네에, 심호흡을 했더니 많이 낫네요. 오래 걸렸어요?"

"네, 혹시 쓰러지신 건 아닌가 싶어 나가봤네요. 근데 어디 계셨어요? 아무리 찾아봐도 근처에 안 계시던데."

"아! 그랬구나. 그냥 취기가 올라 아무 데나 쏘다니다 왔네요."

"술 더 드실 거예요? 너무 많이 드신 거 같던데."

"많이 마셨어요?"

"네, 큰 거 하나 반 정도 드셨어요."

"그럼 그만 마셔야겠네요. 계산하게 마담 좀 불러줄래요?"

"네, 조금만 기다리세요."

잠시 후 마담이 왔다. 현수는 조금 전 위에서 가져온 5만원 짜리로 술값을 지불했다. 호구로 여겨졌는지 바가지를 씌웠지만 모르는 척했다. 세희의 팁 역시 달라는 대로 지불해 줬다.

"안녕히 가시고 나중에 또 오세요."

제 뜻대로 된 것에 기분이 좋은지 간드러지는 음성이다.

또 혼자 오면 바가지를 씌우겠다는 소리였지만 현수는 술에 취한 척 손을 흔들며 웃음까지 지어줬다.

*　　　　*　　　　*

늦은 밤 귀가한 현수는 세정빌딩에서 가져온 장부들을 꺼내 들었다. 이전과 달리 200여 권이나 되었다.

이전에 못 보던 것 위주로 읽기 시작했다.

가장 먼저 펼친 것은 세정캐피탈의 이중장부들이다.

외부로 보여질 장부에는 법정 최고 이자율인 연 39%만 받는 것으로 기록되어 있다. 그런데 제목이 똑같은 다른 장부에 기록된 이자율은 최고 600%로 되어 있다.

자세히 읽어보니 연체 이자율은 무려 1,200%이다.

장부엔 대출받아 간 사람의 이름, 나이, 거주지, 직업, 연락처뿐만이 아니라 신장, 외모, 몸무게까지 기록되어 있다.

그리고 대출금을 갚지 못할 경우 어떤 방식을 취할지도 써져 있다.

남자들의 경우는 대부분 신포라 쓰어 있다.

처음엔 이게 무언가 했다. 그런데 계속해서 읽어보니 신체포기 각서라는 것을 알 수 있었다.

너무 높은 이자율이기에 원금의 몇 배나 되는 돈을 갚고도 장기 적출을 당한 기록이 눈에 뜨였다.

부자들 입장에서 보면 그리 크지 않을 금액에 신장의 한쪽을 잃거나 간이 베어졌고, 안구를 잃었다.

그 사람들의 고통을 생각하니 분노가 치솟는다.

여자들의 경우엔 나이와 인물을 기준으로 등급이 나뉘어 있다.

A급 판정을 받은 여인은 일본에, B급은 국내에, C급은 지나로 팔려 나갔다. D급과 E급은 태국과 베트남 등지로 보내졌다.

마지막 F급은 사내들과 마찬가지로 장기 적출을 당했다. 돈 몇 푼 때문에 창창하던 미래가 절망과 암흑으로 바뀌게 된 것이다.

일본 쪽은 야마구치구미가 거래선이고, 지나 쪽은 삼합회와 손을 잡고 있었다. 일전에 이수연을 어쩌려고 했던 히로야마는 야마구치구미 쪽 인신 매매 담당이다.

이밖에도 마약 밀거래 담당이 따로 있고, 무기 밀매 담당 역시 별도이다. 또한 캐피탈에 자금을 투자한 담당도 따로 있었다.

현수는 밤새도록 장부를 읽었다.

다음날 아침, 집을 나서 공중전화 박스로 들어갔다.

때르르릉! 때르르릉!

"네에. 박새롬입니다."

"거기 서울중앙지검 금융조세과죠?"

"네, 금융조세과 맞습니다."

"제보할 사항이 있습니다."

"그래요? 그럼 이쪽으로 오시겠습니까?"

"아닙니다. 그건 곤란합니다."

"그래요? 그럼 제보하실 내용을 기록한 서류와 증빙 자료들을 보내주시겠습니까?"

"그럼 어떻게 처리가 되는지요?"

"민원인이 직접 제보하러 오지 못할 경우엔 지검에서 인지한 사건으로 분류하여 조사에 착수하게 됩니다."

"그래요? 그럼 주소를 불러주십시오. 그리고 어느 분께 보내 드리면 되겠습니까?"

"네 주소는 서울 ……고요. 정문부 검사장님 이름으로 보내주세요."

박새롬은 이런 일이 한두 번이 아닌지 능숙하게 일처리를 했다.

현수는 세정캐피탈의 장부 가운데 일부를 복사하여 우편발송했다. 발송인의 주소와 성명은 모두 가짜이다.

중앙지검에도 놈들에게 포섭당한 인사가 있을 수 있기 때문이다. 그럴 경우 이쪽의 신원만 노출되기에 취한 조치이다.

다시 집으로 돌아온 현수는 나머지 장부들을 읽어보았다.

읽을 때마다 화가 났지만 꾹 참았다. 그러던 중 문화재 반출에 관한 내용을 보게 되었다.

세정파에는 세정무역이라는 회사가 있다. 이 회사의 주요 업무는 일본과 한국의 중개무역이다. 겉보기엔 작지만 건실한 회사이다.

하나 이 회사의 장부를 들여다보면 전혀 그렇지 않다.

이들은 교도소에서 포섭한 문화재 절도범들을 이용하여 사업을 벌였다. 그들로 하여금 국보급 문화재를 바꿔치기 하도록 했다.

육안으로 식별하기 어려울 만큼 교묘한 위작을 놓고 진품을 가져오는 것이다. 그렇기에 당국에선 가짜가 전시되어 있는지도 모르는 상황이다.

때론 백주대낮에 폭력을 휘둘러 강탈한 경우도 있다. 또는 왕릉 등을 도굴한 경우도 있었다.

현수의 아공간에 담겨 있는 고려청자, 이조백자, 금동미륵 반가사유상 등이 이렇게 해서 수집된 것이다.

세정파는 이걸 수출 상품으로 위장하여 일본으로 보낸다. 그러면 야마구치구미의 관계자가 경매를 통하여 팔아치웠다. 제반 경비를 제외하고 세정파가 7, 야마구치구미가 3을 나누어 먹어왔다.

돈만 생기면 무슨 일이든 해왔던 것이다.

"으으음! 도저히 간과할 수 없는 놈들이군. 유국상, 유진기! 네놈들은 반드시 더 팰러스 오브 마우스를 경험하게 될 것이다."

현수는 눈빛을 빛냈다. 인간으로 태어났지만 인간답지 못한 삶을 사는 놈들에게 어떤 형벌을 줄 것인지를 생각하고 있던 것이다.

야마구치구미의 야쿠자들과 삼합회 조직원들 역시 그냥 놔둘 생각이 없다. 언제고 눈에 뜨이기만 하면 다시는 사람으로 살 수 없도록 만들겠다는 결심을 했다.

"사장님, 나오셨어요?"

"그래요. 할머니 모시고 병원은 다녀왔어요?"

"네, 건강검진 다녀오셨으니 조만간 결과가 나올 거예요."

"특이사항 있어요?"

"네, 킨샤사의 이 차장님이 연락 달라셨어요."

"그래요?"

사장실로 들어가 전화를 걸었다. 운이 좋았는지 이 차장 본인이 전화를 받는다.

"이 차장님!"

"아, 김 과장……! 이제 휴가 얼마 안 남았지?"

"네, 한 달 안에 뵙게 될 겁니다. 한데 전화 달라고 하셨어요?"

"그래. 사흘 전에……."

이 차장은 현수로부터 팩시밀리 한 장을 받고는 잠시 고심했다.

그도 그럴 것이 커피농장이 입지할 곳을 골라달라는 내용이었던 때문이다.

콩고민주공화국에 온 지 꽤 되었지만 킨샤사 밖으론 가본 적이 거의 없다. 당연히 콩고민주공화국의 지리에 대해 알 리가 없다.

그럼에도 동업자가 알아봐 달라는 것을 외면할 수는 없다. 하여 콩고민주공화국 내무부 건설국장인 죠셉 투윙크를 찾았다.

국내 지리에 대해 정통한 인물이고, 소매 약방을 무려 80여 개나 개설해 달라고 압력을 넣었던 인물이다.

물론 그 80개 모두 개설되었다. 그렇기에 이춘만 차장을 아주 살갑게 맞이하였다.

이 차장은 현수가 보낸 팩시밀리를 내놓으며 커피농장에 적합한 곳을 추천해 달라는 청을 했다.

현수가 조셉 투윙크에게 시전한 참 어펜시브 마법은 아직 효력을 다하지 않은 상황이다. 그렇기에 최대한 빨리 알아봐 주겠다는 답변을 했다. 그리곤 부하 직원들을 총동원하여 현수가 요구한 입지에 적합한 곳을 골라냈다.

그리고 오늘 두 군데를 추천한다는 내용의 문서를 보내왔다.

킨샤사 기준으로 동북부에 위치한 오자이르(Hauzaire) 주의 비날리아 지역과 남동쪽에 위치한 카사옥시덴탈(Kasaoccidental) 주의 일레보 지역을 추천한다는 것이다.

이중 비날리아 지역 인근엔 커피농장이 운영되고 있다고 했다.

통화를 하며 현수는 콩고민주공화국의 지도를 살펴보았다.

자신이 원하는 대로이기는 하다. 하지만 교통이 문제이다. 마타디 항구에서 너무 멀리 떨어져 있다.

"차장님! 이곳 말고 킨샤사 인근엔 없답니까?"

"반둔두(Bandundu) 주도 추천 대상이었네. 문제는 거기까지 도로가 개설되어 있지 않다는 거야."

"반둔두요? 킨샤사에서 얼마나 먼데요?"

지도를 살펴보니 반둔두 주의 크기가 상당히 컸던 것이다.

"약 200㎞이네. 거의 전 구간에 도로가 없다네."

현수는 이 차장이 말하는 곳이 어딘지를 대강 감 잡았다.

커피농장은 산지 아래 부분이다. 축산단지 역시 목초지가 필요하므로 평야와 산지가 접하는 곳으로 골라달라고 했었다.

정글 사이를 지나는 200㎞나 되는 도로는 개인이 낼 수 있는 것이 아니다. 그렇기에 현수는 잠시 고심했다.

그러다 거미줄처럼 연결되어 있는 강이 보였다. 수로를 이용한다면 도로 개설을 최소한으로 줄일 수 있을 것이다.

"이 차장님! 반둔두 쪽 지형을 제대로 알 수 없어서 그러니 조금 더 알아봐 주십시오. 인근에 강들이 있습니다. 수로를 이용하여 마타디 항까지 갈 수 있는지 알아봐 주세요. 그리고, 그러려면 도로를 얼마나 개설해야 하는지도 알아봐 주시구요."

"오케이! 알아보고 바로 전화 줄게. 그나저나 별일 없지?"

"네! 그리고 참, 저한테 너무 많이 보내주신 거 아닙니까?"

"아냐! 딱 40% 계산해서 보냈네. 돈이 더 필요해?"

"아뇨. 돈은 됐어요. 근데 액수가 너무 커서……."

"다음 달엔 더 많을 텐데? 하하, 이제 자넨 부잘세."

"네에, 알았습니다."

기분 좋게 통화를 마친 현수는 지도를 보며 골똘한 생각에 잠겼다.

같은 시각, 죠셉 투윙크는 가에탄 카구지와 면담 중이다.

"그러니까 미스터 킴이 우리 땅에 대단위 커피농장과 축산단지를 만든다는 것인가?"

"네, 천지약품 이춘만 대표의 말에 의하면 커피농장과 축산단지를 각각 6,600여 헥타르(2,000만 평) 정도 조성할 계획이랍니다."

현수가 구상한 것의 딱 두 배로 보고된 이유는 이춘만 차장이 잘못 들었던 것 때문이다.

"휘유~! 엄청나군. 그런데 미스터 킴이 그렇게 부자였어?"

가에탄 카구지가 예상 밖이라는 듯 탄성을 냈다.

"그건 아닌 것 같습니다. 이건 제 생각입니다만 천지약품에서 발생될 수익을 운용하려는 것 같습니다."

"무어? 천지약품의 수익이 그렇게 많아?"

"상당한 액수가 매달 생기는 것으로 파악되었습니다."

"그건 나도 아네. 그래도 그 금액 가지고 농장 운영이 될까?"

가에탄 카구지는 자신이 아는 바와 별반 다르지 않다 판단했다.

하긴 천지약품의 수익은 빤히 보인다. 통관된 가격과 소매약방에 넘긴 가격의 차를 계산하면 되기 때문이다.

성실한 세금 납부를 하고 있으니 그것만으로도 예상 가능하다.

"그거야 우리가 상관할 바가 아닌 것 같습니다."

"하긴……. 그래, 미스터 킴이 무엇을 어찌해 달라고 했나?"

"농장이 입지할 만한 곳을 알아봐 달라고 했습니다."

"그것뿐인가? 농장을 하려면 토지를 매입해야 하지 않나?"

"아직은 그런 요청이 없었습니다. 오늘 제가 장관님과의 면담을 청한 것도 그것 때문입니다."

"흐음, 말해보게."

"입지가 결정되면 토지 불하를 해줘야 하는데 가격이 문제입니다. 또한 전례가 없는 일인지라 어찌해야 할지도 모르겠구요."

"그건 입지가 결정되면 생각할 일이 아닌가?"

"아닙니다. 외국인 투자를 위한 특별법을 만들지 않으면 현재로선 토지 불하가 매우 어렵다고 합니다. 아시다시피 외국인이 우리 영토에서 농장을 하는 경우가 없지 않습니까."

"벨기에인들이 몇 있지 않은가!"

"그들을 우리가 독립하기 전부터 있었던 자들이니 그렇다 치지만 미스터 킴이 새로운 농장을 개설하려면 그에 대한 법안이 있어야 합니다."

"흐음, 알겠네. 자세한 내용은 서면으로 보고하게. 대통령님과의 오찬이 있어 자리에서 일어나야겠네."

"네, 장관님!"

죠셉 투윙크가 나간 후 가에탄 카구지는 방탄차를 타고 대통령궁으로 향했다.

"흐음, 그렇게 큰 커피농장과 축산단지를 개설한다면 우리로선 여러 가지 이득이 있겠군."

가에탄 카구지는 점심을 먹으면서 현수가 만들려는 농장에 대한 이야기를 했다. 대통령은 듣던 중 반가운 소리라며 세세한 부분까지 물었다. 결국 조셉 투윙크가 호출되었고, 이춘만 차장까지 불려 왔다.

그 자리에서 답변할 수 없던 내용은 현수와 직접 통화했다.

상대가 너무 적극적이기에 현수는 의외라는 표정을 지었으나 차분히 생각하던 바를 피력했다.

말이 나온 김에 커피와 바나나, 그리고 야자수가 심어질 이실리프 농장의 규모는 약 2,000만 평으로 이야기했다. 작황이 좋고, 수요가 늘면 더 늘릴 수도 있다고 했다.

이실리프 축산단지의 규모 역시 2,000만 평 정도를 예상한다고 했다.

당연히 엄청난 규모의 우사와 돈사, 그리고 계사들이 줄지어 지어지게 될 것이다.

이곳에서 일하게 될 사람들 대부분은 콩고민주공화국 국민이 되며, 노동에 대한 정당한 대가를 치른다 하였다.

현재 대통령궁의 경호를 맡고 있는 경찰의 경우 월 수입이 한국돈으로 10만 원 정도 된다. 이것을 감안한 페이를 지불하겠다고 했다.

농장에는 가축들의 분뇨를 재처리하여 유기질 비료를 만드는 공장도 지어질 것이며, 각종 축산물을 생산해 낼 도축장 역시 조성된다.

뿐만 아니라 축산물 가공 공장도 지어지게 될 것이다. 당연히 냉장 및 냉동 창고도 지어진다.

이것들에 필요한 에너지는 가급적 태양광발전을 이용할 계획이라 밝혔다. 우사, 돈사, 축사의 지붕뿐만 아니라 모든 건축물들의 지붕을 단열 효과가 있는 발전 설비로 할 것이다.

종업원들이 거주할 주거단지는 농장의 중앙부에 위치하게

될 것이며, 단독주택 및 연립주택 형태로 제공된다.

이것들은 자연보호를 위해 콘크리트가 아닌 목재로 지어질 것이다.

또한 복지를 위해 각종 병원도 지어질 것이며, 도서관, 학교, 극장, 쇼핑센터 등도 마련될 것이다.

대통령과 내무장관은 하나의 도시를 건설하려는 현수의 배포에 깜짝 놀랐다. 정부도 할 수 없는 일을 계획하고 있기 때문이다.

이에 대해 대통령은 외국인 투자를 위한 한시적 특별법을 만들어서라도 적극적인 지원을 하겠다고 했다.

현수는 반둔두 지역에 농장 개설을 하고 싶다는 뜻을 밝혔다. 이에 즉각 지형도가 반입되어 토론이 벌어졌다.

그 결과 수로를 이용한 운송이 가능한 것으로 결론지어졌다.

그런데 현수가 원한 곳은 현재 사람이 거주하지 않는 지역인 데다 개발이 전혀 되지 않은 곳이다.

정글도 있고, 각종 맹수들도 돌아다닌다. 하여 그곳을 개발하는 조건을 걸어 토지를 무상으로 불하하는 법을 만들겠다고 했다.

수만에 달하는 고용효과가 있는 데다 수익에 대한 법인세를 납부하게 될 것이므로 정부로선 전혀 손해 볼 일 없기 때문이다.

대통령은 현수가 콩고민주공화국에 입국하는 대로 면담을

하자면서 전화를 끊었다.

현수는 계획하던 일들이 순풍에 돛을 단 듯 진행되는 듯하여 기분이 좋았다. 그러던 어느 순간 아뿔사라는 표정을 지었다.

'일의 진척은 순조로운데 정작 거기서 일할 사람이 없잖아.'

즉시 다이어리를 꺼내 메모를 시작했다. 다음이 그 내용이다.

사원 모집 사항

당사는 사세 확장을 위해 다음과 같이 신입 및 경력사원을 모집합니다. 적극적인 지원을 바랍니다.

국내직
1. 총무부:행정 제반 업무 유경험자 및 신입사원.
2. 경리부:경리 제반 업무 유경험자 및 신입사원.
3. 건설부:건설 제반 업무 유경험자 및 신입사원.
4. 조달부:조달 제반 업무 유경험자 및 신입사원.

국외직(콩고민주공화국 근무)
1. 총무부:행정 제반 업무 유경험자 및 신입사원.
2. 경리부:경리 제반 업무 유경험자 및 신입사원.

3. 건설부:건설 제반 업무 유경험자 및 신입사원.

4. 조달부:조달 제반 업무 유경험자 및 신입사원.

5. 설비부:각종 설비 실무 유경험자 및 신입사원.

6. 농무부:커피, 바나나, 야자수 재배 유경험자.

7. 축산부:육우, 비육우, 양돈, 양계 유경험자.

8. 비료부:축산분뇨를 이용한 유기질 비료 공장에서 일할 분.

9. 도축부:도축 유경험자.

10. 가공부:축산물 가공 유경험자. 우유가공 유경험자.

11. 의료부:내과, 외과, 정형외과, 피부과, 비뇨기과, 산부인과, 소아과, 방사선과, 영상의학과 의사 및 간호사. 한의사, 치과의사, 간호조무사 면허증 소지자.

12. 통역부:프랑스어 스와힐리어 회화 가능자.

쓰다 보니 한이 없을 것 같아 일단 멈췄다. 그런데 문제가 있다.

직원을 뽑아도 제공할 업무 공간이 없는 것이다. 하여 옷을 입고 밖으로 나갔다.

지하철역 인근 빌딩들의 임대 상황을 알아보았다.

보증금도 만만치 않지만 월세 및 관리비 부담이 상당하다. 이럴 바엔 차라리 건물 전체를 전세로 얻거나 사는 편이 나을 듯싶다.

문득 떠오르는 상념이 있었다.

역삼동에 소재한 세정빌딩은 지어진 지 얼마 되지 않는 신축 빌딩이다. 그런데 소유자가 조직 폭력배이다. 결코 정상적이지 않은 돈과 방법으로 매입했을 것이다.

언젠가 뉴스를 보니 우리나라 조폭들도 충분한 자금만 마련되면 야쿠자나 마피아 같은 조직으로 성장할 수 있다고 했다. 따라서 놈들의 재산을 줄여주는 것은 사회 전체에 이득이 되는 일이다.

현수는 지갑에서 일전에 받았던 명함을 찾았다.

우리은행 양재북지점 투 췌어 담당 김영신 과장의 명함이다.

"여보세요."

"네, 양재북지점 투 체어 담당 김영신 과장입니다."

"아, 안녕하세요? 저는 김현수라고 하는데요. 혹시 저 기억하실지 모르겠습니다."

"어머, 김현수님! 제가 왜 잊었겠습니까? VVIP이신데요."

"고맙습니다, 기억해 주셔서."

"제가 도와드릴 일이 있는 건가요?"

"네, 제가 건물 하나를 매입하려고 하는데요. 얼마까지 대출이 가능한 지 알고 싶습니다."

"그래요? 혹시 건물 주소 아세요?"

"네, 서울시 강남구 역삼동 ……번지, 세정빌딩이에요."

"잠시만 기다려 주세요."

현수는 잠시 통화대기를 했다. 그렇게 약 2분쯤 지났을 때 김영신 과장의 음성이 들린다.

"오래 기다리셨습니다. 확인해 보니 세정빌딩은 저희 은행에서 이미 담보 대출이 되어 있는 상황입니다."

"그래요?"

"네, 지하 4층, 지상 12층짜리 건물이지요? 현재 공시지가는 230억 원이고요. 182억 원이 담보 대출되어 있습니다."

"지하 4층이요?"

"네, 지하 1층엔 유흥주점, 지하 2~4층은 주차장 용도네요."

현수는 자신이 알고 있는 것과 달라 의아하다는 표정을 지었다.

"지하 1층엔 현재 락희라는 유흥 주점이 입주해 있네요."

"네, 그 건물 맞네요."

대꾸를 하면서도 의아하다는 표정을 지우지 않았다. 알고 있는 사실과 달랐던 때문이다.

"담보 대출된 182억 원은 최고로 대출된 거라 더 이상은 어려울 것 같습니다."

현수는 얼른 머릿속으로 계산해 보았다. 230억에서 182억을 빼면 48억 원이다. 이중 상가들의 임대보증금들을 빼고 나면 우리은행에 있는 돈만으로도 매입이 가능할 듯하다.

울림 네트워크에 지원하기로 한 돈은 유진기의 금고에서 빼온 것으로도 충분하기에 고개를 끄덕였다.

"그 대출은 제가 매입할 때 승계가 가능한 건가요?"

"네, 담보 대출된 것이라 당연히 가능합니다. 승계를 원하시면 언제든 연락주세요."

"네, 그러지요. 감사합니다."

통화를 마친 현수는 곧장 차를 몰고 역삼동으로 향했다. 그리곤 세정빌딩 인근 공인중개사 사무소를 찾았다.

"어서 오십시오. 무슨 일로 오셨는지요? 사무실이 필요하십니까? 아니면 상가가 필요한 겁니까?"

현수의 나이 이제 스물다섯으로 보이기에 물은 것이다.

"건물을 하나 샀으면 해요. 오다 보니까 세정빌딩이라는 건물 정도면 괜찮을 것 같은데 혹시 그런 거 매물로 나온 거 있습니까?"

"네에……?"

기껏해야 보증금 2,000만 원짜리 사무실 임대라 생각했던 손님이다. 그런데 200억 원을 훌쩍 뛰어넘는 빌딩을 통째로 사러 왔다니 어찌 놀라지 않겠는가!

"요 앞 세정빌딩 같은 걸 사고 싶다고요. 매물 나온 거 없어요?"

"자, 잠깐만요."

중개사가 덜덜 떨리는 손으로 매물장부를 펼쳤다. 이런 거래는 사무실을 차려놓고 한 번도 성사시켜 본 적이 없다.

그렇기에 떨기까지 한 것이다.

장부엔 당연히 그런 매물이 없다. 이런 대형 거래는 공인중개사가 아닌 변호사에 의해 진행되기 때문이다.

"소, 손님!"

"왜요? 있어요? 얼마랍니까? 250억 원이 넘으면 못 사요."

"네에? 이, 이백오십억 원이요?"

중개사는 정신까지 혼미해지는 느낌이다. 상상조차 못해본 엄청난 금액을 들은 때문이다.

"네, 제가 지불할 능력이 얼마 안 돼서요."

"서, 설마 농담하는 건 아니죠?"

이제야 간신히 정신을 차린 듯하다. 현수는 대답 대신 우리은행 통장을 보여주었다.

"가져온 통장이 이것밖에 없네요."

"흐미, 이게 얼마야? 일, 십, 백, 천, 만, 십만, 백만, 천만, 일억……!"

중개사는 잔고가 48억 9천만 원을 조금 넘는다는 것을 확인하고는 덜덜 떨리는 손으로 통장을 돌려주었다.

이런 금액이 들어 있는 통장조차 만져본 적이 없기 때문이다.

"이건 제 명함입니다. 지금 당장 매물이 없으면 만들어서라도 연락주십시오. 제가 원하는 건 저기 보이는 세정빌딩 정도 되는 겁니다. 장소는 이 근방이어야 하고요."

"네, 네. 손님!"

중개사는 현수의 명함을 받아 들고 허리를 굽신거렸다. 거래가 성사되기만 하면 중개수수료가 엄청나기 때문이다.

250억 원에 거래가 성사되면 최고 1,000분의 9를 중개 수수료로 받을 수 있게 된다. 물론 양쪽 모두에게서 받는다.

2억 2,500만원씩 4억 5천만 원이라는 엄청난 금액이다.

하나 이렇게 주지는 않을 것이다. 그래도 최하 1억씩은 받게 될 것이다. 그럼 2억 원이란 수입이 생긴다.

그렇기에 자동적으로 허리가 숙여진 것이다.

'근데 새파랗게 젊은데 재벌집 손잔가?'

멀어져 가는 현수의 뒷모습을 보며 중개인은 고개를 갸웃거렸다.

한편, 현수는 시동을 걸고 출발하려는데 전화가 진동을 한다.

부우우웅! 부우우웅!

"아, 미스터 드미트리."

"김현수 사장님! 드디어 화물 선적 일정이 잡혔습니다. 오셔서 확인해 주십시오."

"그래요? 언제지요?"

"네, 7월 8일 월요일입니다. 장소는 노보로시스크(Noborossiysk)입니다. 7일 오후까지 모스크바에 도착하면 저희가 모실 겁니다."

"그래요? 알겠습니다."

"왕복 항공권 및 체류 비용은 저희가 부담하겠습니다."

"고마운 말이군요. 알겠습니다. 출국 전에 전화드리지요."

"네."

전화를 끊고 노보로시스크가 어디에 있는 곳인지를 확인해 보았다.

흑해에 연한 러시아의 항구도시이다.

"흐음, 흑해를 지나 지중해를 건너겠다는 뜻이군. 지브롤터 해협을 지나는 항로가 되겠구나."

항도를 따라 시선을 돌리던 현수는 좌측 상단의 영국을 보았다.

"이번에 나가는 김에 강 대리를 만나봐야겠어. 그나저나 어디에 있는지를 알아야지. 제기랄……!"

차를 몰고 사무실로 돌아가던 현수는 핸들을 틀었다. 오랜만에 천지건설 본사로 향한 것이다.

CHAPTER 12
과장님! 존경합니다

"어머, 김현수 과장님! 오랜만이네요."

사장 비서실의 꽃 조인경 대리가 반색하며 환한 웃음을 짓는다.

"하하! 네에, 조 대리님도 그간 안녕하셨지요?"

"네, 덕분에요. 근데 무슨 일로 오셨나요?"

"사장님 혹시 뵐 수 있을까 해서요."

현수가 곧장 사장실을 찾은 이유는 인사부를 가봤자 원하는 정보를 얻을 수 없을 것이기 때문이다.

"어머, 근데 어쩌지요? 사장님 지금 독일 출장 중이세요. 급한 일 있으면 제가 연락해 드릴게요. 그렇게 해드려요?"

조 대리는 신형섭 사장이 김현수 과장을 얼마나 챙기려 하는지를 잘 안다. 그렇기에 필요 이상의 친절을 베푸는 것이다.

"아, 아닙니다. 그럴 필요까지는 없습니다. 지나는 길에 그냥 인사 드리러 온 거거든요."

"네에. 그래도 그냥 가지 마세요. 제가 차 한잔 대접해 드릴게요."

"아! 네에, 고맙습니다."

현수가 면담 대기자를 위해 마련해 놓은 소파에 앉자 조 대리는 탕비실로 들어간다.

몸에 착 달라붙는 투피스와 하이힐인지라 걸을 때마다 육감적인 둔부가 실룩이는 모습이 보였다. 민망함을 느낀 현수는 얼른 시선을 돌려 벽면의 그림을 바라보았다.

상당히 독특한 화풍의 그림들이 걸려 있다. 누구의 작품인가 싶어 살펴보니 SHS라는 이니셜이 보인다. 신형섭 사장이 취미로 그린 듯하다. 미술엔 문외한이지만 상당히 보기에 좋았다.

"이거 맛이 상당히 괜찮을 거예요. 호호, 사장님 아니면 아무도 안 드리는 건데 김 과장님이니까 특별히 드려요."

조 대리가 가져온 것은 인삼을 갈아 만든 음료이다.

뿐만 아니라 조청 바른 한과와 검은깨와 송홧가루로 만든 다식, 그리고 꿀과 참깨를 뿌려놓은 약과까지 있다.

색깔과 맛, 그리고 건강까지 생각한 다과이다.

모처럼 차려왔는데 한두 개 집어 먹고 갈 수 없어 종류별로 먹어보았다. 맛이 상당히 좋다. 하여 상당한 시간을 지체했다.

그러는 동안 조인경 대리는 여러 가지를 물었다. 비서실 발령을 받아 별탈없으면 최연소 차장이 될 텐데 기분이 어떠냐고 물었다.

그리곤 이실리프 무역상사의 매출을 물었다. 회사에 난 소문에 의하면 월 소득이 1억을 넘는다는 소리가 있다면서 눈빛을 반짝였다.

돈을 얼마나 버나가 궁금한 것이 아니라 그냥 알고 싶은 정도이다. 하여 현수는 이제 막 시작하여 별 수익이 없다며 엄살을 부렸다.

조인경 대리는 첫술에 배부르진 않지만 차차 나아질 것이라며 환히 웃는다.

잘 먹었다고 인사를 하곤 자재과로 내려갔다. 오랜만에 사수인 곽 대리를 만나기 위함이다.

"아니 이게 누구야? 김현수 씨! 아니, 이젠 과장님이시지? 그래, 김현수 과장님 여기엔 웬일이십니까?"

"에이, 사수! 그러지 마요, 불편하니까요. 한번 사수는 영원한 사수가 아닙니까? 그러니 그냥 예전처럼 말씀하셔도 돼요."

"그, 그럼 그럴까?"

곽 대리가 조금 불편해하는 기색이다. 하긴 부하직원이 갑자기 상사가 돼서 나타났으니 어찌 편하겠는가!

현수는 배려 차원에서 예전처럼 환히 웃었다.

"사수! 그간 잘 계셨죠?"

"나야 뭐……. 그러는 김 과장님은, 아니, 현수 씨는……?"

"저도 잘 있죠. 근데 바쁘세요?"

현수는 불편함을 덜어주려 화제를 돌렸다

"바쁘냐고? 오늘 표본검품이 있어서……. 현수 씨도 알잖아. 그거 마치려면 시간 꽤 걸리는 거. 참, 인사부에 한번 들려봐."

"인사부요? 아! 겸직 금지 사규 위반 때문이죠?"

"그래. 사규 위반은 맞잖아. 어쨌거나 인사부에 갔다와. 그리고 그냥 가지 마. 이따 퇴근하면 술이나 한잔하자."

"네, 사수!"

기분 좋게 자재과를 나선 현수는 계단을 딛고 11층까지 올라갔다. 무려 일곱 개 층이나 걸어서 올라간 것이다.

아르센 대륙을 다니려면 무엇보다도 기초 체력이 중요하기에 에너지 절약 겸 체력 단련 목적으로 일부러 계단을 이용한 것이다.

그렇게 9층쯤 올랐을 때 위에서 누군가 대화를 하고 있다.

"박 과장! 정말 전무님이 그렇게 말씀하셨어?"

"네, 삼류 대학 출신이 사장 비서실에 있게 된다는 게 어디 가당키나 한 일입니까? 회사 체면과도 관련있는 일이지요."

"그, 그게 그렇게 되나?"

"그럼요. 아시다시피 우리 회사는 사장 비서실의 맨파워가 막강하잖아요. 전부 외국 유학을 다녀온 박사 급으로 채워져 있으니."

"그건 그렇지. 국내 대학 중엔 S대 출신 이외엔 아무도 없으니."

실제로 천지건설 사장 비서실의 구성원들은 대단히 유능한 인재들이다. 이름만 대면 누구나 알 만한 외국의 유명 대학 출신 및 기라성 같은 인물들이다. 조인경 대리 역시 S대 출신이다.

"네, 그래서 외부에선 우리 회사의 브레인들이 거기에 있는 줄 압니다. 제가 몸담고 있는 기획실은 개털이고……."

"무슨 소리! 기획실이 왜 개털인가? 그곳 역시 인재들만 모여 있는 곳인데. 모두 장래가 촉망되지. 안 그런가?"

"그럼 뭐합니까? 기획실에서 올리는 기안은 번번이 퇴짜 당하지만 사장 비서실 기안은 잘만 시행되잖습니까."

박 과장은 불만족스러운지 볼멘소리를 한다.

"그건… 아, 아닐세! 아암, 아니고 말고!"

"아무튼 차장님은 마음 푹 놓고 밀어붙이셔도 됩니다."

"흐음, 사장님이 김 과장을 사장 비서실로 발령내라고 하셨는데 우리 인사부에서 반기를 들어도 되나?"

"차장님! 사장님도 힘이 있지만 전무님이 실세라는 거 아시죠?"

"그야……!"

박준태 전무는 천지건설 회장 부인의 동생이다. 신형섭 사장의 경우는 외부에서 영입한 경영 전문가이다.

둘 사이에 파워게임이 벌어질 경우 누구의 손이 들릴지는 뻔하다.

그렇기에 차장이라는 사람이 머뭇거리는 사이에 박 과장이라는 자가 말을 잇는다.

"그러니 그렇게 처리하시는 게 좋을 겁니다. 차장님도 이번 가을 정기 인사 땐 진급하셔야 하는 거 아닙니까?"

"진급……?"

"네. 그럴 때도 되셨잖아요. 그러니 눈 딱 감고 밀어붙이세요. 부장님이 되시도록 제가 특별히 힘 좀 써볼게요. 우린 남이 아니잖아요. 안 그래요?"

이건 은근한 협박이자 당근이다. 힘없는 월급쟁이로선 선택의 여지가 없는 상황인 것이다.

"아, 알겠네. 내, 그리함세."

"네! 인사부장님도 그렇게 하기로 하셨으니 별탈 없을 겁니다. 그럼 전 그렇게 하는 걸로 알고 이만 물러갑니다."

"그, 그러게. 잘 가게."

현수는 대화한 이들이 누구인지 알아차렸다.

기획3팀장 박진영 과장이 인사부 이 차장을 은근슬쩍 닦달하는 소리였던 것이다. 이들의 대화 내용 중 비서실로 가지 못하게 된 인물은 아마도 자신일 것이다.

"대체 내게 무슨 억하심정이 있어서 그러는 걸까? 진짜 강 대리 때문에 그러는 거라면 박 과장은 사내도 아니야."

나직이 투덜댄 현수는 천천히 걸어 11층 인사과로 올라갔다.

"안녕하십니까? 해외영업부 소속 김현수 과장입니다."

"아니, 이게 누구신가? 우리 회사의 영웅이 오셨구먼. 하하, 어서 오시게. 그래, 어쩐 일로 인사부를 찾으셨나?"

이 차장은 조금 전의 대화는 잊었다는 듯 너털웃음까지 터뜨리며 현수를 맞이했다. 내심 웃긴다는 생각이 들었지만 내색하진 않았다.

"네에. 인사차 들렀습니다."

"커피, 주스……? 뭘 줄까?"

나이차가 많은 데다 상급자이기에 자연스레 말을 놓고 있었다.

"전 다 좋습니다. 아무거나 주십시오."

"잠시 기다리게."

이 차장이 손수 탕비실로 들어가더니 커피 두 잔을 내온다.

"알다시피 우리 회사는 여우회 입김이 워낙 세서……."

이 차장의 웃음엔 처연함이 배어 있었다.

현수가 입사하기 전 회사를 그만둔 직원이 있다. 어느 날, 자재과 옆에 있는 견적실 여직원에게 이렇게 말했다고 한다.

"미스 김, 미안하지만 여기 커피 한 잔!"

미스 김이라 불렸던 여직원은 자신이 시골 다방 레지 취급을 받아 몹시 불쾌하다면서 여우회에 정식으로 항의해 줄 것을 요청했다.

막강한 여우회의 입김 결과 징계위원회가 열렸고, 그 직원은 소환당했다.

자재과 신입사원이던 그는 몹시 불쾌하다면서 사표를 내던지고 다른 회사로 옮겨갔다. 꼴 같지 않은 페미니즘[9]의 득세를 결코 인정할 수 없다는 일종의 마초[10]주의자였던 것이다.

이후로 천지건설에선 여직원들에게 커피나 차를 달라고 하지 않는다. 물론 사장 비서실 같은 경우는 예외이다.

어쨌거나 이 차장이 가져온 커피를 사이에 두고 앉게 되었다.

현수는 이 차장의 얼굴을 보게 되었다. 가끔 지나치면서 보기는 했지만 이처럼 가까이서 자세히 보기는 처음이다.

입고 있는 의복이며 분위기로 미루어 짐작컨대 전형적인 샐러리맨이다. 지금이야 인사부 실세이니 잘 나가는 듯 보이지만 회사에서 잘리면 갈 곳이 없는 그런 사람이다.

그리고 한 가장의 생계를 이끄는 가장이기도 하다. 그렇기에 박진영 과장의 말에 힘없이 따라야 했을 것이다. 현수는 이 차장의 처지를 충분히 짐작할 수 있었기에 내색하지 않고 용건을 말했다.

---

9) 페미니즘(Feminism): 여성 억압의 원인과 실태를 기술하고 여성 해방을 궁극적 목표로 하는 운동 또는 그 이론.
10) 마초(Macho): 에스파냐어로 남자를 뜻한다. 라틴아메리카에서는 성적 매력이 물씬 풍기는 남성을 의미한다. 마초증후군은 이러한 남성적 기질을 지나치게 강조해 남자로 태어난 것이 특권이라도 되는 듯이 행동하는 일련의 증상 또는 그러한 행태를 가리킨다.

"이 차장님! 제가 겸직을 금지하는 사규를 어겨서 문제가 되었다는 말을 들어서 찾아뵈었습니다."

"그래, 그런 일이 있었지. 하나 부장급 이상으로 구성된 징계위원회에서 이번 일은 특별 케이스로 삼기로 했네. 천지약품 덕에 본사 이미지도 상당히 좋아졌다는 현지 보고가 있었던 때문이네."

"아! 그럼 저 안 잘리는 겁니까?"

"잘리긴…… . 창사 이래 최고의 공을 세워 두 계급이나 특진한 기록을 만든 자넬 어찌 자르겠는가! 어쨌거나 그건 호산데 다마도 있네."

"다마라니요?"

"아무래도 자네의 비서실 발령은 어려울 듯하네. 사장님은 비서실로 끌어주시려 하지만 반대하는 사람들이 있네."

"반대하는 사람이요?"

현수는 짐짓 모르는 척했다.

"그렇네. 자네가 출세하는 걸 몹시 시기하는 사람이 있네. 그런데 힘이 좀 있지. 아! 누군지 묻지는 말게. 대답해 줄 수 없으니…… ."

"흐으음……!"

현수가 짐짓 침음성을 내자 이를 실망의 뜻으로 받아들인 이 차장이 위로의 말을 한다.

"위에서 시키는 일인지라 어쩔 수 없지만 난 자네 편일세. 언제든 내 도움이 필요하거든 연락하게. 미력하지만 돕겠네."

"감사합니다, 차장님! 그리 말씀해 주시니 고맙네요. 제가 차장님께 해드린 게 아무것도 없는데……."

"아니네, 내가 자네의 구만리 같은 앞길을 막는 것 같아 미안해서 그러네. 그러니 언제든 내 도움이 필요하면 말만 하게."

"네에, 고맙습니다. 그럼 이제 내부의 적도 있지만 아군도 생긴 거군요."

"아군……? 하하, 그게 그렇게 되는 건가? 그렇네, 내가 자네 아군 내지는 지원군 역할을 하겠네. 힘이 될지는 모르겠지만……."

"그리 말씀해 주시는 것만으로도 충분히 힘이 됩니다. 감사합니다."

이 차장과의 면담은 그리 길지 않았다.

딱히 더 할 말이 없었던 때문이다. 한 가지 확실해진 것은 사장 비서실로의 발령은 없을 것이라는 사실이다.

현수는 내심 좋다고 생각했다.

똑똑하고 패기 넘치는 사람들로 가득한 비서실에서 경쟁할 생각을 하면 아득했는데 그로부터 해방된 기분이 들었기 때문이다.

이 차장은 앞날이 창창할 사람을 나락으로 떨어뜨린 기분이 들어 그러는지 정말 친절하고 살갑게 대해주었다.

다시 자재과 사무실로 내려왔는데 아무도 없다. 대신 아깐 보이지 않던 박스들이 키 높이 이상으로 쌓여 있다.

어디선가 반입된 자재 샘플들인 듯싶다.

"사수! 사수, 어디 있어요?"

박스 사이의 통로를 비집고 들어가 곽 대리의 업무 공간 쪽으로 가보았지만 아무도 없다.

"표본 검사하러 내려가셨나?"

현수가 고개를 갸웃거리는 순간 누군가의 음성이 있었다.

"누구십니까?"

"아……!"

몸을 돌려보니 신입사원 티가 팍팍나는 청년이 서 있다.

"누구시냐고 물었습니다. 여긴 자재과 사무실입니다만……."

무슨 용무로 아무도 없는 방에 와 있냐는 뜻일 것이다.

"아, 난 김현수라고 여기서 근무하던 직원이에요."

"네에? 김현수 씨라고요? 그럼 콩고민주공화국에서 엄청난 공을 세워 두 계급이나 특진한 김현수 과장님이시란 말입니까?"

상대가 너무도 놀라는 표정을 지었기에 현수는 계면쩍었다.

"어떻게 하다 보니 그렇게……."

현수의 말은 중간에 끊겼다. 신입사원이 덥석 손을 잡은 때문이다.

"안녕하십니까? 선배님! 아니, 과장님! 저 자재과 신입사원 유민우입니다. 앞으로 잘 부탁드립니다."

"하하, 네에."

현수가 어정쩡한 웃음을 지을 때 곽 대리가 박스 하나를 들고 들어온다.

"어, 벌써 인사했어?"

"네, 김현수 과장님이 제 전임자시죠?"

"그래. 현수 씨, 벌써 볼일 다 본거야?"

"네, 인사부에 갔는데 별 다른 일 없던데요?"

"그래, 그럼 조금만 기다려. 이제 한 30분 있으면 퇴근이니까."

"어라, 두 분 어디 가십니까?"

유민우가 끼어들어 둘의 얼굴을 번갈아 바라본다.

"어, 오랜만에 술 한잔 하려고."

"사수! 그리고 과장님! 저도 끼워주십시오."

유민우가 애원하는 눈빛을 낸다. 현수로부터 직접 영웅담을 듣고 싶은 때문이다.

"에구, 그러지 뭐! 젓가락 한 쌍만 더 놓으면 되니까."

곽 대리가 박스를 내려놓으며 대꾸한 직후 쌓아둔 박스 저쪽에서 웬 여자가 소리친다.

"저도요! 저도 회식에 끼워줘요."

"……?"

셋 모두 누군가 싶다는 표정이다. 잠시 후, 박스 사이의 통로로 걸어온 여인은 사장 비서실의 조인경 대리이다.

"어라, 조 대리님이 어떻게 여길……?"

"사장님이 오늘 도착한 박스들 내용물 확인해 보고 연락 달라고 하셔서요. 이거 다 사장님이 보내신 거잖아요."

"아! 네에."

"근데 저도 회식에 끼워주면 안 돼요? 우리 비서실은 너무 개인주의가 팽배해서 회식 잘 안 하거든요. 젓가락 한 쌍만 더 놓으면 되잖아요. 그쵸?"

조 대리가 허락을 구한 사람은 곽 대리가 아니라 현수였다.

유민우는 가장 직급이 높기 때문이라 생각했지만 실상은 아니다.

현수로부터 직접 허락을 구하고 싶었던 것이다.

어찌 미인의 청을 거절할 수 있겠는가!

"네, 그러세요. 그래 주면 우리야 고맙죠. 조 대리님과 같은 미인과 함께하는 술자리라……. 기대가 되는걸요?"

"호호, 네에. 술 그렇게 약하지 않으니 폐 끼치지는 않을 거예요."

눈치 빠른 유민우는 이쯤해서 상황을 완전히 접수했다.

지금 장래가 촉망되는 김현수 과장에게 비서실 실세인 조인경 대리가 적극적으로 접근하는 것이다.

회사를 위해 엄청난 공을 세웠다. 그 결과 두 계급 특진과 3개월 유급 휴가라는 전무후무할 기록 또한 만들었다.

그러는 사이에 무역회사를 설립해 일찌감치 CEO가 된 사람이다. 회사에선 겸직 금지 사규를 어겼지만 특별 케이스로 가납해 주었다.

승승장구만이 남은 미혼인 청년이다. 게다가 키도 크고, 몸매 날렵하며, 호감 가는 마스크의 소유자이다.

조인경 대리 같은 미녀를 차지할 충분한 자격 요건을 갖춘 셈이다.

유민우는 입사 직후 곽 대리와 함께 다니면서 여러 이야기를 들었다. 그 가운데 하나는 현수가 천지건설 최고 미녀인 강연희 대리와 매 주말을 함께한 사람이라는 것이다.

사람들이란 원래 이야기 꾸며내길 좋아한다. 곽 대리라 하여 어찌 다른 사람들과 다르겠는가!

이야기는 각색되어 현수와 연희가 연애를 했고, 이를 질투한 기획3팀장 박진영 과장이 해외영업부로 발령 나도록 압력을 가했다고 했다. 지어낸 이야기지만 절반가량은 사실에 근접했다.

그렇기에 대체 김현수라는 사람이 어떤 사람인지 몹시 궁금했다. 그러던 차에 오늘 만났기에 두 손을 덥석 잡은 것이다.

그런데 강연희 대리와 쌍벽을 이룬다는 비서실의 조인경 대리마저 김현수 과장에게 접근을 한다. 그 목적이 무엇이겠는가!

민우는 같은 사내로서 김현수를 존경하기로 마음먹었다.

"과장님! 존경합니다. 앞으로 잘 모시겠습니다."

느닷없이 허리까지 숙이며 뜬금없는 소리를 하자 곽 대리와 조 대리, 그리고 현수는 눈만 끔벅였다.

퇴근 후, 일행은 횟집에서 배를 채웠다. 2차는 유민우 사원의 강력한 요청에 의해 나이트클럽으로 결정되었다.

일행이 간 곳은 강남 최고의 나이트클럽이라고 소문이 난 청담동 클럽 제이(Club J)이다.

쿵쿵쾅쾅! 쿵짝쿵짝! 쿵쿵쿵쿵!

입구에서부터 느껴지는 진동과 소리가 유민우의 젊은 혈기를 자극한 듯 벌써부터 어깨를 들썩인다.

"앗싸! 이런데 진짜 오랜만입니다. 지금부턴 제가 모시겠습니다."

먼저 안으로 들어간 유민우는 조금 놀아봤는지 일사천리로 모든 것을 마쳐 놓았다.

나머지 일행은 잠시 스테이지 구경을 했다.

유민우의 말대로 훈남훈녀들의 전시장인 듯 미남미녀들이 많았다.

모두들 빠른 템포에 맞춰 격렬하게 몸을 흔들며 젊음을 마음껏 발산하고 있었다.

복도를 지나 룸에 발을 들여놓으며 현수는 요즘 이런 데 자주 온다는 생각을 하곤 피식 실소를 머금었다.

사실 입사 전엔 이런 곳에 단 한 번도 발을 들여놓을 수 없었다.

그럴 만한 돈도 없었고, 시간적 여유도 없었으며, 춤도 출줄 모르기 때문이다.

탁자엔 양주와 맥주, 그리고 안주들이 놓여 있었다.

"하하, 제가 돈을 내는 건 아니지만 어쨌든 이 정도는 기본으로 시켜야 한다고 해서요."

"잘 했네요. 오늘 계산은 제가 합니다."

1차도 현수가 냈다. 곽 대리가 오랜만에 사수 노릇 하겠다며 무리하려 했지만 극구 만류하였다. 카드 청구서가 날아오는 날 어부인에게 혼나고 싶으냐는 말로 협박했던 것이다.

그리곤 회사에서 받은 상금이 있으니 그걸로 내겠다 했던 것이다.

그런데 현수가 1차를 냈으니 2차는 나눠내든지 해야 한다는 생각들을 하는 모양이다. 그래서 모처럼 기분 내는 것이니 신나게 놀라는 뜻에서 계산하겠다고 나선 것이다.

"역시 과장님, 멋지십니다. 자, 그런 의미에서 건배하죠."

유민우가 각자의 잔에 술을 따라주었다.

"우리 김현수 과장님을 위하여!"

"위하여!"

"에구……."

현수는 곽 대리의 얼굴을 보고 계면쩍어했다. 미안한 기분이 든 것이다. 하나 곽 대리의 얼굴엔 조금도 우려하던 빛이 어려 있지 않다.

오히려 대단한 후배를 부사수로 두고 있었다는 것이 영광이라는 듯 환히 웃고 있었던 것이다.

"자아, 그럼 지금부터 제가 노래 한 곡을 뽑겠습니다."

술잔을 비우곤 총알 같은 속도로 노래 제목이 쓰인 책을 뒤적인다. 그러는 사이에 곽 대리는 넥타이를 풀었다. 그리곤 그걸 이마에 묶는다. 곽 대리가 기분 좋을 때 하는 퍼포먼스이다.

조인경 대리는 보는 것만으로도 웃기다는 듯 손으로 입을 가리며 교소(嬌笑)를 터뜨렸다.

그러는 사이에 노래방 기계에선 전주가 흘러나오고 있었다.

"자아, 그럼 동남아 순회공연을 마치고 방금 입국한 대한민국의 카수 유민우의 노래가 시작되겠습니다."

너스레를 떤 유민우는 가사 따위는 모두 외운다는 듯 그럴듯한 폼을 잡으며 노래를 시작했다.

"언제나 거침없던 내가 조금씩 눈치를 보고 있어. 겉으론 관심없는 척 차가운 도시의 남자인 척……. 우리 연애할까? 나 오랫동안 솔로여서 연애가 서툴지 모르지만 네 전 남자친구보다 네가 만난 모든 남자보다 가장 널 사랑할게."

유민우가 조인경 대리를 보며 심각한 표정을 짓는다. 진짜로 사랑을 구하는 듯한 모습이다.

곽 대리와 현수가 재미있다는 듯 바라보자 조인경 대리는 현수의 곁에 바싹 다가앉는다.

그리곤 팔짱을 끼우면서 고개를 살래살래 흔들었다.

"하하! 하하하……!"

노래 가사에 대한 절묘한 대답이 된 셈이기에 현수와 곽 대리가 파안대소를 터뜨렸다. 이에 유민우가 실망했다는 듯 화면으로 시선을 돌린다. 사실은 가사의 뒷부분을 모르기 때문이다.

어쨌든 노래가 끝났다. 그런데 노래 실력이 영 시원치 않다. 아무래도 음치에 가까운 쪽인 듯싶다.

빰빠라 밤, 빰 빰 빠암—!

화면에 나타난 점수는 98점이다.

"어휴! 저 기계 망가진 거 아니에요? 어떻게 저런 점수가 나오죠?"

"글쎄요? 아마 점수가 후한 기곈가 보죠."

현수의 대꾸에도 조인경 대리가 말도 안 된다는 듯한 표정을 짓는다. 그러거나 말거나 유민우의 멘트가 이어졌다.

"자아, 오늘은 우리 자재과의 회식입니다. 따라서 전통에 따라 다음 타자를 지명합니다. 천지건설의 자랑! 천상 선녀보다도 아름다운 우리 조인경 대리님! 자아, 마이크를 받으소서!"

부러 한쪽 무릎을 꿇어가며 마이크를 넘긴다.

웬만하면 부끄러워할 텐데 조 대리는 조금의 머뭇거림도 없이 자리에서 일어났다. 그리곤 번호를 누른다.

전주가 흘러나오자 가볍게 고개를 숙이곤 안무를 시작한다.

그 순간 곽 대리와 현수, 그리고 민우는 넋이 나갔다.

모니터에 등장한 가수들과 똑같은 안무였기 때문이다. 그것으로도 모자라 노래까지 훌륭하다.

"빠졌나 봐, 빠졌나 봐, Lovin' my boy! 빠질 거야, 빠질 거야, 너의 맘도! 오늘 밤도 내일 밤도 만날 My boy. 100%는 아녀도. Baby Oh~! 내 거 해줄 거지, 으응? Baby Oh~! 보고 싶은 내님아. Baby 샤샤샤 오! 나의 샹하이 러브. 자꾸자꾸 나타나. Baby 샤샤샤! 대체 넌 뭐야. 홀쩍홀쩍 날 울려⋯⋯."

곽 대리는 물론이고 유민우와 현수는 깜짝 놀랐다.

가수들과 거의 똑같은 안무를 하면서도 음정, 박자 어느 것 하나 놓치지 않았기 때문이다. 춤을 추는 조 대리의 시선은 현수에게 고정되어 있었다. 노골적인 유혹이다.

현수는 내심 불편했지만 환히 웃어주었다.

빰빠라 밤, 빰 빰 빠암—!

"우와아! 100점이다. 100점! 조 대리님 감축드립니다. 벌금 만 냥에 당첨되셨습니다."

"어머, 100점인데 왜 벌금을 내요?"

자리에 앉으려다 말고 말도 안 된다는 듯 반문했다.

"저희 자재과 전통이 그렇습니다. 100점은 벌금 만 냥, 91점부터 99점까지는 통과! 81점 이상 90점도 벌금 만 냥, 그리고 71점 이상 80점은 이만 냥, 끝으로 70점 이하는 벌금이 삼만 냥입니다."

유민우가 벌금 어서 내라는 듯 손을 내밀자 조 대리가 현수를 바라본다. 맞느냐는 뜻이다. 고개를 끄덕이자 할 수 없다는 듯 만 원을 냈다. 하지만 억울하다는 표정을 짓는다.

"천지건설의 천상선녀께서 내신 이 벌금은 저희 집 가보로 삼아 대대손손 물려주겠습니다. 자아, 다음 순서를 지목해 주십시오."

"네, 다음은 곽 대리님! 멋진 노래 부탁해요!"

예상외라는 듯 편안한 자세로 있던 곽 대리가 놀라는 표정을 짓는다. 현수를 지목하리라 생각했던 때문이다.

잠시 후, 마이크를 잡고 노래를 시작했다.

"Come On, Come On, Come On, Come On, 넌 아직 나를 몰라. 얼마나 잘 나가는지. 네가 쉽게 볼 남자가 아닌걸. No No No. 사랑은 원래 지키는 게 어려워. Love Love Love. 아! 정말 미치겠어. 왜 졸졸 따라와. 나쁜 여자 아니라며 따라와. No No No. 근데 어떡해. 가끔 나도 흔들려. 있을 때 잘해……."

넥타이를 이마에 질끈 동여맨, 다소 뚱뚱한 곽 대리의 댄스에 실내는 자지러졌다. 노래도 노래지만 너무도 웃겼던 때문이다.

"하하, 하하하하!"

"어머……! 호호, 호호호호!"

"으하하하하하!"

사실 곽 대리는 뚱뚱하기도 하지만 못 생기기도 하다.

그래서 그의 친구들은 천지건설 직원만 아니었다면 장가도 못갈 얼굴이라고 했다. 그런 그를 여자들이 졸졸 따라온다는 가사로 바꿔 노래를 부르니 어찌 웃기지 않겠는가!

노래가 끝날 즈음 실컷 웃은 조인경 대리가 귓속말을 한다.

"김현수 과장님! 저 이런 데 처음이에요. 조금 있다가 스테이지 구경시켜 주시면 안 돼요?"

천하절색의 부탁인데 어찌 안 된다 하겠는가!

"알았어요. 조금만 있다가 구경 가요."

곽 대리의 노래 점수는 82점이다. 벌금으로 만 원을 냈다. 다음 순서는 당연히 현수이다. 번호를 누르고 자리에서 일어났다.

"내가 가는 길이 험하고 멀지라도 그대 함께 간다면 좋겠네. 우리 가는 길에 아침 햇살 비치면 행복하다고 말해 주겠네. 이리저리 둘러 봐도 제일 좋은 건 그대와 함께 있는 것……."

현수가 이 노래를 택한 건 부르기 쉽다는 것과 멜로디가 감미롭다는 것 외엔 없다. 그렇기에 가사를 외우고 있는 것도 아니다.

노래를 부르는 동안 조인경 대리가 자리에서 일어났다. 그리곤 현수의 곁으로 다가와 화음을 넣었다.

그러면서 간간히 현수의 옆모습을 바라본다.

노래에 심취한 현수는 모르지만 민우과 곽 대리는 이 모습을 보고 고개를 설레설레 흔들었다. 천지건설의 두 미녀 모두의 마음을 현수가 훔쳤다는 것을 인정한 것이다.

유민우는 새삼 존경스럽다는 듯 현수의 뒷모습을 뚫어지게 바라보았다.

어쨌거나 노래는 끝났다. 그런데 투덜댄 것은 조 대리이다.

"치이, 이 기계 진짜 망가진 거 아니에요? 어떻게 63점이 나와요?"

"그러게 말입니다. 그런데 어쩌겠습니까? 벌금은 3만 냥입니다."

현수는 기분 좋게 벌금을 냈다. 그리곤 자리에 앉아 잠시 술을 즐겼다. 다음엔 유민우와 곽 대리가 번갈아가며 마이크를 잡았다.

"우리 스테이지 구경 가요."

"네, 그러지요."

둘에게 이야길 하니 아예 룸을 하나 더 잡아서 둘만 놀고 오라면서 놀렸다. 조인경 대리가 정말 그래도 되냐고 물어 한바탕 웃음보가 터졌다.

결국 노래 부르기가 취미인 곽 대리만 남기고 셋이 나왔다. 민우는 같이 놀 여자친구를 구하겠다며 인파 속으로 사라졌다.

현수와 조 대리는 음악에 맞춰 신나게 춤을 췄다. 땀이 날 정도로 한참을 흔드는데 누군가가 툭 친다. 고개를 돌려보니 아는 얼굴이다.

"어라? 너희들은……?"

"형님, 그러는 형님은 여기에 어쩐 일이세요?"

"근데 곁에 계시는 분은……."

"놀러 왔어. 그리고 이쪽은 우리 회사 조인경 대리님이셔."

"안녕하세요? 형수 후보님, 저 이현우라 합니다."

"앞으로 잘 부탁드립니다. 조경빈이라 합니다."

"어머……! 전, 조인경이라고 해요."

조 대리가 형수님이라는 소리가 부끄럽다는 듯 어정쩡하게 인사를 하자 경빈이 현수의 귀에 대고 소곤거린다.

"형수님 알면 어쩌시려고⋯⋯. 지금 바람피우시는 거죠?"

"아냐, 우리 회사 직원이라니까. 오늘 회식이 있어서⋯⋯."

"하하, 농담이에요. 형님, 저희는 갑니다. 재미있게 노세요."

"형수님, 좋은 밤 되십시오."

현우과 경빈이 익살스런 표정으로 물러났다.

이때 현란하던 댄스 음악이 끝나고 블루스 음악으로 바뀐다. 이런 춤을 춰본 적 없기에 현수가 들어가려는데 조 대리가 바라본다.

"저, 블루스 한 번도 못 춰봤어요. 가르쳐 주실래요?"

"엥⋯⋯? 나도 경험이 없는데요?"

"그럼 우리 다른 사람들 추는 것 보면서 배워요."

조 대리가 손을 내밀었기에 잡지 않을 수 없었다.

그리곤 다른 사람들처럼 자세를 잡자 바싹 품으로 다가와 안긴다. 바로 곁의 커플이 그러고 있어 의당 그런 줄 알았다.

"⋯⋯!"

현수는 불편했지만 밀어내지 않았다. 자칫 마음 상해할까 싶었던 것이다. 그런데 문득 궁금하다는 듯 묻는다.

"근데요. 조금 전에 만났던 조경빈이라는 사람을 제가 어디서 많이 본 것 같거든요? 그 사람이 누군지 말해줄 수 있나요?"

"경빈이요? 걘 백두마트 상무예요. 백두그룹 회장의 손자지요."

"네에……? 아! 그래서……."

어쩐 이름도 익고 얼굴도 본 적이 있다고 생각했다. 신문지상에 이름과 사진이 가끔 오르내렸기에 그랬던 것이다.

"그런데 어떻게 아는 사이세요?"

"그냥 친한 동생이에요."

현수는 별 뜻 없이 한 말이지만 조 대리는 그렇게 받아들이지 않았다. 대체 정체가 뭐기에 재벌 3세를 동생으로 둔단 말인가?

이런 생각을 하고 있을 때 누군가가 현수의 어깨를 툭 친다.

시선을 돌려보니 여자들 둘만 블루스를 추고 있다.

CHAPTER 13
클럽 제이에서 생긴 일

"오빠……! 현수 오빠!"

"응……? 아, 수정 씨, 그리고 수연 씨!"

"치이, 수정 씨가 뭐예요? 그냥 수정이라고 부르라고 했잖아요."

"쳇! 나도……. 그냥 수연이라고 불러요."

조인경 대리는 두 여자가 누군지 깨달았다.

톱 탤런트 겸 가수인 이수연과 그녀의 언니 이수정이다. 얼마 전 의문의 실종사건으로 세간의 관심을 모았던 자매이다.

그때 현수는 자신이 이수정의 남친이라고 했다. 그런데 지금 보니 진짜 그런 듯 너무도 스스럼없다.

"오빠, 앞에 계신 분은 누구예요?"

수연의 물음에 조 대리가 현수의 품에서 빠져나간다.

"웅……? 우리 회사 조인경 대리님이야."

"그래요? 회식 오셨구나? 근데 오빠는 어떤 룸이에요? 우리끼리 놀기 너무 심심해요. 우리 같이 놀아요. 네?"

수정의 말에 현수는 난감하다는 표정을 지었다. 이때 여자친구 만들기에 실패한 유민우가 다가왔다.

"허억! 이, 이수연 씨……? 진짜 이수연 씨입니까?"

"오빠, 이 사람 알아요?"

수연의 물음에 현수가 고개를 끄덕였다.

"웅, 이 친구도 우리 회사 직원이야."

"과, 과장님……!"

유민우는 대체 어찌된 일이냐는 표정이다.

이수연 실종사건 때 민우는 예비군 동원훈련 중이었다. 그렇기에 그 사건을 모르는 것이다.

"민우 씨, 이 숙녀분들이 같이 놀자고 하는데 어쩌지?"

"같이 놀아요? 우리랑……? 그, 그럼 일생의 영광이죠. 가요, 어서! 두 분은 저만 따라오시면 됩니다."

민우가 앞장서고 수연과 수정이 뒤를 따랐기에 현수와 조 대리 역시 룸으로 되돌아갈 수밖에 없었다.

곽 대리는 술이 얼큰해졌는지 콧구멍에 담배 한 개비를 꽂은 채 노래를 부르고 있었다. 이 모습을 수연과 수정, 그리고 조 대리는 박장대소하며 배를 움켜쥐었다.

난데없는 미인들의 출현에 어리둥절해하던 곽 대리는 텔레비전에서나 보던 이수연이라는 것을 깨닫고는 얼른 넥타이를 풀었다.

하나 미녀들의 웃음보는 그치지 않았다. 여전히 콧구멍에 끼워져 있는 담배 때문이다.

현수가 자리에 앉자 조 대리가 오른쪽에 붙어 앉았다.

이에 질세라 수정이 왼쪽에 앉으며 팔짱을 낀다. 잠시 후 수정이 화장실로 가자 수연이 그 자리를 냉큼 차지해 버렸다.

유민우는 거의 넋이 나간 얼굴이다. 세상에 어떻게 이런 일이 일어날 수 있는지 알 수 없다는 표정까지 지었다.

대한민국 모든 남자들의 로망인 이수연이 현수의 오른팔에 붙어 앉아 아양을 떨고 있었으니 어찌 그렇지 않겠는가!

잠시 후 돌아온 조 대리는 이수연에게 자리를 비켜줄 것을 요구하는 눈빛을 빛냈다. 그게 제법 강렬했는지 슬그머니 일어난다.

그리곤 마이크를 잡았다.

"오빠! 제가 오빠에게 노래 하나 불러 드릴게요."

인기 절정 톱 가수가 노래는 부른다니 시선이 쏠린다. 익숙한 솜씨로 리모컨을 조작했다. 감미로운 발라드의 전주가 흐른다.

날 사랑해 줘요.

오늘 그대 마음을 갖고 싶어요.

그대 사랑 내게 준다면 난 그대의 천사가 될 거예요.

오, 그대여!
오늘 그대 마음을 가질 수만 있다면
난 이 세상 어떤 여자보다도 행복할 거예요.
날 사랑해 줘요.
미치도록 그대의 사랑을 갈구하고 있어요.
그대 품에 안겨 행복한 미소를 짓는 날 기대하면서…….
난 그대의 사랑을 바라고 있어요.
아! 그대여. 날 사랑해 줘요.
내 마음 당신에게 드렸으니 당신의 맘 내게 줘요.
날 사랑해 줘요. 영원히!

　노래가 계속되는 동안 곽 대리와 유민우는 현수의 얼굴을 살폈다. 수정과 조 대리라 하여 크게 다를 바 없다.
　현수는 몹시 난감했다. 설마 이렇듯 노골적으로 구애를 하리라곤 생각지 못했던 때문이다. 노래가 끝났고, 점수는 100점이다. 하지만 민우는 벌금을 요구하지 않았다.
　잠시 정적이 흐른다. 전혀 개의치 않는 사람은 수연 혼자이다. 마음의 뜻을 전달했으니 답을 해달라는 표정만 지었을 뿐이다.
　"어허험, 잠시 화장실 좀……."
　어색한 분위를 깨기 위해 서둘러 밖으로 나온 현수는 깊은 숨을 들이쉬었다.
　'안 되겠어. 이러다 모두의 마음만 다치게 돼. 그러니 고맙지만 마음을 받아줄 수 없다고 말해야 돼. 근데 뭐라 말문을 열지?

복도의 벽에 기대어 어떤 말을 할 것인가를 생각하는데 누군가의 고함 소리가 들린다.

"어쭈, 안 비켜? 너 죽고 싶어?"

짝! 짝! 퍽!

"으윽, 윽, 으윽!"

와당탕, 와장창창! 우당탕! 와르르! 챙그랑!

누군지 모르지만 술 취한 개가 개판을 치는 중이라 생각한 현수는 자리를 뜨려 했다. 그 순간 문이 벌컥 열린다.

당연히 안쪽이 보인다. 여자 하나가 거의 발가벗은 채 탁자 위에 엎드려 울고 있다.

바닥엔 깨진 술잔, 쏟아진 음식 등으로 엉망이다.

그리고 하얀 와이셔츠 위에 붉은 조끼를 걸친 사내를 덩치 큰 사내들이 양쪽을 잡고 있다.

안쪽에서 누군가가 나오더니 아구창을 갈긴다.

퍼억—!

"크으윽!"

입술이 찢어졌는지 선혈이 튄다. 하나 쓰러지진 않았다. 양쪽에서 잡고 있기 때문이다. 당하는 사람은 웨이터 보조인 듯싶다.

"건방진 새끼! 웨이터 보조 주제에 누구더러 감히……!"

사내가 웨이터 보조의 복부를 주먹으로 강타했다. 하나 비명도 지르지 않는다. 이미 혼절한 듯 헝겊 인형처럼 흔들리기만 할 뿐이다.

또 때리려 한다. 그냥 두었다간 큰일이 날 것 같다. 하여 나서지 않을 수 없어 나섰다.

"이봐요! 거 너무 하는 거 아닙니까?"

"넌 뭐하는 십장생이야? 왜 남의 일에 끼어들어? 이 개 같은 새끼야. 너도 죽고 싶어?"

눈을 보니 취기는 있지만 대취한 상황은 아닌 듯하다. 한데 핏발이 서 있다.

"뭐요? 지금 뭐라고 한 거요? 개 같은 새끼라고 한 거요?"

"그래, 이 십장생아! 내 눈앞에서 사라져. 알짱거리지 말고……! 내 앞에서 까불면 뒈지니까. 알았어?"

대놓고 욕을 먹는데 기분 좋을 사람 누가 있겠는가!

현수도 사람이다. 당연히 기분이 나쁘다.

"나아 참, 뭐 이런……."

"야, 이 씨벌 놈아! 내가 아가리 닥치고 꺼지라고 했지?"

휘이익! 퍽! 챙그랑!

컵 하나가 날아와 벽에 부딪치더니 산산조각이 난다.

"어쭈? 피해? 니 까짓 게 감히 내가 던지는 걸 피해……? 죽엇!"

휘이익! 퍼억! 챙그랑! 퍽! 챙그랑! 퍼억! 챙강!

연달아 세 개의 컵을 던졌지만 이에 맞을 현수가 아니다.

놈은 컵 따위론 안 되겠다는 듯 현수에게 달려들었다.

"이 개새끼를 내가…… 이이잇!"

놈이 휘두른 주먹이 현수의 왼쪽 귓가 1㎝쯤 허공을 스쳤다. 그 순간 현수의 강력한 주먹이 놈의 왼쪽 옆구리를 파고들었다.

퍼어억—!

"케에에엑!"

돼지 멱따는 소리가 남과 동시에 그대로 허물어진다.

전성기의 마이크 타이슨의 주먹보다도 다 강력한 파괴력을 지닌 주먹에 가격당한 때문이다.

놈이 쓰러지자 안쪽에 있던 두 놈이 성난 황소처럼 뛰어나왔다. 그리곤 그 기세 그대로 주먹과 발길질을 했다.

주먹은 피하고 발길질은 손으로 쳐서 무산시켰다. 그리곤 곧장 어퍼컷과 로우킥으로 두 놈의 턱과 허벅지를 갈겼다.

퍼억! 파악—!

"케엑! 아아악!"

꽈당! 우당탕탕!

두 놈이 큰 소리를 내며 나자빠진다.

현수는 놈들을 내버려 두고 룸으로 들어가 보았다.

기절한 웨이터 보조의 몸에서 선혈이 흘러나온다. 몸을 뒤집어보니 깨진 술잔에 여러 군데 찔린 모양이다. 서둘러 복도로 끌어냈다.

다음엔 탁자 위에 엎어져 있는 여인에게 갔다. 벌써 험한 일을 당한 듯하다. 얼마나 반항을 했는지 손톱이 다 부러져 있다.

그럼에도 놈들의 완력을 당할 수 없었던 것 같다. 주변을 보니 찢겨진 옷가지들이 널려 있다.

어찌할까 잠시 고민하다 그나마 온전한 옷을 골라 덮어주었다.

그리고 밖으로 나가려는 순간 주먹이 날아든다. 쓰러져 있던 놈이 고통을 견뎌내고 공격을 가한 것이다.

"이 개새끼야. 죽엇!"

휘이익!

사내의 주먹을 피해 다시 복도로 나갔다. 그러자 놈이 깨진 양주병의 병목을 쥐고 쫓아나온다. 그리곤 거칠 것이 없다는 듯 다가왔다.

"죽어, 이 개새끼야!"

휘이이익—!

허리를 숙여 깨진 병을 피한 현수는 상체를 세우며 발로 놈의 손목을 강하게 걷어찼다.

퍼억—! 빠각!

"으아아아악!"

인정을 싣지 않은 발길질이기에 놈의 손목이 뚝 부러졌음을 한눈에 알 수 있었다. 그러는 사이에 가까이 다가온 웨이터 보조들이 피 흘리는 동료를 흔들고 있다.

"상렬아! 상렬아, 정신 차려. 상렬아!"

"이런 피 좀 봐! 상렬아! 정신 차려. 응?"

"형, 혹시 죽은 거 아니에요?"

"이봐요, 손님! 누가 이런 겁니까?"

아무리 흔들어도 반응이 없자 누군가 현수에게 물었다.

신음하고 있는 세 녀석들을 가리켰다.

"저 새끼들이요?"

현수가 고개를 끄덕이는 순간 덩치가 바닥에 떨어져 있던 양주병을 왼손으로 잡는다. 그리곤 자리에서 일어나려 했다. 그때 뒤쪽에 있던 웨이터 보조가 놈의 뒤통수를 향해 발길질을 했다.

"에이, 개새끼야!"

퍼어억―!

"크으윽! 어떤 개새끼가 감히……."

일어서려는 걸 걷어찼기에 뒤통수가 아닌 등을 가격한 웨이터 보조는 놈의 손에 들린 깨진 양주병을 보고 겁먹은 듯 물러섰다.

"너, 이 개새끼……! 너 오늘 죽었어."

놈이 양주병을 휘둘러 웨이터 보조를 찌르려는 순간 누군가가 나섰다. 그 역시 웨이터 보조 가운데 하나이다.

재빨리 놈에게 다가가 이단 옆차기를 날린 것이다.

퍼어억―!

"아아악……!"

하필이면 오른쪽이다. 현수에 의해 손목이 부러졌는데 그쪽을 가격 당하자 극심한 고통이 느껴지는 듯 비명을 지른다.

그 순간 나머지 웨이터 보조들이 일제히 덮쳤다. 그리곤 짓이기기 시작했다. 동료가 놈들의 손에 죽었다 생각한 때문이다.

놈이야 죽든 말든 정신을 잃은 웨이터 보조에게 다가간 현수는 그의 상태를 살폈다.

관자놀이 부근이 퉁퉁 부어 있는 것으로 미루어 짐작컨대 강력한 가격에 의한 뇌진탕인 듯싶다.

하여 머리 부위를 살피려는데 일단의 무리가 우르르 달려온다.

맨 앞엔 검은 정장을 걸친 장년인이, 그리고 그 뒤로는 파란색 조끼를 입은 웨이터들이다.

이제 더 이상의 위험은 없다 판단한 현수는 재빨리 머리를 살폈다.

"마나 디텍션!"

잠시 눈을 감고 상태를 살펴보니 뇌출혈 되고 있는 듯하다.

이런 경우 뇌혈관에서 흘러나온 피가 고여 두개골 내의 압력을 증가시키게 된다. 만일 뇌압이 너무 높아지면 수술이 불가능하다.

따라서 우선 두개골을 절개하여 피를 뽑아내야만 한다.

이 시기가 늦어지면 사망에 이르거나 식물인간, 빈신불수, 언어장애 등의 후유증을 겪게 된다.

현수는 아무도 보지 않을 때 아공간 속의 절개침을 꺼내 들었다. 출혈되고 있는 부위가 뇌의 중심부였다면 손을 쓰지 않았을 것이다.

불행 중 다행인지 웨이터 보조의 뇌출혈 부위는 관자놀이 부근이었다. 그 부위를 절개한 현수는 룸으로 들어가 얼음 하나를 가져왔다. 그리곤 그걸 녹여 워터 드릴 마법을 구현시켰다.

직경 2mm쯤 되는 구멍이 뚫리자 예상했던 대로 피가 나온다.

"119……! 119로 연락해 주세요. 이 사람 뇌출혈 상태입니다."

"네! 알겠습니다."

누군가 대답을 했고 곧이어 119와 통화하는 소리가 들린다.

현수는 다른 상황엔 관심없다는 듯 환자의 상태만을 살폈다.

고여 있던 피가 서서히 빠진다는 것을 확인했을 때이다.

"아아아악!"

누군가의 비명이 들려 뒤를 돌아보니 웨이터 보조 가운데 하나가 피를 뿜어낸다. 기어코 깨진 양주병으로 찌른 모양이다.

그 순간 욕지거리와 더불어 덩치가 짓밟히는 모습이 보인다.

"선생님! 선생님! 환자 좀 봐주세요."

현수가 상렬이라 불린 웨이터 보조의 머리에서 피를 뽑는 모습을 본 웨이터 가운데 하나가 의사인 것으로 착각한 듯하다.

"아아악! 사, 살려줘!"

피가 뿜어지자 웨이터 보조가 비명을 지른다. 겁에 질린 표정이다.

얼른 다가가 상처 부위를 압박했다. 서둘러 지혈시키지 않으면 119가 당도하기도 전에 사망할 상황이다.

압박 붕대가 없기에 곁에 있던 웨이터의 와이셔츠를 벗겨 붕대처럼 찢도록 했다. 연후에 상처 부위를 강하게 누르면서 감았다.

많은 사람 사람들이 보는 중이기에 마법을 쓸 수 없었던 것이다.

잠시 후, 후문을 통해 119 구급대원들이 들어왔다.

현수에게 상황을 설명 듣고는 긴급 구호 덕에 목숨을 건질 수 있을 것이라 한 뒤 환자들을 이송했다.

상렬과 양주병에 찔린 웨이터 보조, 그리고 반쯤 짓이겨진 덩치와 보디가드 둘, 마지막으로 성폭행당한 아가씨까지 실려 갔다.

검은 양복을 걸친 장년인은 예상대로 지배인이다. 그는 직원들로 하여금 엉망이 된 현장을 빨리 수습하도록 했다. 영업 중이기 때문이다.

"고맙습니다. 선생님 덕에 더 큰 불상사 없이 마무리되었네요. 어떤 룸을 쓰고 계시는지요?"

"아, 뭐 별일 아닙니다."

"아이고, 그래도 그게 아니지요. 덕분에 큰 소란이 없어 업소가 입을 피해가 최소화되었습니다. 룸을 알려주시면 오늘

주대는 내지 않도록 하겠습니다."

현수는 할 수 없이 룸 번호를 알려주었다. 술값을 안 내기 위함이 아니라 장년인의 고집스런 표정 때문이다.

"실례합니다. 방금 전의 사건을 파악하려면 선생님의 진술이 필요합니다. 협조 부탁드립니다."

그렇게 말하며 다가온 사내가 내민 신분증을 보니 강남경찰서 형사과 소속 경사이다.

"서까지 가자는 말씀이시죠?"

"네, 아무래도 여긴……."

경사가 말끝을 흐리자 지배인이 나선다.

"선생님! 오늘뿐만 아니라 다음에 한 번 더 오시는 것까지 비용 청구하지 않겠습니다. 저희 직원이 연루된 일이니 귀찮으시더라도 도와주셨으면 합니다."

지배인이 정중히 고개까지 숙여가며 부탁을 하는데 어찌 들어주지 않을 수 있겠는가!

"할 수 없군요. 좋아요. 그렇게 하죠."

현수는 룸으로 가서 대강의 상황을 설명했다. 모두들 잠자다 날벼락 맞은 표정을 짓는다.

수연이 밖으로 나가 어찌 된 영문인지를 알아보겠다고 했다.

하나 기자들이 와 있다며 만류했다. 폭행 사건이 수연과 연루된 일이라는 기사가 나갈 수도 있으므로 그러지 말라 한 것이다.

일행을 룸에 남겨둔 현수는 경찰차를 타고 강남경찰서로 향했다.

'치잇, 이런 데 자주 오면 안 되는데……'

형사과 사무실은 수사과나 별반 다를 게 없다.

현수로부터 진술서를 받은 사람은 클럽 제이에서 만났던 변경환 경사이다. 이름과 주소, 직업 등을 대답해 주고 상황 설명을 했다.

더도 덜도 아닌 있었던 그대로이다.

변 경사는 현수의 진술에 별다른 토를 달지 않고 타이핑을 한다.

그러면서 중간 중간 보충 설명을 요구했기에 약 1시간 20분 만에 진술서 작성이 끝났다. 이걸 프린팅하고는 확인해 달라고 해서 읽고 있는데 변 경사에게 전화가 걸려왔다.

"네, 네. 네, 네. 확인해 보겠습니다. 그래요? 네, 네. 알겠습니다. 일단 그렇게 조치를 취하겠습니다."

변 경사가 전화를 받는 동안 틀린 글씨 등을 수정해서 내밀었다. 진술된 내용 그대로이기에 몇 글자만 고치고 다시 프린팅을 했다.

현수는 변 경사가 내민 진술서에 사인을 했다.

"그럼, 이제 끝난 거죠?"

"그게 말입니다."

변 경사가 잠시 말을 끊었다.

"저쪽에서 김현수 씨를 폭행죄로 고소했답니다."

"네?"

"그래서 사실 확인이 될 때까지 조금 기다려 주셔야겠습니다."

"그놈들이 폭행죄로 나를 고소했다고요?"

"네, 클럽 제이의 웨이터 보조들도 함께 고소되었습니다."

"뭐 이런……! 그 자식은 지금 어디에 있습니까?"

"현재 영동 세브란스 병원에서 수술을 받는 중이라고 합니다. 손목뼈가 골절되었고, 갈비뼈도 두 개나 부러졌다고 하는군요."

"그럼 그놈 수술 끝날 때까지 여기 있어야 한단 말이에요?"

"네, 현재 상황으로선 그래야 할 것 같습니다. 그리고 폭행 사건으로 고소를 당하셨기 때문에 이제부터는 참고인이 아니라 피의자 신분입니다. 따라서 유치장에 들어가셔야 합니다."

"뭐 이런 개 같은……."

현수는 분통이 터졌으나 말끝을 흐렸다. 변 경사가 무슨 억하심정이 있어 자신을 구금하려 하겠는가!

"좋습니다. 유치장에 들어가죠."

피의자 신분이 되었기에 핸드폰과 지갑 등을 꺼내놓고 유치장에 갇히게 되었다.

아무것도 하는 일 없이 성폭행 및 살인미수 행위를 한 놈의 수술이 마쳐지기까지 기다려야 하는 일은 많은 인내심을 요구했다.

곁에 있던 잡범들이 곱상한 현수를 만만히 보고 집적거리려

할 때 웨이터 보조 셋이 추가로 들어왔다.

"어라, 선생님! 선생님이 여긴 왜……?"

"그놈들이 나를 폭행죄로 고소를 했다더군요."

"술 처먹고 개판 친 새끼들은 그놈들인데 어떻게 선생님을……."

말도 안 된다는 표정이다.

"그런데 댁들은 여기 왜 들어온 겁니까?"

"우리도 놈이 폭행죄로 고소했답니다. 그것도 집단 폭행으로……."

분통 터진다는 표정을 지었지만 무슨 소용이 있겠는가! 잠시 핏대를 올리더니 이내 자리를 잡고 자버린다.

늦은 밤이기에 다른 사람들도 꾸벅꾸벅 졸거나 자고 있다. 현수는 귀를 기울여 형사과 사무실의 통화 내용을 듣기 시작했다.

엿듣기 마법인 이브즈드랍이 구현된 것이다.

그렇게 한 시간 정도 지났을 때 드디어 듣고 싶은 소리를 듣게 되었다. 즉시 리커딩(Recording) 마법을 구현시켰다.

"네, 보좌관님! 강남서 변경환 경삽니다."

"그놈, 그러니까 변의화 의원님의 아들을 그 지경으로 만든 놈들은 지금 어떻게 되어 있습니까?"

"네, 김현수라는 자와 웨이터 보조 셋 모두 유치장에 있습니다. 그런데 수술은 끝났습니까?"

"조금 전에 끝났다고 합니다."

"상태는 어떻습니까?"

"진단서로는 전치 16주가 나왔지만 두 달 정도 안정을 취하면 된다고 합니다."

"다행입니다. 그런데 앞으로 어찌 처리하실 계획입니까?"

"놈들 모두 조직 폭력 내지는 집단 폭행으로 처리해야지요. 변 경사님이 수고 좀 해주셔야 합니다."

"아이고, 무엇이든 말씀만 하십시오. 저는 의원님과 전 종씹니다. 무엇이든 제깍 처리해 드리겠습니다."

"하하. 변 경사님이 협조적이라 다행입니다."

"저어, 보좌관님! 하나만 여쭙겠습니다."

"말하십시오."

변 경사와 달리 상대는 무척 고압적이라는 느낌이다.

"그쪽 주장이 이쪽 진술과 조금 다릅니다. 변 의원님의 아들이 피해자라고 하는데 이쪽에선 변 의원님의 아들이 성폭행을 하고 이를 제지하는 웨이터를 구타한 것이라고 합니다. 또한 양주병 깨진 걸 들고 죽이겠다면서 위협을 했다고 하거든요."

"아! 변 경사님은 그깟 웨이터 나부랭이들을 믿습니까?"

"아, 아니 그게 뭐……."

"그리고 수술실에 들어가기 전에 내가 물어봤어요. 그랬더니 상대가 이유없이 때리려 해서 정당방위 차원에서 병을 들었는데 어딘가에 부딪쳐 깨진 것뿐이라 합니다."

"정당방위라는 말씀이시죠?"

"네, 생각해 보세요. 그쪽은 클럽 제이의 종업원들입니다.

이쪽은 셋뿐이구요. 그쪽에서 조직적으로 폭력을 행사한 겁니다. 그러니 조직 폭력으로 고소한 겁니다."

"네에."

"변 경사님! 아까 변 의원님과는 종씨라 하셨지요?"

"네. 제가 존경하는 분이라 인터넷으로 찾아보니 저하고 동성동본이더군요. 의원님이 제게는 아저씨뻘 되구요."

"모처럼 종씨를 찾은 거네요. 아무튼 이번 사건이 잘 해결될 수 있도록 변 경사님이 힘 좀 써주셔야 합니다. 조만간 경위 진급도 하셔야 하지 않겠습니까? 그래서 청담파출소나 삼성파출소 소장님이 되셔야지요. 안 그렇습니까?"

"네? 파출소 소장이요? 그건……."

"이번 일만 잘 해결되면 내가 책임지고 진급할 수 있도록 의원님께 청을 넣어드리겠습니다."

"아이고, 고맙습니다."

"참, 깜박 잊은 게 하나 있습니다."

"뭐지요?"

"피의자들이 외부로 연락하지 못하도록 해주십시오."

"네, 그건 왜……?"

"의원님 전담 변호사가 그렇게 해야 한다고 하더군요. 외부 세력을 끌어들여 증거 조작을 할 수 있다고……."

"아, 네에. 알겠습니다."

경찰이 어찌 무슨 소리인지 못 알아듣겠는가!

변 경사는 고개를 끄덕였다.

통화가 끝나자 현수는 들었던 내용을 찬찬히 되짚어 보았다.

자신들 쪽에 유리하게 하려는 의도가 엿보인다. 특히 외부로 연락하지 못하도록 해달라는 부분이 그렇다.

현수의 기억에 의하면 변의화 의원은 현재 국회부의장이다.

또한 친일파 재산환수법에 서명하지 않은 친일파 의원이기도 하다. 국민들이 극구 만류하는 법안을 날치기 처리한 인물이기도 하다.

그리고 세칭 권력의 핵심부에 들어 있는 실세 중 하나이다.

이 정도면 얼마든지 사건을 조작할 힘이 있다. 방금 전, 변 경사에게 은근한 압력을 넣은 것도 그중 하나이다.

보좌관이 통화를 했지만 그게 어찌 그의 뜻이겠는가!

현수가 유치장에 있는 동안 모든 증거들이 조작될 것이다.

상렬이라 불리던 웨이터는 돈 몇 푼으로 입막음할 것이고, 성폭행 당한 여인 역시 상당 액수의 돈으로 매수당할 것이다.

나이트클럽 지배인 역시 회유될 것이다.

변 의원이 앙심을 품으면 나이트클럽 운영에 지대한 영향이 미칠 것이기 때문이다.

웨이터 및 보조들은 지배인의 함구령에 따라 입을 다물게 된다.

도마뱀이 꼬리를 자르고 도망가듯 웨이터 보조 셋을 희생시키는 것으로 자신들의 이익과 안위를 보장받으려 할 것이기 때문이다.

따라서 이대로 있으면 조작된 증거에 따른 불이익을 당하게 된다.

가만히 있어선 안 된다는 판단을 내렸다.

하여 유치장 안의 사람들 모두 딥 슬립 마법으로 재웠다. 그리곤 미러 이미지 마법으로 자신도 잠들어 있는 것처럼 꾸몄다.

다음엔 투명 은신 마법을 써서 신형을 감췄다.

그리곤 언락 마법으로 유치장을 열고 밖으로 나갔다. 유유히 경찰서 밖으로 나온 현수는 택시를 타고 클럽 제이로 향했다.

예상대로 사고 현장은 모든 것이 치워진 상태이다.

하지만 복도에 일정한 간격으로 CCTV가 있었기에 녹화실을 찾았다. 구석에 처박혀 있는 이곳을 찾는 데만 20분이 걸렸다.

마법으로 문을 열고 안으로 들어서니 근무자가 졸고 있다.

"다행이군. 마나여, 깊은 잠에 취하게 하라. 딥 슬립!"

마나가 스며들자 코까지 골며 잔다.

현수는 자신이 있던 위치를 녹화한 것이 어떤 것인지를 찾았다. 워낙 룸도 많고 복도도 길어서 찾는 데만 30분 이상 걸렸다.

찾아서 돌려보니 다행히도 아직 삭제되지 않았다. 아직 여기까지는 생각이 미치지 못한 모양이다. 저절로 안도의 한숨이 나왔다.

사건 발생 전부터 끝날 때까지만 편집하려 했으나 어찌하는지를 알 수 없다. 하여 시간이 많이 걸리는 일이었지만 사건 발생 일에 녹화된 모든 내용을 하드디스크에 복사해 두었다.

CCTV에 녹화된 파일은 확장자가 'mmv' 이다. 이것의 확장자를 'dll' 로 바꾼 뒤 시스템 파일이 들어 있는 폴더 속에 감추었다.

확장자 'dll' 은 공용으로 쓸 수 있는 실행 루틴[11]을 미리 여기에 담아두고 필요할 때 각 프로그램에서 불러다 쓰도록 만든 것이다.

이제 컴퓨터 전문가라 할지라도 웬만해선 알아차리기 힘들 것이라 생각하곤 희미한 미소를 지었다.

택시를 타고 경찰서 유치장으로 되돌아오기까지 걸린 시간은 다섯 시간이 넘었다.

"김현수 씨!"

오전 7시가 되자 경찰이 식판에 아침밥을 담아준다.

다시마 어묵국, 김치, 콩자반, 단무지가 반찬이다. 맛은 없었지만 남김없이 먹었다. 안 먹으면 나만 손해이기 때문이다.

의경에게 변 경사가 출근하면 불러달라고 했는데 오전 11시가 되도록 코빼기도 비치지 않았다. 어디에서 누굴 만나고 있는지 물어보지 않아도 알 수 있을 것 같았다.

오전 11시 10분 경 변 경사가 유치장 밖에 나타났다.

---

11) 루틴(Routine):특정한 작업을 실행하기 위한 일련의 명령. 프로그램의 일부 혹은 전부를 이르는 경우에 쓴다.

"김현수 씨!"

"네."

"나 찾았다면서요?"

"네. 변호사 선임을 하게 전화 한 통 쓰게 해주세요."

"그러죠."

어제 처음 봤을 때완 대하는 태도 자체가 다르다. 변의화 의원 쪽 편을 들어주기로 완전히 마음먹은 것이다.

"어이, 의경! 피의자가 전화 한 통 쓸 수 있게 해줘라."

말을 마친 변 경사는 더 볼일 없다는 듯 나가 버렸다.

현수는 의경에게 전화번호가 휴대폰에 입력되어 있으므로 그것을 달라고 했다. 그랬더니 안 된다고 한다.

이때 수사과 이현준 경위가 우연히 이쪽을 보게 되었다. 긴가민가 하더니 얼굴을 확인하곤 화들짝 놀라는 표정을 짓는다.

"아니? 김현수 씨 아닙니까?"

"아! 이 경위님."

"이게 어찌 된 영문입니까? 김현수 씨가 왜 유치장 안에……?"

"제가 좀 억울한 일을 당했습니다. 그래서 변호사를 선임하려 하는데 전화번호가 제 핸드폰에 있습니다. 근데 안 주네요."

"어이, 김 의경! 이분이 어떤 사건으로 여기 계신 거야?"

"네, 어제 저녁에 있었던 폭행 사건 때문에……."

"이분 핸드폰은?"

"곧 가져오겠습니다."

의경이 혹시 혼날지도 모른다는 듯 후다닥 달려갔다.

"고맙습니다. 이 경위님 신세를 지는군요."

"에구, 이게 무슨 신세입니까?"

잠시 후, 의경이 가져온 핸드폰으로 권지현에게 전화를 걸었다.

"여보세요."

"어머, 현수 씨! 웬일이에요?"

"지현씨! 내가 조금 억울한 일을 당했습니다."

"알아요. 지금 신문에 현수 씨 기사 떴거든요."

"네……? 알아요?"

"네, 모든 일간지에 현수 씨가 변의화 의원의 아들을 집단 폭행했다는 기사가 떠 있어요."

경찰서 출입기자들이 변의화 의원 보좌관실과 변 경사의 입을 통해 사건 경위를 받아쓰기 했던 것이다. 그렇기에 신문지상엔 현수가 가해자인 것으로 보도되어 있다.

"어떤 내용인지 모르지만 전 가해자가 아닙니다."

"믿어요. 안 그런 분이시란 걸……!"

"그쪽 보좌관과 변호사가 중간에서 일을 꾸미는 것 같습니다. 저도 변호사가 필요합니다. 소개 부탁드립니다."

"네, 알아보고 곧 찾아가도록 할게요."

권지현의 음성엔 현수에 대한 무한한 신뢰가 담겨 있었다.

그렇기에 현수는 금방 마음이 편해졌다.

"강남경찰서 유치장에 있습니다. 만일 여기 와서 제가 없으면 수사과 이현준 경위님을 찾으라 해주십시오."

현수가 말을 하며 시선을 돌리자 이 경위가 고개를 끄덕여 동의해 준다. 감사의 표시로 고개를 숙여주었다.

"알았어요. 최대한 빨리 가도록 조치를 취해 드릴게요."

『전능의 팔찌』 제7권에 계속…